Verlag Bibliothek der Provinz

Claus Dieter Schneider
BLAUER HIMMEL ÜBER BLONDEM HAAR
Roman
herausgegeben von Richard Pils
ISBN 978-3-99126-133-9

A-3970 WEITRA 02856/3794
www.bibliothekderprovinz.at
Coverfotos: Claus Dieter Schneider

Claus Dieter Schneider

Blauer Himmel über blondem Haar

Roman

Intro

ALL you eat is love! Rapadabadap!

Silvester Phaser schwang das elektrische Schwert des Rock and Roll vor den vollen Rängen eines Fußballstadions und schlug daraufhin den entscheidenden Akkord, den stockwerkhohe Lautsprechertürme tausendfach verstärkt ins scheinbar überschwappende Betonrund schleuderten. Er presste die Gitarre gegen seine Hüfte, senkte den Blick vom Himmel in den bunten Menschenteppich unter ihm, war bereit zum Sprung hinein in den Refrain des Songs – und sah sich unvermittelt selbst, inmitten fröhlicher Gesichter.

Ein freier, unbeschwerter Zwilling. Ein Silvester Phaser der zweiten Wirklichkeit, der lachte, winkte und ihm doch fremd erschien. So schreiend fremd, als käme er aus einer gänzlich andern Welt.

*

DAS war der Anfang jener obskuren Erzählung, an der Herbie jahrelang geschrieben hatte?

Gestapelte Schweinsfüße, naturreiner Blütenhonig, Dry Aged Beef mit irritierend gelbem Fettrand. Grasgrün leuchtende Kräuterbüschel, glänzender Pferdeleberkäse, garantiert zuckerfreie Mehlspeisen. Weißwein, Rotwein, Einweckgläser voll braunweißem Grammelschmalz. Schafskäse, Hartkäse, Bauernschnaps, Pastinaken, Gurken, Karotten, gebogene Würste, selbst gemachte Erdbeermarmelade, marinierter Schweinsbauch. Und nach der Völlerei Feenwasser zur Aurastärkung. Oder das magnesiumhaltige Basenpulver zur Mineralstoffversorgung, Energetisierung und Revitalisierung von Körper und Geist.

Ich saß am Karmelitermarkt, im zweiten Bezirk, in meiner Heimatstadt Wien. Vor mir der bestellte Cappuccino, serviert in einer altmodischen, goldumrandeten Tasse mit Blumendekor, in dessen Milchschaum die junge Frau hinter der Bar ein gelungenes Blattmuster gezogen hatte. Nachdenklich strich ich mit dem Daumen über den Rand des Papierpackens auf meinem Schoß.

Herbies Romanentwurf. Lässig von ihm über den Schreibtisch geschoben, heute Mittag, bei einem unangekündigten Besuch in der Agentur. Ein paar Tage nach unserem Treffen in der Hammond Bar, in der er sich als Freizeitdichter geoutet hatte.

Der Wind war frisch, aber immer wieder blitzte die Sonne durch dahintreibende Wolkenbänke. Außerdem trug ich meine warme Winterjacke. Andere liefen tatsächlich im T-Shirt durch den Markt und taten so, als sei ihnen nicht kalt. Im Februar!

Alle Zeitungen titelten das verrückte Frühsommerwetter, mitten im Winter, wegen Norbert, dem ungewöhnlich kräftigen Hochdruckgebiet über Mitteleuropa. Die Leute redeten vom Kopfweh, vom Klimawandel, und wieder waren es die Bobos, die sich als erste an den Kaffeehaustischen räkelten, wie sonst erst im April, komplett adjustiert, mit Vollbart, Sonnenbrille und schmerzhaft bunten Sneakern. Lässig schlug ich ein Bein übers andere. Gehörte ja dazu, mit Cappuccino und Manuskriptmappe am Tisch. Und dann wieder gar nicht. Nie im Leben bunte Sneaker! Dafür elegante Halbschuhe. Wir Lifestyler, die wir ohne murren drei neunzig, also mindestens vier, oft genug vier fünfzig geradeaus hinlegen, für ein paar geröstete Bohnen, aufgelöst in heißem Wasser. Na schön.

Am Tisch links debattierten vier junge Männer über ein geflopptes Kunstprojekt und lachten dann laut auf. Wieder strich ich mit dem Daumen über den Stoß Papier. Zusammengehalten von zwei grünen Gummiringen, tatsächlich noch mit Schreibmaschine getippt. Wer außer ihm tat sich so etwas an? Ich sah Herbie wieder vor mir. Eine Rockstargeschichte aus den frühen Neunzigern sollte es werden. Vorläufiger Titel:

Showtime 1991
oder
Der große Traum vom Rock and Roll.

Nicht gerade rasend originell. Dabei war das ausgerechnet mein Geburtsjahr! (Eine Tatsache, die ich ihm verschwiegen hatte.) Wie kam er nur auf einen fantastischen Zwilling aus der zweiten Wirklichkeit? Das war wieder typisch Herbie.

Ich wollte weiterlesen, doch bot der Karmelitermarkt zu viel Zerstreuung. Soeben nahm ein älteres Paar Platz, direkt am Tisch vor mir.

Er trug einen blauen Nadelstreifanzug, sie eine braune Pelzjacke. Kleidung und Frisur wirkten bei beiden leicht ramponiert. Während die Frau nach Zigaretten kramte, erzählte er von einem Mann, der sich des Nachts in einen Hund verwandelte. In einen kühnen, eleganten Springer, den schönsten Hund von Wien.

Der deshalb immer nur in Parterrewohnungen lebte, obwohl er regelmäßig umzog. Ausschließlich im Erdgeschoss, damit er nachts durch das offene Wohnzimmerfenster hinaus und wieder hereinspringen konnte. Schon trat die Kellnerin heran um ihre Bestellung aufzunehmen.

Absichtslos blickte ich in die andere Richtung. In der Agentur ging schon länger ein Gerücht: Herb war übergeschnappt. Hielt nun ausgerechnet ich den Beweis dafür in Händen? Eine Geschichte über Elektrogitarren mit Raketenantrieb, um sich in neue Sphären der Wahrnehmung zu beamen? Na schön. Ich dachte zurück, wie kurz vor Weihnachten von seiner bevorstehenden Kündigung gemunkelt wurde. Und wie er der Geschäftsleitung damit zuvorgekommen war. Ein Mann, der (trotz ausnehmend altmodischer Garderobe) bei den Dingen, die am Ende zählten, Rückgrat mit Stil bewies.

Eine attraktive Frau, schätzungsweise Mitte dreißig, stelzte an der Tischreihe vorbei. Drehte uns Cappuccinotrinkern ihr schmales Gesicht zu. Eine Sehnsucht lag in ihren braun schimmernden Augen, ein beinah schmerzhaftes Verlangen, unmöglich hätte ich es stillen können, als ihr Blick den meinen fing.

Nachdenklich schob ich Herbies Papierstoß in meine Ledertasche. Wie sollte ich ihm dabei helfen können? Kannte zwei, drei Leute in der Verlagsbranche, von früher. Sein Stoff passte jedoch in keines der gängigen Formate. In erster Linie schrieb er die Geschichte nur für sich. Und in letzter Linie für die Schublade. (In der sie wohl für immer bleiben würde.) Ich seufzte. Das war ja nichts Neues.

Soeben spazierten von der anderen Seite zwei Frauen, ins Gespräch vertieft, vorbei. Ein Satz flog durch den Wind: »Weißt du, ich habe das Ereignis Kraft meiner Gedanken erzwungen.« Danach bogen sie aus meinem Blickfeld.

Mit dem Dessertlöffel kratzte ich den letzten Milchschaum aus der Tasse. Die vier jungen Männer waren aufgestanden. Es dauerte vielleicht eine Minute, dann saßen zwei andere Frauen links neben mir an ihrer Stelle, rückten die Stühle zusammen und redeten über irgendeine Irene: »Was glaubst du, wie ihr neues Lebensmotto lautet?«, fragte die eine quer über den Tisch und gab gleich selbst die Antwort: »Bloß nicht daran denken!« Die andere schaute sie fragend an. »Na ja, so in der Art, kaputtes Auto? Da denke ich doch gar nicht dran! Oder, Steuererklärung? Bloß nicht daran denken! Stromnachzahlung? Kein Gedanke! Periode ausgeblieben?« Sie lachten gleichzeitig los. Die Kellnerin trat vor. Jetzt murmelte die andere: »Bestellung? Bloß nicht daran denken!« Darauf kicherten alle drei, einigten sich auf Latte Macchiato, Cappuccino und stilles Mineralwasser. Ich bat um meine Rechnung. »Drei neunzig.« »Vier fünfzig.« »Vielen Dank, schönen Tag, auf Wiedersehn!«

Im Aufstehen zog ich den Reißverschluss der Winterjacke hoch und wandte mich, mit der Ledertasche in der Hand, Richtung Taborstraße. Jemand hinter mir rief »It's a kind of James Bond car!«, doch drehte ich mich nicht mehr um. Nach ein paar Schritten in die stille Haidgasse hinein lag der quirlige Karmelitermarkt wie ein aufgelöster Tagtraum hinter mir.

*

Zuhause, nach meinem üblichen Abendessen (Butterbrot, Dauerwurst, Senf, Bergkäse in Scheiben), warf ich mich, erschöpft vom Arbeitstag, aufs Sofa.

Schon war er da, der Drang nach dem fluoreszierenden Vampirding. Ganz entschieden nein. Erneut wurde mir klar: Ich war noch lange nicht sicher.

Stattdessen brühte ich einen beruhigenden Kräutertee auf. (Hätte um die Zeit schon auf Kaffee verzichten sollen. Nie fiel mir ein, etwas anderes als Cappuccino zu bestellen, am Karmelitermarkt. Ein seltsamer Automatismus, obwohl die junge Frau sicher ebenso feinen Tee servieren würde.) Zugleich unterdrückte ich jeden aufkeimenden Gedanken an Miriam. Der Packen Papier neben dem Tee. Auf einmal war ich froh, so unverhofft an etwas geraten zu sein, dass mich ablenken, im besten Fall mitnehmen würde, schlichtweg woanders hin, Hauptsache weg, weg, weg.

Der Freitagabend lag vor mir. Erwartungsvoll rückte ich den Polster im Nacken zurecht und begann, die dampfende Teetasse in Griffweite, in Herbies Manuskript zu lesen.

ERSTER TEIL: CENTROPOLIS

AM Horizont glitzerten die Türme von Centropolis. Erste Stadt des Westens und Hauptstadt der Dekadenz. Grauer, nach Höhe gierender Beton, umringt und durchbrochen von Straßen, Trassen, Gassen. Bedeckter Himmel dunkelte Centropolis. Die Stadt im Tarnanzug.

Aus den Lautsprecherboxen schallte Phendrix' ‚Cross crown traffic'. Über der nussholzgetäfelten Theke mit zwei messingglänzenden Zapfhähnen hingen kopfüber montierte Whiskyflaschen. Ein Strauß Rosen vertrocknete in einer Terrakottavase. Dahinter stapelten sich Gläser, Tassen und Karaffen. Rechts davon eine Vitrine. Darin aufgefächert, alte Wahrsagerkarten, vergilbte Liebesbriefe, kunstvoll verzierte Schatullen. Wie geschaffen, um magische Schwüre, ewige Versprechen, dunkle Geheimnisse zu bergen. Der fremde Zauber lag nur eine Armlänge entfernt, hinter geschliffenem Vitrinenglas. Gefährlich nah, um in unbedachten Momenten voll Übermut daran zu rühren, hier, im ‚Planet Yesterday'.

Sonnenhüte wölbten sich über Glühbirnenfassungen aus Bakelit. Durch die Strohschlitze brach Licht, tänzelte im Zug des Ventilators an den Wänden, wie Bernstein aus der Discokugel. Traf Bierschaum in Halblitergläsern. Traf Silvester Phaser und Lord Duncan.

Silvester Phaser. Unbekümmert. Groß, schlank, mit schlurfendem Gang und fließenden Bewegungen. Mit kurzen blonden Haaren über dem langen Gesicht. Und einer vollkommen eckigen Sonnenbrille. Immer. Nicht ganz so zerschlissen gut aussehend wie die Männermodels in ‚The Faces', jener Style- und Musikzeitschrift, die gerade vorne war. Dafür mit dicker, dunkelbrauner

Kuhhaut. Seine Lederhose. Ein weicher, mattgewetzter Panzer, der Silvester vor zu vielen Realitäten schützte.

Direkt neben ihm: Lord Duncan. Ebenfalls groß gewachsen, athletisch gebaut. In seinem Blick lag Anspruch auf das letzte Wort. Sein dunkler Haarschopf reichte entlang der Wangen bis zum Kinn. Er hatte die Gabe in fast allem zuerst das Positive zu entdecken. Darum seine ausgeprägte Melancholie. Meist hielt er den Kopf gesenkt. Ihm war nicht danach, ihn in den Wolken oder über anderer Leute Köpfe zu halten, vielmehr bevorzugte Duncan die Molltonart des Seins. Silvesters wildes Dur war ihm nicht fremd. Duncan suchte Liebe, Tiefe, Sinn. Manchmal sah er Dinge, die sonst niemand anderer sah. Wie das Bild des unbekannten Mädchens. Schon am ersten Tag der Geschichte wollte es nicht mehr aus seinem Kopf.

*

Sie lag auf ihrem Bett. Claude Dubessy's ‚L'amour de la Mer' wog durchs Zimmer. Vor ihrem geistigen Auge erstand die Kreidefelsküste westlich von Centropolis. Klatschend schlugen Wellen gegen zerlöcherte Felswände. Darüber trieben weißgraue Wolkenformationen in den blauen Horizont. Das Meer! Sie wünschte sich hinein, schwimmend, tauchend, geborgen im Rhythmus des lebendigen Wassers.

Violinenklänge kreiselten in höchste Höhen. Plötzlich war da ein Gesicht. Ein ernster, junger Mann, mit dunklem, mittellangem Haar. Als die Melodie ihren Höhepunkt erreichte, schlug sie die Augen auf und eine Sekunde lang glomm goldner Glanz in ihrem Blick.

*

Halb versteckt kauert das Planet Yesterday im Erdgeschoss eines Bürgerhauses aus dem vorigen Jahrhundert, in einer schmalen Gasse, unweit der neugotischen Kathedrale. Eine verstaubte Ecke in einem alten Viertel, kaum renoviert und im Moment noch ignoriert. Bekennende Mitglieder der Konsumgesellschaft wurden in effizienteren Stadtteilen durch internationale Kaufhausketten und Schnellrestaurants geschleust. In den nächsten Jahren würde all der Schmutz und Schlendrian rund um das Gotteshaus verschwinden, doch noch nicht jetzt, zu Beginn der letzten Dekade des zweiten Jahrtausends.

Keine fünf Minuten vom Planet Yesterday entfernt lag Silvesters Wohnung, in der Domgasse zweiundfünfzig, in einem vernachlässigten, einst kaisergelben, nun eher sandfarbenen Zinshaus. Silvester erinnerte der Farbton der Fassade immer an die klassische Gitarrenlackierung ‚Butterwhisky Blonde'.

Die Wohnung lag im vierten Stock, direkt unter dem Dach. Eingangs ein Vorraum von der Größe einer Duschkabine. Danach das erste Zimmer, mit knarrendem Parkett, einem schlichten Holztisch, drei zusammengewürfelten Stühlen. Dahinter stand eine Flohmarktkommode mit Silvesters Kaffeemaschine, einer mobilen Herdplatte und einer Holzkiste voll Kochgeschirr. An der Wand hing ein Emailwaschbecken mit schmaler Ablage vor einem Spiegel. Das weiß gestrichene Fichtenbrett zwischen den Kastenfenstern ersetzte den Kühlschrank. Dahinter prangte, wie eingerahmt, die Nordflanke der Kathedrale.

Im zweiten Zimmer lag Silvesters Matratze direkt auf dem Boden. Rundum zerknitterte Wäsche, Musikzeitschriften, ein paar Bücher. Mittendrin seine große Liebe: Eine rote Elektrogitarre, Modell ‚Phender TVCaster'. Die ‚Phiesta Blood'-Lackierung war stellenweise abgeplatzt, Eisenteile angerostet, Chromteile mattgewetzt. Dazu ein kleiner Kofferverstärker, zwei Kabel, Gitarrenplektren, lose Papierblätter mit Songnotizen.

In der anderen Ecke stand noch eine Holztruhe, Silvesters ‚Kleiderschrank', vor einem Lattenregal mit Schuhschachteln, Mappen, Kleinkram, Kassetten. Und wieder der exklusive Blick durchs Fenster auf den ehrwürdigen Dom zu Centropolis.

Dusche und Toilette lagen am Gang. Das drückte den Mietpreis. Das freute Silvester.

*

Dämmerlicht. Im Halbschlaf räkelte sich Phaser unter der Decke, bis er unvermutet mit dem Arm auf eine liegende Gestalt an seiner Seite stieß. Verdutzt schreckte er hoch. Neben ihm: Lord Duncan. Dem Gefühl nach früh am Morgen. Ah, die vergangene Nacht! Zuviel Bier und Duncans Spontanbeschluss, vorübergehend bei ihm einzuziehen. Eine zweite Matratze musste her! Silvester schloss die Augen, drehte sich zur Seite, ignorierte den Drang zu urinieren und schlief wieder ein.

*

Lord Duncan erwachte, durchdrungen vom Traumbild des Mädchens mit dem goldglänzenden Blick und erkannte: Es gibt kein Entrinnen. Weder vor dem Schicksal, noch vor der Liebe.

*

Das Mädchen spazierte durch eine winterkahle Kastanienallee im Villenviertel der Stadt. Ihr Ziel war eine

Aussichtsplattform am Ende der Allee, in einem kleinen Park, mit geschwungenen Kieswegen, Holzbänken, klassischen Steinfiguren. Von dort reichte der Blick über das gesamte nordwestliche Stadtgebiet. Träge trieb der breite Fluss über den Horizont hinaus. Centropolis lag ihr zu Füßen, seltsam verlangsamt, aufgrund der weiten Blickdistanz. Die Hauptstadt der Prinzessin. Vertraut seit Kindertagen, dabei immer noch so rätselhaft. Sie betrachtete das hellgraue Gewirr der Straßen, die rotbraunen Muster der Dächer, die unzähligen, spiegelnden Fensterflächen.

Am Stadtrand kauerten die gezackten Hallen der Industrie. Dort schrieben mächtige Schlote Rauchfahnen in den blassblauen Himmel. Von ihrem Standpunkt betrachtet wirkten selbst die Schlote noch ästhetisch. Einen Augenblick lang stellte sie sich Centropolis als Abbild einer fremden Kolonie vor, auf einem Parallelplaneten im unendlichen, auf ewig unerforschten All, in dem ihre persönliche Wirklichkeit eine durchwegs andere Bedeutung hatte.

Man konnte nicht wissen, warum alles so war, wie es war. Der Ursprung lag im Dunkel, die Zukunft ebenso. Die einzige Konstante im Panoramabild war Bewegung. Der säuselnde Wind. Der Verkehr. Die blinkenden Lichter. Sie, hier oben, allein. Und dort unten, all die anderen, allein. Konnte es einen geben, einen nur, der ihr die Hand reichen würde, um gemeinsam herauszufinden, wo ihr beider Platz im Mysterium des Lebens, im Fluss der Zeiten war?

*

Unbeholfen schälte sich Silvester aus den Decken. Centropolis im November. Kälte kroch durchs Doppelfenster. König Winter schwang sein eisiges Zepter und kündigte die unumschränkte Herrschaft an. Heißer Kaffee half. Phaser schlurfte auf den Gang, zu Klo und Bad, kam zurück, hantierte mit Kanne, Filter, Pulver, schepperte Blechtassen im Waschbecken sauber, angelte nach seiner Lederhose, strich sich mit beiden Händen die Strähnen aus der Stirn.

Nun wälzte sich Duncan von der Matratze und spähte durchs Fenster. Ein frostblauer Himmel. Er verschwand ebenfalls einige Minuten lang im Bad und gesellte sich dann zu Silvester an die Spüle.

»Wie wärs mit Frühstück?«

»Hast du was zuhause?«

»Schwarzbrot, Butter, Marmelade. Die Milch steht im Fenster. Um diese Jahreszeit wird sie wenigstens nicht so schnell sauer.«

»Okay! Weißt du was? Beim Aufwachen hatte ich eine Vision von der Liebe meines Lebens.«

»Aha. Und, sah sie gut aus?«

»Sehr gut sogar.«

»Na bitte! Gegen solche Visionen hätte ich auch nichts einzuwenden.«

Silvester trug das Frühstück an den Tisch. Duncan folgte mit der dampfenden Kaffeekanne. Die beiden setzten sich und begannen mit großem Appetit zu essen.

»Bist du heute Abend im Kino?«

»Erst morgen wieder. Du musst dir unbedingt ‚Lowlander' ansehen. Schwerter, Schlachten, Prinzessinnen, Druiden, schräge Zauberei. Darauf stehst du doch, nicht wahr? Lowlander ist witzig.«

Neben seiner Haupttätigkeit, sich als prototypischer Rockgitarrist zu fühlen, jobbte Silvester im ‚Kollossus', dem kleinsten Lichtspieltheater der Stadt. So brachte ihm seine Kinoleidenschaft sogar ein bisschen Geld ein.

Die beiden kauten Marmeladebrote, schlürften Kaffee, genossen den erhabenen Ausblick auf die Kathedrale. Silvester knipste den Kassettenrekorder an: ‚Zuzan Phega', ‚The Viola Phemmes', ‚Velvet Overground', ‚The There'. Sie sorgten für den Frühstückssoundtrack.

Zeit rieselt wie Sand im Stundenglas. Von der Zukunft in die Vergangenheit. Am Ende kann man die Sanduhr nicht umdrehen. Körnchen um Körnchen Lebenszeit verrinnt. Wie dick geschmierte Marmeladebrote verschwinden die Stunden im hungrigen Mund des Lebens.

»Wie findest du ‚The Gates'? ‚The final end' ist für mich noch immer unerreicht.«

»Gin Morrison? War cool. Ihr frequentiert denselben Lederhosenhändler, nicht? Aber The Gates sind doch steinalt. Älter als Gloriette. Und das will was heißen.«

»Schon wahr. Aber auch klassisch. Ankerst du mit deiner verrosteten Galeone wieder hinter dem Stadion?«

»Ja. Ein guter Parkplatz. Bis jetzt hat mich noch niemand abgeschleppt.«

Lord Duncan, Schöngeist und Denker. Die meiste Zeit des Jahres hauste er in einem verbeulten Wohnmobil. Ein freier Mann in einer Welt mit hervorragend ausgebautem Straßennetz. Sein Gefährt war nur unwesentlich jünger als The Gates. Duncan taufte es ‚Gloriette' und rollte damit durchs Land, umringt und bewundert von neugierigen Kindern, Hunden, Katzen und hysterisch gackernden Hühnern. Dabei favorisierten sowohl Duncan als auch Gloriette die Landstraßen, die schmalen, kurvigen Wege. Mindestgeschwindigkeitsvorschriften auf Schnellstraßen und Autobahnen erschöpften Gloriettes betagten Motor, erschreckten den friedlichen Lenker.

Gloriette, für immer. Doch sobald der Winterwind die letzten Herbstblätter verblies, wurde es für Duncan

Zeit einen besser temperierten Unterschlupf zu finden. Silvester Phasers Domizil zum Beispiel. Der machte keine Affäre daraus. Seine Lordschaft genoss die Wärme und den weihevollen Ausblick, während Silvester noch einmal Kaffee kochte.

Weit unter ihnen kam die Hauptstadt der Dekadenz nicht zur Ruhe. Doch nahe beim Dom, nahe der heiligen Dreifaltigkeit, in der luftigen Höhe des vierten Stocks, schien der Vorrat an Zeitkörnchen unbegrenzt zu sein.

»Komm, lass uns Pat Smiley anrufen. Vielleicht schneit er abends vorbei und isst mit uns.«

»Pat? Natürlich! Wir stechen runter in den Supermarkt und besorgen ein paar Nudeln. Und eine Flasche Phommerol.«

»Phommerol? Klingt teuer.«

»Angesichts der Unendlichkeit des Universums fällt der Preis lächerlich niedrig aus. Ich übernehme die Kosten. Beziehungsweise die Prozedur der heimlichen Beschaffung. Bedenke! Wir leben nur im Augenblick.«

Wieder nickte Duncan still. Blies vorsichtig in den Kaffee. Und Silvester drehte die Kassette um.

*

Ein junger Mann beschloss, die Welt aus den Angeln zu heben. Dies führte ihn zur geheimnisvollen Zauberhöhle des mächtigen Druiden Ruben, einem der letzten Weisen.

Der verborgene Felsspalt lag in einem unzugänglichen Tal am Ufer des Loch Shinn. Dort hauste der Druide bereits seit dreihundertdreiunddreißig Jahren. Weder Damhirsche noch Wanderer störten seine Kreise. Nur ein paar Kaninchen hoppelten, ihre Näschen vorwitzig in die Höhe reckend, dann und wann am Feuerplatz vorbei.

Niemand fand der Höhle Eingang, bis auf den jungen Mann. Dem Druiden gefiel die Unbekümmertheit des Burschen, mitsamt seiner unmöglichen Idee. So nahm er den Novizen auf und lehrte ihn Schritt um Schritt erkennen. Allerhand Zauberriten, alchimistische Prozeduren und Wunderprüfungen waren zu absolvieren, im Ganzen zweiundsiebzig an der Zahl, doch blieb der Schüler wacker bei der Sache. Nachdem er am Beginn der zwölften Stunde in einer dramatischen Gewitternacht allein durch die dritte magische Pforte gewandelt, nahm er den klangvollen Namen ‚Lord Duncan' an und war bereit, die Welt aus den Angeln zu heben. Zu welchem Zweck, vermochte er, nach seiner spirituellen Wandlung, indes nicht länger kundzutun.

Der Druide, gewandet in Schleiern kratzender Ziegenwolle, strich den weißen, wallenden Bart und warf kleine Mistelzweige ins Feuer. Zischend verschwanden sie in den blaugelben Flammen. Nach langem Schweigen erhob er seine ehrwürdige Stimme und sprach:
»Duncan! Einst gelobtet ihr, die Welt zu verändern. Allein jener Schwur führte euch in die Einöde des Hochlandes, führte euch zu mir. Besonderes Wissen

habt ihr erworben, in unseren gemeinsamen Jahren. Nun müsst ihr euren Eid erfüllen. Keine Ruhe findet ihr, und keine Gewissheit, ehe ihr nicht die Allmacht herausgefordert, die einzigartige Allmacht der Liebe.«

Prasselnd flackerten die Flammen, schatteten an Felsen wider. Ruben fixierte seinen Schüler. Entschlossen hielt Duncan dem prüfenden Blick stand.

»Nur Liebe befreit euch, verändert die Welt. Ruhet nicht! Suchet die alles umstürzende Macht! Bewahret meine Worte, eure Fähigkeiten. Und nun schwärmt aus, sie zu finden. Die allumfassende Liebe zu finden.«

So sprach Ruben. Zischend knackten die Mistelzweige in den Flammen. Lord Duncan beugte das Knie und erwiderte feierlich:

»Ruben, großer Druide, letzter der Meister, Hüter geheimnisvoller Mächte. Worte vermögen nicht auszudrücken, wie viel ich euch verdanke. Auf immerdar werde ich euch im Herzen behalten, eurem Rat folgen, mich aufmachen und suchen, was gefunden werden muss. Wahrhaft lieben will ich und zuletzt alles verändern. Oh, Ruben. Ich danke euch.«

Er bückte sich, kramte in seinem Rucksack und holte eine grün karierte Wolldecke heraus. »Für euch, Meister, um Wärme zu spenden an kalten Wintertagen.«

Der Druide nickte. In feierlicher Stille verbeugte sich der dunkelhaarige Junge ein letztes Mal und verließ die Zauberhöhle.

*

Phaser und Duncan schlurften durch die Gänge des Supermarktes und warfen ihre Beutestücke in den Einkaufswagen. Nudeln, Tomaten, Parmesan. Baguette, Star Coke, Olivenöl. Und eine Flasche Phommerol, unter Silvesters tiefen Mantelfalten. Von der Telefonzelle im Foyer des Marktes rief der Gitarrist Pat Smiley an.

»Pat kommt gegen fünf. Plus Überraschung.«

»Sehr gut. Welche Überraschung?«

»Überraschung!«

»Na sehr. Nimm du den Einkauf. Ich schaue mal zum Wohnmobil. Bist du am Nachmittag zuhause?«

»Du kannst jederzeit vorbeischneien. Wenn Pat kommt, kochen wir und checken dann den Abend ab.«

»Du benennst es, Phaser!«

Und so trennten sich die beiden, unsichtbar für die Prinzessin auf ihrem Beobachtungsposten, inmitten der Häuserschluchten von Centropolis.

*

Das Mädchen liebte Spaziergänge mit Blick über die Stadt. Sie liebte die Maler des Imphressionismus. Ebenso die imphressionistische Musik. Vor allem aber liebte sie das Meer. Dazu ausgedehnte Kaffeehausnachmittage, mit ihren neuen Freunden von der Universität. Sie studierte Kunstgeschichte, im ersten Semester, seit vergangenem Herbst.

Die Kunst ging ihr so unbeschreiblich nah. Noch intensiver war nur das Gefühl dahinzutreiben, in der Stadt, der Zeit, im ruhelosen Sein. Neugierig spürte sie den wechselnden Stimmungen des jungen Winters nach, seiner geheimnisvollen Macht alles Lebendige zu begraben, unter sanftem, unschuldigem Weiß. Und außerdem dachte sie an den fremden, dunkelhaarigen Jungen in ihren Tag- und Nachtträumen.

*

Silvester warf den Einkauf auf den Tisch. Nahm die TVCaster zur Hand und spielte summend ein paar Dur-Akkorde durch. Suchte die passende Begleitung zu einem neuen Song, der ihm am Heimweg in den Sinn gekommen war. Bald verlor er sich im freien Solospiel. Die Gedanken strebten weg von der Akkordstruktur, hinein in die imaginäre Arena seines persönlichen Zirkuszelts.

Immer dasselbe, dachte Silvester. Gitarrensoli fielen ihm so leicht. Und die Jungs in seiner Band? Bestanden auf geordnete Akkordfolgen, auf definierte Strophen und Refrains. Erkannten sie denn nicht die hohe Genialität seiner Improvisationen? Er seufzte. Silvester Phaser Rock and Roll. Ein junger Blondschopf, immerfort beschäftigt mit in die Luft geführten Faustschlägen gegen das Establishment. In Rebellion, Mythos, Unvernunft und Powerchords verstrickt, die ihm Normalität unmöglich machten und einen schlurfenden Gang bescherten, unter der Last stadionfüllender Rockstarfantasien.

Im Proberaum entwickelte der ‚Unbeugsame' ein mitunter schmerzhaftes Durchsetzungsvermögen: »Phaser! Dreh leiser! Wir hören nicht mal mehr das Schlagzeug!« Mangelnde Fingerfertigkeit kaschierte er mit überzogenen Posen, sowie brachialem Einsatz des Verzerrers. »Das ist Rock and Roll!«, schrie er. Sein Zauberspruch, sein Trostwort, seine Weltformel. Der bürgerliche Alltag schien Lichtjahre entfernt zu sein.

Phaser legte die Gitarre weg, kramte in seinen Kassetten. Kurz darauf erfüllte Anton Pruckners Symphonie

Nummer vier sanft aber bestimmt den Raum. Er trat ans Fenster, betrachtete die Kathedrale und überließ sich den komplexen Melodiebögen des Orchesters. Rock and Roll. So simpel, so banal, im Vergleich zur klassischen Musik. Typen wie Pruckner bewiesen es, mit klanggewordener Poesie. Mocard, Beathoven, Vivaldo, die alten Männer mitsamt ihren analogen Orchestern, sie komponierten schon vor Jahrhunderten progressiver als jede aktuelle Hardrockband.

Okay. Manche packten auch jetzt noch eine Menge Emotion in drei Minuten zwanzig. Neue Ideen gab es natürlich keine mehr. Phaser grinste. Vor dreißig, vierzig Jahren hatten die Pioniere den Rock doch schon komplett erfunden. Übrig blieben einige wenige überlebensgroße Stars. Sie starben nicht mehr ganz so jung wie in den verklärten Sechzigerjahren und verdienten dank gigantischer Plattenverkäufe auch noch alles Geld der Welt.

Der Unbeugsame knackte eine Dose Star Coke. Drei, vier Akkorde, mit einem fetzigen Refrain garniert, das allein konnte die Eintrittskarte in den Rockstarzirkus sein. Und ein Plan, der so bestechend einfach und dabei so glamourvoll war, schien genau richtig für den ungestümen Luftikus mit der roten E-Gitarre.

*

Lord Duncan traf Pat Smiley vor dem butterwhiskyblonde gefärbten Haus.

»Pat!«

»Duncan!«

»Wie ausgemacht.«

»So ist es.«

Patrick, der sportliche Typ mit den hochsitzenden Wangenknochen, klatschte mit Duncan ab.

»Er ist zuhause. Ich sehe seine Lichter brennen.«

»Wahrscheinlich würgt er wieder die Gitarre, bis ihr und uns ganz übel wird.«

»Wünsch dir einen Stromausfall!«

Sie lachten, betraten das Haus und stiegen auf, zu Silvesters Dachmansarde. Phaser öffnete sogleich. »Meine teuren Helden! Seid gegrüßt und tretet ein! Nur rasch, ehe der Winterwind uns frösteln lässt! Und verratet mir dabei, wie ihr ausgerechnet hier Entspannung und Zerstreuung finden wollt, in der ärmlichen Stube eines Zurückgezogenen, der nur immerzu seine Gitarre streichelt und im Übrigen ein unscheinbares Dasein fristet?«

»Eure vortreffliche Gesellschaft, Herr Filmspulendreher, ist es, die uns aus den Palästen der Ausschweifung in dies zugige Dachloch lockt. Seid unbesorgt! Wir werden zwar euren imaginären Kühlschrank plündern, wegen der Gitarre sind wir jedoch wahrlich nicht gekommen.«

Laut lachend verbeugten sich die drei am Ende ihres cineastisch inspirierten Grußzeremoniells.

»Ich habe uns was mitgebracht«, erklärte Pat und zog eine Flasche Whisky aus dem Mantel.

»Ah! Die Überraschung!«

»Ein feiner Trunk aus dem Hochland. Passt doch ausgezeichnet zu den Nudeln.«

»Wunderbar, Freunde. Kommt weiter!«

Und so wies Silvester mit ausgestreckter Hand den Weg in den Salon, in dem die Helden feudal zwischen einem der drei wackeligen Holzstühle oder einem Kissen auf dem Boden wählen konnten.

Gemütlich brodelte der große Nudeltopf auf der kleinen, transportablen Herdplatte. Silvester schnitt das Brot, Pat rührte die Nudelsoße, Duncan deckte den Tisch, im

Kassettenrekorder rauschte der ‚Yellow aeroplane' vorbei, Kerzen tauchten den Raum in seidiges Licht. Dann servierte Silvester den edlen Phommerol in einfachen Saftgläsern. Das fulminante Mahl begann. Genussvoll gabelten glänzende Lippen in vollen Flohmarkttellern. Ein Fest, hoch über der Welt, rubinrot funkelnd, kerzengelb schimmernd, köstlich, freigiebig und froh. In Silvesters Dachmansarde, im vierten Stock, gegenüber den ewigen Türmen der prächtigen Kathedrale.

Nach dem Essen kosteten die drei den mitgebrachten Whisky.

»Das Leben, so einfach!« Wohlig seufzend ließ sich Lord Duncan am Boden nieder und betrachtete die braunschimmernde Flüssigkeit im Glas.

»Nicht immer«, widersprach Pat lächelnd und nippte am Whisky.

»Ihr Weisen!«, rief Silvester und machte es sich ebenfalls am knarrenden Parkett bequem. »Duncan, wie steht es mit deinen wiederkehrenden Visionen?«

»Ich wünschte, sie wären real. Dies seltsame Mädchen. Eine Traumgestalt. In jeder Hinsicht.«

»Klingt nach Rock and Roll«, murmelte der Gitarrist.

»Dann mach noch mal die Tassen voll«, ergänzte Patrick und kippte seinen Hochländer in einem Zug hinunter. Alsbald kramte er in Silvesters Kassetten. Phink Loyds ‚Brickwalls' schwappte dramatisch durch den Raum. Mit frisch gefüllten Gläsern hingen die drei ihren Gedanken nach.

Patrick Smiley. Arbeitete in einer Werbeagentur. Verdiente ganz gut für sein Alter. War trotzdem ständig knapp bei Kasse. Wenn er etwas haben wollte, kaufte er. Was kostet Spaß? Glück in Form von Einfamilienhaus und Limousine erschien ihm grundsätzlich erstrebenswert. Eine düstere Vorahnung blieb. Ein schwarzes

Loch, am Ende der strahlenden Zukunftsaussicht mit Karriere, Geld, gesellschaftlicher Akzeptanz. Das Vakuum der leblosen Dinge, der lieblosen Tätigkeiten, der sinnlos vergeudeten Zeit, auf der Suche nach Betäubung. Weg mit dem Loch. Nur wie?

Silvester lebte Rock and Roll, Lord Duncan schwermütige Romantik. Pat schwamm so mit, zwischen Pflichtbewusstsein, Auflehnung – und dem Aberglauben, durch Reichtum frei zu sein. Die Ideale seiner Freunde faszinierten und befremdeten ihn zugleich. Auch er wollte mehr, Intensität in höchstem Maß, während all die käuflichen Dinge ringsum so ungemein begehrenswert erschienen.

Vielleicht würde Pat in den nächsten Jahren zu einem jener stumpfgrauen Geschäftstypen mutieren, die nur noch besitzen und dadurch besessen sind. Vielleicht behielt der Rock and Roll die sehnige, tätowierte Oberhand. Vielleicht kamen da noch ganz andere Dinge. Und wahrscheinlich waren derlei Gedanken ohnehin entbehrlich, waren bloß Patricks kleiner Schwäche für großes Drama geschuldet. Natürlich noch nicht selbst erlebt, sondern bequem von der Loge aus betrachtet, zur allgemeinen Sicherheit. Dabei war Pat ein knallharter Kerl. Wirklich. Wie die perfekt abgerockt inszenierten Männermodels in ‚The Faces'.

Die Whiskyflasche war fast leer. Drei Helden lümmelten lang gestreckt am Boden. Da erhob Silvester seine Stimme und prophezeite ins Dunkel der winterkalten Nacht: »Ich lernte die Gitarre lieben, ohne Hilfe, ohne Zwang, mit der Neugier und dem Eifer eines Kindes. Fand Akkorde wie Edelsteine unter Glasbrocken. Erlauschte Tonfolgen, die aus innerer Stille durch mein Bewusstsein hallten. Klingendes Neuland betrat ich auf kühnen musikalischen Reisen. Und so wurde das

Griffbrett allmählich mein Zuhause. Nicht nach den Grundsätzen der Lehre, sondern in der freien Entfaltung eigener Ideen.

Sämtliche Tonarten durchwanderte ich, bezwang dabei die Lethargie der Finger, auf der Suche nach meiner eigenen Musik. Strandete, trieb wieder fort, fand frische Töne, neue Melodien. Und heute spiele ich den besten Rock and Roll unserer Zeit mit jenem Instrument, das mir zuvorderst heilig ist.«

»Eine ziemlich umständliche Beschreibung des Begriffs Autodidakt«, bemerkte Patrick.

»Und eine ziemlich blumige Umschreibung des Begriffs Gitarrenrock«, ergänzte Duncan. »Die Wahrheit aber lautet, du sinnierst über die Urkraft. Musik ist nur ein Teil davon. Tanz, Malerei, Literatur, unterschiedliche Ausformungen der großen, universellen Kraft: unserer Liebe. Sie allein zählt. Streng genommen sollten wir ausnahmslos in ihrem Namen leben – und notfalls für sie sterben. Kunst kann vielleicht Leidenschaft entflammen. Aber Liebe ersetzen? Ich denke nicht, geschätzter Phaser.«

»Mag die Kunst auch unzulänglich sein, vergebens ist sie nie«, warf Patrick mit Pathos in der Stimme ein.

»Wahren Trost finden wir nur im Höchsten«, bekräftigte Duncan. »Liebe ist Leben. Leben Liebe. Ein großer, goldener Kreis.«

»Die Urkraft steckt für mich sehr wohl im Rock and Roll«, widersprach Silvester. »Bedenkt nur, der ‚Kong' ist unsterblich!«

Duncan grinste. »Natürlich! So wie wir, unsterblich, in brennender Leidenschaft.«

»Ein Hoch auf die Jugend, in der Gevatter Tod bloß ein schaurig romantischer Randvermerk in ferner Zukunft ist.«

»Er hat immerhin Bestand«, schloss Pat.
»Reden wir lieber wieder von der Liebe, nicht vom Tod.«
»Reden wir noch lieber vom Whisky, du alter Melancholiker.«
»Melancholie und Sinnlosigkeit«, brummte Pat, spitzte die Lippen und vollbrachte mit seiner Selbstgedrehten einen tadellosen Rauchkringel.
»Im Whisky steckt Vergessen.«
»Die Urkraft.«
»Und der Rock and Roll.«
Der Unbeugsame erhob sich. »Gefährten! Derlei Worte fielen schon zu oft in diesem Zimmer. Lasst uns ins Gestern schreiten, wir brauchen einen Plan. Für dich, Duncan, gilt es, jene Einzigartige zu finden. Und für uns, Patrick, nicht auf dem vorbestimmten Weg zu straucheln. Die heilige Mission des Rock and Roll schwebt über unsren hübschen Köpfen. Also, los!«

Drei Helden forderten die Nacht heraus. Brachen durch die elektrisch summenden Dschungel der großen grauen Stadt. Bahnten Weg ins Planet Yesterday.

*

Das Mädchen erahnte die ihr zugedachte Rolle. Der dunkelhaarige Junge kreuzte ihre Aura. War es zu Anbeginn der Zeit, als sie einander das erste Mal begegnet waren? Ihre Träume schienen ineinander verwoben. Das machte nichts einfacher. Du glaubst den Träumen nicht. Zu vage schwelen sie im Bewusstsein, um ernst genommen und wahr gemacht zu werden, von vernünftigen, verantwortungsvollen Zeitgenossen. Von bekennenden Mitgliedern der Konsumgesellschaft, die sich in effizienteren Stadtteilen durch internationale Kaufhausketten und Schnellrestaurants schleusen lassen.

*

Der Kellner, in filmischen Momenten gern Garçon genannt, in jener merkwürdigen Bar, die anderswo einfach nur ‚Gestern' heißt, starrte in die Winternacht und sehnte still den ersten Frühlingstag herbei. Drei junge Männer betraten das Lokal.

»Sie wünschen?«, fragte der Garçon.

»Ein Besäufnis«, antwortete Lord Duncan.

Der Kellner nickte, schlurfte entlang der mystischen Vitrine an die Theke und holte eine neue Whiskyflasche vom Regal.

*

Es gibt einen Raum, am Ende der Bar, der hinüber führt. Dort stand der Druide Ruben. Ganz nah war er gekommen, um Duncan durch Holz und Mauerwerk beobachten zu können. Nicht mit kunstvoll konstruierten Apparaten, sondern dank seiner magischen Weitsicht. Duncan bemerkte nichts. Zu weit war er gewandert, um hier von dort zweifelsfrei zu trennen. Plötzlich raunte eine uralte Stimme nah an seinem Ohr:

»Nur Liebe befreit euch, verändert die Welt. Ruhet nicht! Suchet die alles umstürzende Macht! Bewahret meine Worte, eure Fähigkeiten. Und nun schwärmt aus, sie zu finden. Die allumfassende Liebe zu finden.«

Duncan suchte Silvesters Blick. In dessen Auge spiegelte Loch Shinn, spiegelte der eine Weg.

»Ruben, großer Druide, letzter der Meister, Hüter geheimnisvoller Mächte. Worte vermögen nicht auszudrücken, wie viel ich euch verdanke. Auf immerdar werde ich euch im Herzen behalten, eurem Rat folgen, mich aufmachen und suchen, was gefunden werden muss. Wahrhaft lieben will ich und zuletzt alles verändern. Oh, Ruben. Ich danke euch.«

Der Druide nickte. In feierlicher Stille verbeugte sich der dunkelhaarige Junge ein letztes Mal und verließ die Zauberhöhle.

*

Aus Stunden wurden Tage. Tage, die niemand zählte. Lord Duncan hielt Ausschau. Überall hin führten Wege, bargen vielerlei Geheimnisse, zahlreiche Möglichkeiten. Die Unermesslichkeit des Seins forderte den jungen Mann heraus. Es kam die Zeit der Verirrung, der Verwirrung …

… und am Ende rollte er in einem alten, günstig erstandenen Wohnmobil auf den staubigen Straßen der großen, südländischen Halbinsel herum.

Er hatte kein Ziel, kaum Geld. Und kurz vor dem Küstenstädtchen Philla Phranka auch kein Benzin mehr. Die Ventile husteten, spuckend starb der Motor ab, quietschend rollte das unförmige Gefährt am Rand der Straße aus. Lord Duncan seufzte, öffnete die Tür, kletterte aus der Kabine. Zuerst registrierte er die angenehme Stille. Dann sah er sich um. Gloriette war auf einer flachen Anhöhe zu stehen gekommen. Hinter dem Wohnmobil: Orangenhaine. Direkt vor ihm: Orangenhaine. Ein Blick zur Seite. Rechts erhoben sich lang gezogene Hügel voller Obststauden. Und links – die blaue Unendlichkeit. Das Meer leuchtete wie ein Postkartenbild im Cinemascopeformat. Nun wandte sich Duncan vollends der Küste zu.

Entlang einer gewölbten Linie stieß das kräftige Ultramarin des Meeres an das luftige Hellblau des Himmels. Unten dunkles Wellenspiel, oben zartes Azur, nicht weniger als die gesamte Welt begrenzend.

Eine erschöpfende Aussicht, gerade noch an den letzten Spitzensaum der Wirklichkeit geknüpft, wo Steine am Straßenrand auf heranrollende Wellen treffen, Weite abrupt mit Nähe kollidiert, unablässig zwischen Wesentlichem und Belanglosem changiert. Da endet das zeitlose Bild, und zuletzt senkte Duncan den Blick auf seine eigenen, staubigen Turnschuhe, mit denen er abwesend im Kiesbett scharrte.

Mitten in die Stille schlurfte ein langer, hagerer Typ mit kurzen blonden Haaren und einer vollkommen eckigen Sonnenbrille auf ihn zu.

»Hi! Danke, dass du angehalten hast! Ich hänge hier seit Stunden fest! Nimmst du mich ein Stück weit mit? Einen Schluck könnte ich auch vertragen. Ziemlich heiß, hier in der Sonne. Hey, du, verstehst du mich? Oder gibts hier ein Problem?«

»Ich glaube, ich hab was verloren«, flüsterte Duncan.

»Das Gefühl kenn ich«, erwiderte Silvester und kratzte sich am Kinn. »Aber«, fuhr er schelmisch fort, »man muss Prioritäten setzen. Wenn etwas weg ist, ist es eben weg. Was solls! Und an erster Stelle meiner Prioritätenliste steht zurzeit ein kühles Bier. Wie steht es mit dir? Komm, lass uns ins nächste Dorf rauschen und etwas trinken. Hier gibts doch nichts.«

Auf einmal blickten beide ins Meer.

»Schön nicht?«

»Es ist unglaublich«, murmelte Lord Duncan.

»Okay. Lass uns weiterfahren und irgendwo was trinken, ja?«

»Ich fürchte, der Tank ist leer.«

Der Gitarrist pfiff durch die Zähne und ließ den Rucksack auf den Boden plumpsen.
»Tja, das ist Rock and Roll.«

*

Ruben blendete ein Stück zurück. Soeben schulterte Silvester Rucksack und Gitarre. Er wollte ans Meer. Hatte dummerweise eigentlich kein Geld dafür. Deshalb: den Daumen heben und die Straße kommen lassen. Gleich zu Beginn legte Silvester erfolgreich zweihundert Meilen zwischen sich und seine Wohnung. An den Raststationen ergaben sich weitere Mitfahrgelegenheiten. So kam er der großen Halbinsel im Süden kontinuierlich näher. Einmal saß Phaser sogar mit einem gewitzten Musikalienverkäufer in einem Lieferwagen, der vollgepackt mit neuen E-Gitarren war. Die beiden quatschten begeistert über die Phender TVCaster und Silvester wertete die nette Begegnung sofort als gutes Omen für sein anhaltendes Tramperglück.

Die erste Nacht verbrachte er zur Gänze auf dem breiten Beifahrersitz eines einlullend brummenden Fernlasters. Als der Morgen graute, zeigte das Thermometer bereits acht Grad mehr als in Centropolis. Nach einem schnellen Stehkaffee an der Mautstelle fuhr ihn ein freundlicher Geschäftsmann in seinem niedrigen Alpha Roma direkt bis Pharanto. Dort erblickte der Unbeugsame zum ersten Mal das Meer.

Die Festung von Pharanto thronte wie gemalt über der Altstadt. Pastellrote Türme, schmale Hausfassaden, darüber ein blitzblauer Himmel. An der Uferpromenade standen Palmen. Silvester setzte sich neben eine historische Schiffskanone und betrachtete das gluckernde Wellenspiel. Vor rund vierundzwanzig Stunden war er spontan losgezogen, und nun hatte er schon Pharanto erreicht! Jetzt zog es ihn noch tiefer in den Süden, auf die Insel Siphilia. Das mühelose Vorankommen ohne nennenswerte Kosten hatte den Blondschopf aufgestachelt.

Am frühen Nachmittag krabbelte Silvester an einer verstaubten Kreuzung aus einem winzigen Phiat Vierhundert, bedankte sich bei dem südländischen Lebemann für die Mitfahrt, atmete durch und verspürte Appetit auf Schinkenbrötchen, sowie ein kaltes Bier, mit Aussicht.

Spontan schlug er die südwärts führende der restlichen drei Straßen ein und marschierte unbekümmert los. Drei Stunden später taten ihm die Füße weh. Auf einer kleinen Anhöhe hielt der unfreiwillige Wanderer inne. Die Straße schlängelte sich durch scheinbar endlose Orangenhaine. Keine Ortschaft, keine Tankstelle, schon gar kein Kaffeehaus. Nur friedvolle Stille, aber auch Hitze und zunehmender Durst. Silvester setzte sich ins Gras, klimperte auf der Gitarre. Mit der Zeit wurden die Akkorde immer langsamer und leiser. Von fern hörte er einen schweren Motor über die Hügel brummen. Schäbig stolz rumpelte Gloriette heran. Plötzlich spuckte, zuckte sie, hustete eine dunkle Rauchschwade aus ihrem klappernden Auspuff, starb japsend ab und rollte quietschend aus. Die Fahrertür schwang auf. Heraus kletterte ein schlanker, dunkelhaariger Bursche, etwa in Silvesters Alter. Schien ein bisschen verwirrt. Starrte lange ins Meer. Hinter ihm stand die Fahrertür noch immer offen.

Der Unbeugsame legte sein Instrument zur Seite und ging auf den Fahrer zu.

»Hi! Danke, dass du angehalten hast! Ich hänge hier seit Stunden fest! Nimmst du mich ein Stück weit mit?

Einen Schluck könnte ich auch vertragen. Ziemlich heiß, hier in der Sonne. Hey, du, verstehst du mich? Oder gibts hier ein Problem?«

Silvester schob die Sonnenbrille auf die Stirn und sah Lord Duncan prüfend ins Gesicht.

»Ich glaube, ich hab was verloren«, flüsterte Duncan.

»Das Gefühl kenn ich«, erwiderte Silvester und kratzte sich am Kinn. »Aber«, fuhr er schelmisch fort, »man muss Prioritäten setzen. Wenn etwas weg ist, ist es eben weg. Was solls! Und an erster Stelle meiner Prioritätenliste steht zurzeit ein kühles Bier. Wie steht es mit dir? Komm, lass uns ins nächste Dorf rauschen und etwas trinken. Hier gibts doch nichts.«

Auf einmal blickten beide ins Meer.

»Schön nicht?«

»Es ist unglaublich«, murmelte Lord Duncan.

»Okay. Lass uns weiterfahren und irgendwo was trinken, ja?«

»Ich fürchte, der Tank ist leer.«

Der Gitarrist pfiff durch die Zähne und ließ den Rucksack auf den Boden plumpsen.

»Tja, das ist Rock and Roll.«

*

»Silvester Phaser«, erklärte der Unbeugsame und hielt Duncan die Hand hin.

»Lord Duncan«, erwiderte dieser, während er Silvesters Hand schüttelte.

»Lord Duncan? Aha. Ein rockiger Name. Nun, was hältst du von einem Plan?«

»Was für ein Plan?«

»Ein Plan, um von hier wegzukommen.«

»Ich hab keinen Plan.«

»Aber ich.«
»Welchen?«
»Wir warten bis ein Wagen kommt, der uns bis zur nächsten Ortschaft mitnimmt.«
»Also gut.«
Die beiden setzten sich ins Gras und betrachteten das Meer. Duncan holte eine Flasche Wasser aus dem Wohnmobil. Phaser trank und zupfte wieder ein paar Akkorde auf der Dreadnought. Seine Lordschaft lauschte versonnen. Zwischen A-Moll und G-Dur beobachtete der Gitarrist den Fremden beim Beobachten der Wellen.
»Woher kommst du?«
Duncan überlegte. »Ich hab keine Ahnung. War unterwegs, bin auf der Suche. Bin ein bisschen durcheinander.« Dann schwieg er wieder.
Silvester nickte. »Nun, was mich betrifft, ich trampe nach Siphilia, um ein paar Tage abzuhängen.« Er deutete auf Gloriette. »Vielleicht können wir ein Stück gemeinsam reisen, wenn du willst? Ansonsten lebe ich in Centropolis. Arbeite dort zeitweise als Filmvorführer. Bin aber eigentlich Rockmusiker. Denke, dass ich noch ziemlich berühmt werde. Was hältst du von meiner Sonnenbrille?«
»So eine Eckige hab ich noch nie gesehen. Steht dir aber wirklich gut!«
»Danke! Und du? Hast du denn keinen Plan?«
»Wir warten, bis ein Wagen vorbei kommt, der uns mitnimmt.«
»Nein. Ja. Ich meine, nicht jetzt, sondern überhaupt. Warum bist du unterwegs?«
»Etwas, das ich im Moment noch nicht benennen kann, treibt mich durch diese Welt. Vieles ist unklar. Ich warte auf ein Zeichen. Mehr kann ich dazu leider nicht sagen.«
»Dann komm doch mit nach Siphilia! Ein paar Tage am

Strand tun dir ganz sicher gut. Vielleicht finden wir ja gemeinsam heraus, was passiert ist?«
»Oh, es ist lange her, dass jemand so freundlich zu mir gesprochen hat. Die meisten Leute denken wohl, ich sei verrückt.«
»Ha! Und genau dasselbe denken sie von mir. Die Realität sieht anders aus. Solche Sätze höre ich ständig. Na und? Wie sieht sie denn aus? Bis jetzt habe ich noch niemanden getroffen, der es besser gewusst hätte als ich.«
Wieder blickten beide ins Meer.
»Siphilia klingt gut. Dort war ich, glaube ich, noch nie. Und du?«
»Noch nie. Es soll sehr schön sein.«
»Also, dann ist das der neue Plan.«
»Von hier wegzukommen? Weiter, nach Siphilia?«
»Genau.«
»Hier kommt aber niemand vorbei.«
»Sieht ganz so aus.«
»Der Nachmittag vergeht, mit nichts als lauwarmem Wasser und ein paar müden Akkorden. Wir bräuchten Benzin ...«
»Benzin? Aber natürlich! Warte.«
Mit Bedacht schritt Lord Duncan ans Heck seiner Fregatte. Dort war ein Kanister festgeklemmt.
»Die Tankanzeige ist schon lange kaputt. Hier drin hab ich die eiserne Reserve.«
Silvester glotzte wie Gloriette.
»Du meinst, wir sind die ganze Zeit hier gesessen, obwohl du Reservebenzin dabeihast? Das ist ein Witz!«
»Was soll ich sagen. Ich hatte es für den Moment vergessen. Ist ja nicht wirklich wichtig, oder? Normalerweise.«
»Normalerweise nicht! Haha! Ich denke, du solltest tatsächlich ein paar Tage ausspannen, um wieder in die

Spur zu kommen. Wenigstens hast du dich noch vor Sonnenuntergang daran erinnert. Na, aus der Episode mache ich bestimmt mal einen Song. Wie wärs mit: There ain't no gas 'till the freakmobiles ass?«
Laut lachte der Unbeugsame auf. Duncan lachte herzlich mit. Dann tankten sie den Kanister ins Wohnmobil und kletterten in die Fahrerkabine. Erwartungsvoll drehte seine Lordschaft den Zündschlüssel.

Gloriette erwachte, entließ eine feierliche Ouvertüre von Fehlzündungen aus ihren Eiseneingeweiden und glitt entschlossen auf den Asphalt zurück.
»Rock and Roll!«, rief Silvester. Die letzten Helden einer Zeit voller Wirrnisse und Zeichen. Jetzt waren sie das erste Mal gemeinsam ‚At the Road'.

*

Der Kinodienst war vorüber. Silvester Phaser stand neben der Fahrplantafel der städtischen Linien und versuchte seine Rockstarmarotten mit einem öffentlichen Verkehrsmittel in Einklang zu bringen. Der Unbeugsame hasste es, an zugigen Haltestellen warten zu müssen und raunzte mürrisch vor sich hin, wenn er den Bus, wie eben, knapp verpasst hatte.

Abfahrtszeiten merkte er sich aus Prinzip nicht. Allein die Vorstellung seinen Doppelsitz mit jemandem teilen zu müssen bereitete ihm Unbehagen. Obendrein musste man ständig mit hinterhältigen Fahrscheinkontrollen rechnen. Wer bitte, besaß heutzutage einen Fahrschein? Er persönlich kannte niemanden. Silvester zog eine Grimasse, bis er sich, übergangslos kichernd, über sich selbst wundern musste. Was solls!

Mit den Händen in den Hosentaschen kickte er eine zerbeulte Dose weg, verlagerte das Gewicht von einem Bein aufs andere und wartete. Zehn Minuten später rollte der Dreiundzwanziger heran. Er drückte den leuchtenden Türöffner und schob seinen langen, schmalen Körper auf einen grellorangen Doppelsitz. Die Buslenkerin gab Gas. Stadtlichter spiegelten sich in der Sonnenbrille, warfen wandernde Reflexe auf die Lederhose. Kein Verkehrsstau, keine Reifenpanne, nicht einmal eine alte Dame, die ihm den Sitzplatz streitig machte, störten Silvesters Fahrt, er musste sich beinahe wundern. An der Kathedrale sprang er übermütig aus dem Bus, kam vor lauter Lässigkeit ins straucheln, warf Gleichgewicht samt Beine in die Luft – und rieb sich nach einem filmreifen Ausrutscher das schmerzende Gesäß. Doch nicht umsonst geflucht! Breitbeinig stiefelte er weiter, direkt ins Planet Yesterday.

Lord Duncan saß bereits am Ecktisch. »Gegrüßt seist du, vortrefflicher Gitarrenmann, wohlan!«

»Ja ja ja«, murmelte Silvester nur und schlüpfte zu seinem Freund auf die Sitzbank.

»Lord Duncan! Ich stehe vor einem riesigen Problem. Größer als die Phembley Arena!«

»Also, wenn es um ein Bierchen geht, bleib locker. Heute zahle ich.«

»Perfekt! Dann sieht die Welt schon anders aus.«

Daraufhin räusperte sich seine Lordschaft. »Übrigens hätte ich ebenso eine Frage an dich. Kann ich eventuell ein paar Tage bei dir übernachten?«

»Was meinst du mit ein paar Tage?«

»Nun ja. Solange, bis es wieder ein wenig wärmer wird.«

»Es wird erst in vier, fünf Monaten wieder ein wenig wärmer.«

»Ein Argument. Mit Gloriette droht mir jedoch der frostbedingte Tod. Eine Standheizung ist nämlich nicht verbaut.«

»Der frostbedingte Tod? Mein Freund! Dies gilt es selbstverständlich zu verhindern. Natürlich kannst du bei mir bleiben. Und zwar solange du willst.«
Phaser legte den Zeigefinger an die Lippen und dachte einen Moment nach. »Dann brauchen wir aber eine zweite Matratze.«
»Das lass ruhig meine Sorge sein.« Duncan hob das Glas. »Silvester, du rockst!«
»Keine Ursache. Weißt du, ich zerbreche mir über andere Dinge den Kopf. In der Theorie ist es ja leicht, voranzukommen, wenn man sein Ziel nur konsequent verfolgt. Hartnäckigkeit, Selbstvertrauen, Fleiß – und der Erfolg kommt automatisch. Ha! Wenn es so einfach wäre.«
Mit wehleidigem Blick rieb er sein schmerzendes Gesäß. »Sieh mich doch nur an!«
Lord Duncan sah Silvester an.
»Da widme ich dem Rock and Roll mein vollständiges Dasein, mit all den Songs, den Proben, dem ganzen Drumherum – und wo bleiben die fetten Plattenverträge, die großen Stadiontourneen?« Entrüstet nahm er einen kräftigen Schluck Bier. »Ich hab es satt! Und ich denke, dir geht es mit deiner seltsamen Vision genauso.«
Duncan drehte den Kopf, um die lange Vitrine genauer in Augenschein zu nehmen. »Du bist unzufrieden, Phaser, und das ist nicht gut. Missmutige Menschen vergiften ihre Umwelt.«
»Die Band braucht einen starken Frontman«, sinnierte der Unbeugsame. »Gitarre spielen reicht. Kannst du dir vorstellen, wie schwierig es ist zu singen und zur selben Zeit revolutionäre Soli zu erfinden? Phendrix konnte es. Ich nicht.«
»Die Band braucht einen starken Frontman«, wiederholte Duncan und starrte weiter auf die geheimnisvollen

Preziosen hinter dünnem Holz und Glas. Seine Lordschaft musste nicht lange kombinieren, warum Silvester unzufrieden war. Die laufenden Meinungsverschiedenheiten zwischen den Bandmitgliedern über Rhythmik, Dynamik, Stil und Attitüde waren allgemein bekannt. Silvester war nicht nur vermeintlich besser als die anderen, er war besessen. Ein prototypischer Rockstar, der es bloß noch nicht ins Rampenlicht geschafft hatte. Träume kosten ja nichts. Aber nur im Träumeland.

Ständig boxte der Gitarrist gegen unvorhersehbare Querschläge des Alltags und stand wohl wieder kurz vor dem Knock-Out. Sein alles überstrahlendes Bild vom Hitparaden-Jackpot bekam permanent Risse. Schneller Ruhm, schnelles Geld, erwarten konnte der Unbeugsame gar nichts. Ein bisschen Talent, ein großes Mundwerk und eine noch größere Sonnenbrille, das war sein Einsatz im glitzernden Casino namens Showbiz. Für die meisten Zocker rollte die Kugel auf Zero, aber Silvester war zu jung, um ans Verlieren zu denken. Im Gegenteil. Er hatte gerade erst mit seinem Spiel begonnen.

Fasziniert betrachtete Duncan das kantige Gesicht des Freundes. Vermutlich war es ziemlich anstrengend, in einer braunen Lederhose durch ein chaotisches Leben voller Gitarrenriffs und Filmrollen zu stolpern. Silvester Phaser Rock and Roll. Trotz allem ein Mann mit Mission. Genau wie er selber.

Phaser nahm noch einen Schluck. Spürte, wie ihm das angenehm rotzige Phlegma der Trunkenheit zu Kopf stieg. Starrte ebenso versonnen in die museale Vitrine. Was mochte sich nur in diesen seltsamen Schatullen verbergen? Goldenes Glück oder pechschwarzes Unglück? Über ihnen zogen Ventilatorflügel hypnotisch schleppende Kreise. Und plötzlich hatte Silvester die Idee: »Du singst«, sagte er.

»Ich singe?«, fragte Duncan.
»Du singst«, stellte der Unbeugsame fest. »Du bringst es.«
»Ich kann nicht singen. Und will auch überhaupt nicht singen. Warum sollte ich das tun?«
Die kosmische Energie überschwemmte Silvester wie ein Sturzbach. Übermütig boxte er den Freund in dessen Oberarm. »Denk nur, Duncan, Endstation Rockolymp!«
»Lieber die ewigen Wahrheiten des Universums.«
»Tragik, Komik, Sehnsucht und Wahn? Genau das ist ja Rock and Roll.«
»Und die Liebe? Sie ist heilig. Rock and Roll schmutzig. Dir, geschätzter Phaser, bedeuten Bühnen im Vierviertelaktakt die Welt. Mich kümmern größere Gefühle.«
»Duncan! Liebe durchströmt mich ebenso, wenn ich die Saiten meiner tönenden Gespielin streichle. Akkorde, Wortspiel, Melodie. Schallende Klingen, schlagende Takte. Was könnte wahrer, stärker sein?«
»Silvester! Tauche hinab, tief hinab ins Innerste, mein Freund, und du wirst feststellen, da ist nichts außer Ballast. Verstärkertürme? Scheinwerferkräne? Umwege bereiten sie dir, verschleiern deinen wahren Pfad. Nichts gibt es, in den endlosen Regalen der Kaufhausketten, wofür es wert wäre zu leben, wie die meisten rund um uns es tun.«
»Duncan, da hast du natürlich Recht. Nettes Beiwerk nur mögen Millionen sein, auf der Suche nach aufwühlenden Melodien. Und doch ist Musik auch Wahrheit, unser Weg ein Weg. Ich rate dir, versuche es!«

Seine Lordschaft hielt inne. Eine magische Sekunde lang schien sogar der Ventilator über ihm still zu stehen, als warte er ebenfalls auf die alles entscheidende

Antwort. Und nahm mit kaum wahrnehmbarem Ruck in genau jenem Moment die Kreise wieder auf, in dem Duncan mit melodisch dunkler Stimme folgende, folgenschwere Sätze sprach:
»Gemeinsam schreiten wir durch diese Welt, als Freunde, als Brüder im Geiste, als die letzten Helden einer Zeit voller Wirrnisse und Zeichen. Und so sage ich, wohlan! Es sei! Was kann es schaden?«
»Alles kann es bringen! Lord Duncan, hier, direkt vor mir: Ein verschrobener Denker und eine beispiellose Kreativnatur! Beseelt von meiner Königin der Künste, der Musik!«
In einer einzigen fließenden Bewegung platzierte Silvester die vollkommen eckige Sonnenbrille im Gesicht, prüfte kurz die schlagartig verdunkelte Umgebung und griff zufrieden nach dem Bierglas. »Das ist Rock and Roll!«

Da klingelte ein Telefon am Fensterbrett. Überrascht blickten beide auf den historischen Apparat mit der gusseisernen Hörergabel. Natürlich war er nirgendwo angeschlossen, er gehörte zu den bunt gemischten Requisiten des Cafés.

Das Telefon hörte nicht auf zu läuten.
»Wie seltsam. Wer da wohl dran ist?«
»Heb ab und du weißt es«, erklärte Phaser trocken.

Seine Lordschaft hob den Hörer ab. Atmosphärisches Knistern und Rauschen. Dann drang von fern die Stimme eines alten Mannes an sein Ohr.
»Duncan! Du hast dich entschieden. Geh nun hin. Stütze dich auf die Kraft der wahrhaften Liebe. Bleib wachsam. Erkenne. Und verändere die Welt!«

Stumm schüttelte Duncan den Kopf. Dann legte er unvermittelt auf.
»Wer war das?«, fragte Silvester.

»Ich weiß es nicht. Mein Gedächtnis. Mein dunkles, verschüttetes Geheimnis. Ich weiß es einfach nicht.« Niedergeschlagen blickte der junge Mann ins Leere. »Ich fühle mich verirrt, verwirrt. Komm, lass uns aufbrechen, Silvester, und den Rest der Nacht verschwenden. Wir haben die Gründung einer sehr berühmten Band zu feiern.«

*

Centropolis. Erste Stadt des Westens und Hauptstadt der Dekadenz. Neben durchdesignten Großstadtbars lockten dunkle Lokale, in denen Trauben junger Leute hockten und sich jede Nacht zur letzten aller Nächte tranken.

Dramaboys und Panoramagirls, herzverletzte Dichter, besungene Musen, Traumtänzerinnen, lachende Melancholiker und angehende Alkoholiker. Verstiegene, sowie gefallene Prinzen der Gin-Tonic-Krone. Auf Liebesexpedition verschollene Beziehungsforscherinnen. Engel, Gruftis, Mods, Popper, Punks und Mopedrocker. Sie alle gerieten in die Fänge der geheimnisvollen Mitternacht, zwischen dem Glitzer und dem Moder dieser großen, grauen Stadt.

Wo blieben die Krawattenstreber, die höheren Sneakertöchter, die perfekt frisierten Dauerlächler mit dem regulierten Gebiss und den gebleichten Fingernägeln? Nachmittags traf man sie in den feinen Kaffeehäusern am Fluss. Später in den überteuerten Discobunkern unter den Einkaufsstraßen. Halb steif, halb lässig sogen sie an ihren im Ultraviolettlicht fluoreszierenden Cocktailstrohhalmen. Mit Automatikchronograph, Poloshirt und glanzpolierten Schuhen konnten sie fast nichts im Leben richtig falsch machen.

Ihr Blick signalisierte: Mir gehört die Welt. Ein kalter Blick. Kam man versehentlich mit ihnen ins Gespräch, lag sogleich aalglatte Überheblichkeit im Tonfall. Egal, was diese Typen sagten, am Ende meinten sie nur: Ihr könnt mir nichts erzählen, denn ich weiß Bescheid. Wir repräsentieren die oberste Klasse. Und ihr seid die Penner. Schneidet euch erst mal die Haare. Oder gleich beide Pulsadern auf. Haha!

Irgendwie lebten sie in einer völlig fremden Galaxie.

Wieder und wieder stiegen die Krawattenstreber, die höheren Sneakertöchter für ein paar rauschende Stunden auf ihre brandneuen Phesparoller, oder in die aschgrauen Limousinen ihrer Väter, um der quälenden Leere im goldenen Elternkäfig zu entkommen. Doch so sehr sie das Gaspedal auch malträtierten, am Ende ihres Egotrips lauerte immer die hochmütige Sinnlosigkeit des demonstrativen Besitzes.

Mitternacht war längst vorüber. In den schummrigen Kellerlokalen wurden die leeren Gläser heimlich vom Tisch genommen, beinahe zärtlich auf den Fußboden gestellt – und gleich darauf zertreten. Eingeschmuggelte Schnapsflaschen wanderten diskret von einer Hand zur nächsten. In den Ecken wurde geschmust, an den Tischen gelacht, am Tresen lautstark debattiert.

Du bist jung, ungebunden, mitten in der Party deines Lebens. Draußen vor der Tür schippern die Strafgaleeren des Alltags durch den Morast des angepassten Daseins. Doch die Bars, die verruchten Inseln im alles verschlingenden Sumpf der Bürgerlichkeit, sie versprechen endlose Ekstase.

Du bist nicht nur jung, oh nein, du bist ein lichterloh brennender Stern. A Star. Heute Nacht. Weshalb ist nicht so wichtig. Nichts ist wichtig, in der Tiefe dieser Nacht.

Im Morgengrauen polterten Silvester Phaser und Lord Duncan Arm in Arm durchs Stiegenhaus. Die Party war zu Ende.

*

Das Zwielicht der frühen Morgenstunden wandelte sich in fahles Vormittagsgrau. Schleier der Langeweile umwehten Tinytown. Dorian ‚Dough' Ryder musste hinaus. Musste zu dem einzigen Menschen, der zählte.

Wieder saß das Mädchen im Café. Und Dorian ihr direkt gegenüber. Es hieß, er schrieb Gedichte. Die Wahrheit war, seit er das Mädchen zum ersten Mal gesehen hatte, schrieb er Gedichte. Tinytown. Überschaubar unscheinbar, ein kleiner Punkt auf der Landkarte des nahen Umlands von Centropolis. Und dann barg ausgerechnet dieses verschlafene Vorstadtnest den allergrößten Schatz. Sie war sehr schön. Rehbraune Augen. Volle Lippen. Rätselhaftes Lächeln. Ihr helles, dünnes Haar fiel vollkommen glatt bis unters Kinn und umrahmte Ohren wie Wangen in perfekter Symmetrie.

Dabei war sie überraschend groß. Ständig schlenkerten ihre Arme, ihre Beine hin und her, so als ob sie nicht wisse, wohin mit all der Länge. Liebenswert tollpatschig wirkte sie dann und gleichzeitig herausfordernd lasziv. Die zarten Hände, die Rundung der Brüste, die Wölbung des Nackens, all das beflügelte Dough Ryder. Fasziniert griff er nach seiner Erdbeermilch. Dazu ihre außergewöhnliche Stimme. Unerwartet heiser, rau, fast als hätte sie versehentlich eins von Silvesters Zerrpedalen verschluckt. Dorian wünschte sich diese Stimme hautnah an seinem Ohr. Dann die Hände, ihren Mund … es fiel ihm wirklich schwer, die wilden Pferde seiner Fantasie im Zaum zu halten, während sie mit ihren langen Armen zwischen Cappuccino, Modemagazin und Apfelstrudel hin- und hermanövrierte. Ja und das Allerbeste, die Überdrüber-Superschau, der

Gipfel der Unglaublichkeit, das war ihr sensationeller Name: Mary Lin.

Verträumt nuckelte Dorian Ryder am Milchshake. Da saß sie, die Göttin. Und wie immer in solchen Momenten tauchte die alles entscheidende Frage auf: Wie kann man ihr Herz gewinnen?

Kompliziert, kompliziert. Man benötigte Charme, Witz und Esprit. Ein guter Haarschnitt konnte nicht schaden. Aber vor allem brauchte man Zeit. Das heißt, die Holde brauchte Zeit, ganze Schatztruhen davon. Nun, Doughy hatte sie ja. Nur mit ihr konnte es ihm niemals schnell genug gehen. Mary Lin lächelte. Entzückt lächelte Dorian zurück.

Plötzlich wurde der schüchterne Verehrer auf das schmatzende Geräusch des in Luft und Milchreste saugenden Strohhalms aufmerksam. Er öffnete den Mund. Mit einem leisen ‚Plopp' fiel das rote Röhrchen ins Glas zurück.

Oh, Göttinnen der Welt, Triple-A-Ladies, die nicht nur ihm den Kopf verdrehten … grübelnd starrte Duncan an die Decke, während Silvester neben ihm schnarchte. Wie kann man ihr Herz gewinnen?

Dorian Ryder gehörte nicht zu jenen schwärmerischen Draufgängern, die sofort mit Rosen kommen und lautstark ihre Liebe deklamieren. Er war bloß ein neuer Studienkollege, der scheinbar andauernd zuhause hockte, problemlos seine Lehrbücher verlieh und sonst kaum weiter auffiel. Der, kurz gesagt, nicht gerade wahnsinnig interessant war. Höchstens nett.

Doch Doughy würde so lange nichts sagen, so lange keine Korrektur des wenig schmeichelhaften Bildes angehen, ehe er nicht die passenden, nein, die einzigen

Worte gefunden hatte. Für ihn war Mary das Mädchen mit dem goldschimmernden Blick.

Düster schob sich ein weiterer Gedanke ins Bewusstsein: Und eines Tages, Freund, bricht sie dein Herz, murmelte der schlafende Silvester.

Dorian stellte das leere Milchglas auf den Tisch, sah sie an und dachte: Wahre Liebe wird mich zu ihrem Herzen führen. Wahre Liebe wird uns einen. Und letztlich muss ein Mann tun, was er tun muss.

Mary Lin klappte die Modezeitschrift zu und ließ ihren absichtslos lasziven Blick durch das Lokal schweifen. Der Garçon drehte die Stereoanlage lauter. ‚All along the castlewall, princess kept the view', ergänzte Jimi Phendrix.

Zwischen Ryders erstem Griff nach der Erdbeermilch, seinem letzten schmatzenden Schluck und ihrem rätselhaften Lächeln waren vielleicht fünf Minuten vergangen. Da erhob sich Mary Lin, warf die Haare in den Nacken und verschwand, um sich kurz die Nase zu pudern, wie man in Centropolis augenzwinkernd sagte.

Die Cafétür schwang auf. Mit einem Schwall kalter Luft wurden Silvester Phaser und Lord Duncan hereingewirbelt. Zuerst der Unbeugsame, in seiner unvermeidlichen Lederhose, diesmal kombiniert mit einem dicken, weißen Schafwollpulli, die eckige Sonnenbrille trotz bedecktem Himmel im kantigen Gesicht.

Dicht hinter ihm Lord Duncan im wehenden Flohmarktmantel, mit einem Blick, so hinreißend schmerzvoll wie ein Lungendurchschuss.

Alle Augen folgten den beiden märchenhaften Nachtschattengewächsen und Dough Ryder hob die Hand. Sie adelten ihn öffentlich, indem sie an seinen Tisch traten.

»Hey, Dough! Hier noch was frei?«
»Silvester, Duncan, aber sicher! Nehmt Platz! Was liegt so an?«
»Als erstes legen wir mal ab. Die letzten vierundzwanzig Stunden waren mächtig heftig deftig.«
»Verstehe. Die Bändigung der Nacht verbraucht viel Kraft, nicht wahr?«
»So ist nun mal der Rock and Roll«, stellte Silvester fest.

Die beiden setzten sich. Und da geschah ein Wunder.

Lord Duncan blickte auf. Ein Prickeln erfasste ihn am Haaransatz. Lief über Nacken, Rücken, Brust, um in der Magengegend eine Flutwelle bestürzend tiefer Zuneigung auszulösen. Gleichzeitig fühlte er, wie unvorbereitet ihn die Liebe traf. Ein lüsternes, blitzeschleuderndes Gefühlsgewitter, gefährlich in seiner eindringlichen Kraft, unabwendbar im Fluss der Zeit, absolut im Jetzt des Augenblicks.

Langsam schritt die Prinzessin quer durch das Café. Pure Anmut, weltgeworden für diesen einen, entscheidenden Moment. Verbunden mit ihm, durch eine höhere Macht. Alle anderen Eindrücke verblassten. Übrig blieb nur Mary Lin, in all ihrer Begehrlichkeit.

Drei männliche Augenpaare sahen bewundernd zu ihr hoch. Die Prinzessin löste ihren zaubergleichen Blick von Duncan und zwinkerte den beiden andern zu.
»Hi!«, rief sie fröhlich.
»Wo?«, antwortete Silvester grinsend.
Mary lachte, nahm Platz und verstaute ihre unglaublich langen Beine liebenswürdig kompliziert unterm Kaffeehaustisch.

*

In Rubens Zauberhöhle stapelte sich massenweise rätselhaftes Inventar. Waschmaschinengroße Apparate mit messingglänzenden Hebeln und chromblitzenden Rundanzeigen. Ledergebundene Folianten. Landkarten, Rezeptmappen und alte Schriftrollen. Tickende Chronometer. Bottiche, Fässer, Glasballone. Obskure optische Geräte, deren Zweck sich nicht sogleich erschloss. Dazwischen Flaschen mit Salben, Ölen und Tinkturen. Kurzum, eine komplette alchimistische Werkstatt, in welcher Ruben in gewissen Welten schaltete und waltete.

Seine aufwendigste Maschine beeinflusste sogar die Zeit. Drehte der Druide an den kleinen klackernden Kupferkurbeln, gelang es ihm, Zeiträume relativ zu dehnen. Ein weiteres imposantes Aggregat sorgte für die Dosierung der Wirklichkeit. Darüber hinaus unterhielt Ruben ein mechanisches Auge über der Stadt, gemacht für beinah grenzenlose Blicke auf das Geschehen in Centropolis. Manche Realitätsparameter schwankten zwar unablässig, tauchten gewisse Orte vorübergehend in den Nebel uralter Magie, doch davon lies sich der Druide nicht beirren. Er berechnete neu, verglich, improvisierte – und trank dabei Kaffee, inmitten seiner metallglänzenden Wunderwerke.

Fast niemand wusste davon. Und selbst wenn: Wer hätte derlei Dinge in der ersten Stadt des Westens und der Dekadenz überhaupt für möglich gehalten?

*

Sie vielleicht? Er vielleicht? Ich vielleicht?

Na schön. Sicher nicht ich. Und nein. Herbies Manuskript konnte unmöglich etwas mit mir zu tun haben. Zugegeben, die Situation war durchaus nachvollziehbar. (Es war verblüffend.) Vor allem, wenn ich an meine alten Freunde von der Uni dachte. Aber eins war völlig klar: Sämtliche Gemeinsamkeiten konnten nur Zufallstreffer sein. Was sonst? Alles andere wäre ja erst recht absurd! Ich atmete durch. Also gut, egal, spielt keine Rolle. Ist doch nur eine Geschichte, nicht? Deine Geschichte, Herb.

Kopfschüttelnd stieg ich vom Sofa, verschwand ein paar Minuten lang im Bad, brühte mir danach noch eine Kanne Kräutertee. Bis ich mich doch wieder zwischen die Polster warf, den dicken Papierstapel zur Hand nahm und zwischen kleinen, heißen Schlucken weiterlas.

*

Unsere Wünsche. Kribbelnd, flüchtig, klein und groß. Permanent rotierend, je nach Impuls, nach Situation. Manche Wünsche hat man lange. Andere glücklicherweise nie. Die kleinen erfüllen wir uns Tag um Tag. Den großen laufen wir vielleicht ein Leben lang hinterher. Meist beziehen sie sich auf Menschen, die uns nahe stehen. Wünsche prägen uns, weit stärker als wir denken. Locken sie doch mit dem bezaubernden Versprechen, im Akt der Erfüllung ganz und gar bei sich zu sein. Denn du bist, was du willst.

Still saß Dorian am Tisch. An Marys Seite in eine gemeinsame Zukunft aufzubrechen, das war sein größter Wunsch. Er spürte, er liebte sie! Mary Lin. So nah. Gleichzeitig so unnahbar. Golden glitt ihr Blick an ihm vorbei, zu Duncans Auge hin.

Seine Lordschaft versuchte, sich zu sammeln. Wow! Die ersten Sekunden, in denen sein Herz wie ein Gummiball auf und ab gehüpft war, das war Bestimmung, da gab es keinen Zweifel. Gleichzeitig wirbelten die Eindrücke der letzten Nacht wie neongelbe Schlagzeilen durch sein Bewusstsein: Der neu erwachte Drang zur Freiheit, entgegen der unbesiegbaren Macht der Zeit. Seine Verlorenheit inmitten der großen, grauen Stadt. Die schillernde Idee des bedingungslosen Selbst-Seins. Ihm fehlte schlicht die Kraft, seine ständig wechselnden Gefühlsstürme zu ordnen. Scheu lächelte er in die Runde.

Der Unbeugsame wünschte sich ein Bier. Im hintersten Bewusstseinswinkel reifte zwar ein außergewöhnlicher Gedanke, nämlich aufgrund der Nachwirkung der letzten Nacht besser zu Mineralwasser zu greifen, freilich verbot sich eine derartige Entgleisung, galt es doch, alle Rockstar-Parameter aufrecht zu erhalten, hier, im öffentlichen Raum.

Die Prinzessin beobachtete Duncan. Seine zurückhaltende Art, so lyrisch, so mystisch, so unerwartet anziehend. Er hatte es. Und sie konnte es nicht einfach schulterzuckend abtun.

So gut gefiel er ihr, so unergründlich gut. Mit seinem sanft schweifenden, tiefsinnig grübelnden, herzenswarmen Blick. So einen Jungen hatte sie noch nie getroffen.

Andererseits war er ein Freak. Kaum absehbar, wohin sein Weg ihn führen würde. Keine Ausbildung, kein Job, keinerlei Sicherheit. Dafür ein Haufen wilder Freunde, die ernsthaft an eine Rock and Roll-Karriere glaubten. Lächerlich! Diese Typen zimmerten sich ihre eigene Welt, um so richtig draufzuhauen. Dabei war es nur eine Frage der Zeit, bis die wirkliche zurückschlug.

Marys Gedanken wirbelten herum. Was murmelte der Typ mit der eckigen Brille? Bestellte schon wieder Bier! Na, wenigstens Lord Duncan nicht. Was für ein Name, was für eine Truppe!

Alle kannten Silvesters Band. Und auch vom sogenannten ‚Lord', der erst seit kurzem in der Stadt war und angeblich in einem alten Wohnmobil hauste, hatte sie schon gehört. Aber tausend Schmetterlinge flattern spüren, von Kopf bis Fuß, auf den allerersten, stechend heißen Blick, wer hätte das gedacht?

Dorian Ryder seufzte. Er spürte, wie sie ihm entglitt. Wie Duncan einen Gefühlswall um sich und Mary hochzog, der Dorians Zukunft verdunkelte. Und weit und breit niemand, der ihn retten würde, hinter diesen, seinen Kerkermauern. Alle lauschten nur dem Zeremonienmeister mit dem dunklen Haarschopf, der sich anschickte die staunende Welt mit kaum mehr als einigen verdrehten Sprüchen aus den Angeln zu heben.

Silvester blinzelte durch die Rechteckige und bestellte folglich noch ein Bier. Dorian bestellte auch eins. Duncan und Mary tauschten vielsagende Blicke. Mit halbem Ohr verfolgte Dorian Silvesters Ausführungen über die aktuelle Popmusik und behielt dabei unauffällig Mary Lin im Auge. Plötzlich hatten alle das Gefühl, als würde in den nächsten Minuten etwas Außergewöhnliches passieren. Die okkulten Preziosen in der Vitrine funkelten so hell, als schrien sie geradezu danach, von einem Ahnungslosen zu seinem Glück oder Unglück in Besitz genommen zu werden, wie greifbar gewordene Wünsche, machtvoll und missverständlich. Nicht erkennbar als das, was sie tatsächlich sind: Wegweiser, die uns durchs Leben führen.

*

Ruben stand vor seiner Höhle, hantierte am hochkomplexen Dimensionenteiler und drückte nach der letzten Feinjustierung den knallroten Ereignisknopf. Ein Blitz schoss aus der Kupferröhre, erhellte das dämmrig dunkle Seeufer und verschwand im himmelhohen Blau, um tausend Meilen südlich die nächste Dimension zu teilen.

*

Es schien, als drehte sich das Café wie ein Karussell um jenen Tisch, verwandelte sich zur Kulisse für ein eben neu erdachtes Stück.

Mary Lin war ganz bei Duncan. Seine Worte, seine Hände, seine Augen. Ein Blick wie ein Bannstrahl, bei dem zwischen allem rosaroten Bauchkribbeln ebenso tiefer Ernst mitschwang. Das war mehr als nur ein Flirt.

Das musste sein, wovon alle sprachen, was alle erhofften. Traf es jeden so unvermittelt, so unkontrollierbar?

Silvester schloss seine spöttisch analytische Betrachtung über die etablierte Konkurrenz im Showbusiness, und nun war Duncan an der Reihe. Durch seine Blicke wurde Mary immer tiefer in einen mächtigen Gefühlsstrudel gezogen. Gleichgültig ob warm, ob kühl, ob luftig oder drückend, auf einmal wirkte der Raum schemenhaft abgegrenzt, allein durch die Intensität ihrer Empfindung. Und Duncan? Erzählte von einem streunenden Hund auf dem Stadionparkplatz.

Seiner Lordschaft schien, als stünde die Zeit für den Hund still. Tag um Tag repräsentierte er einfach nur seine Gattung, selbstverständlich, unabänderlich. Die Idee Hund, frei von Metamorphosen. Und somit frei von allen Zweifeln! Für Duncan besaß der Streuner die unbezahlbare Freiheit des Moments. Und wir? Unablässig auf der Suche, nach Neuem, nach Veränderung, nach Zukunft. Auf Kosten unserer Gegenwart.

Die permanente Existenz im puren Selbst des immer neuen Augenblicks. Ein Ideal, umso schwerer zu erreichen, je älter Duncan wurde. Wie gern behaupten wir genau so zu leben, wie wir leben möchten. Doch wann begegnen wir einander tatsächlich mit offenen Herzen im täglichen Hier und Jetzt?

Dorian stellte sich einen zotteligen Straßenköter vor. Dazu Lord Duncan, in der Hocke, allein am weiten Stadionparkplatz, vor seinem alten Wohnmobil. Wie sie einander fixierten, der eine einen leckeren Bissen erhoffend, der andere die endgültige Wahrheit in treuherzigen Hundeaugen suchend. Tierisch philosophisch.

Da musste Dough dann doch ein bisschen grinsen. Silvester bellte leise vor sich hin und grinste verschmitzt mit. Nur Mary sann über das unaufhörliche Vergehen der Zeit. Stand sie denn nicht gerade still? Ihr Herz pochte. Klar, dass so einer wie Silvester nichts davon kapierte und sich bloß lustig machen konnte. Aber Mary fühlte es wie Duncan. Gemeinsam verweilten sie einen Herzschlag lang vollkommen im Moment.

Oder der Weltraum. Duncan malte mit dem Zeigefinger ein paar Kreise in die Luft. »Es heißt, der Weltraum sei unendlich groß. Eine faszinierende Idee, vor allem im Gegensatz zu unserer gewohnten Umgebung, die meist harmlos, meist belanglos wirkt. Vielleicht nur, weil sie uns durch und durch vertraut ist? Dabei repräsentiert die gewohnte Umgebung zu jeder Zeit den nächsten, untrennbaren Bestandteil der unglaublichen Unendlichkeit. Mit denselben physikalischen Eigenschaften wie in den allerfernsten Galaxien. Ist es nicht erstaunlich, wie banal sich die Unendlichkeit direkt vor unsern Augen darstellt? Nur, ist sie deswegen weniger rätselhaft? Passt auf! Die Unendlichkeit beginnt genau hier, an dieser Tischkante, direkt vor deinem Bierglas, Phaser!«

Der Unbeugsame suchte nach einem gewitzten Konter, um Duncans Behauptung auszuhebeln, da eilte der Lord schon durch den nächsten Korridor seines vertrackten Ideenlabyrinths.

»Erst die Unendlichkeit macht solche Gedanken überhaupt erträglich. Spielen wir die Alternative durch: der Weltraum, ein endlicher Raum? Ebenso unvorstellbar, nicht? Wie ginge es dahinter weiter? Eine Frage, die schon so manchem kühnen Denker den Verstand gekostet hat. Deshalb liegt in der Unendlichkeit auch immer ein gewisser Trost. Dieser Planet ist geografisch begrenzt. Wo aber endet unsere innere, geistige Welt?«

Skeptisch zog Dorian die rechte Augenbraue hoch. Nur Mary hing an Duncans Lippen. Vielleicht würde sie nicht völlig vorbehaltlos zustimmen, doch klang seine Stimme so warm und so süß, er musste einfach recht haben, nicht wahr?

Der Lord nippte am Tee. »Na, und erst die Realität! Was ist real? Innerhalb und außerhalb unseres Bewusstseins? Und wo liegt die Grenze?« Waren Credits real? Jenes Gut, um das es angeblich ging in der westlichen Welt. Das für so viele alles war. Und augenscheinlich nichts als bedrucktes Papier?

»Geld ist gespeicherte Energie«, wand Dorian ein.

»Meiner Meinung nach ist es nahezu überall, nur nicht in meinen Taschen«, ergänzte Silvester.

Ungebremst fuhr Duncan fort. »Oder Musik! Natürlich, sie ist, aber ist sie dasselbe für dich wie für mich? Oder auch nur gespeicherte Energie?«

Mit kühnem Blick forderte er Doughy auf, in das Duell der Worte einzusteigen. Der zuckte nur die Schultern und griff nach seinem Bierglas. War ihm egal, die blöde Musik. Wumpe. Schnurz. Hosenjacke. Prost.

»Musik verbindet uns, auch wenn sie jeder anders hört«, warf Mary versöhnlich gestikulierend ein.

»Also, was ist mit der Musik?« Duncan fixierte Ryder.

»Eine komplizierte Frage. Aber, noch weitaus komplizierter, Doughy, wer oder was bist du in Wahrheit für dich selbst?«

Dorian grinste matt. Tja. Was sollte man darauf noch antworten.

Seine Lordschaft lächelte so rätselhaft wie ein junger Bodhisattwa. Dazwischen ließ er ein paar ungenaue Zitate aus dem ‚Jungen Prinzen' sowie dem ‚Fürst der Ringe' fallen, verwechselte die Teetasse kurzfristig mit Silvesters Bierglas und schloss mit dem ödesten aller Kalendersprüche: ‚Ich denke, also ist da was'. Da brachte der Garçon den bestellten Toast mit Ketchup.

Heute war Duncan kolossal in Form. Lag wohl an Mary Lin. Niemand am Tisch konnte oder wollte seine wahllos herausgepickten Theoriebrocken ordnen und in den passenden Kontext setzen, am wenigsten er selbst.

All den Verdrehungen zum Trotz postulierte der Junge mit dem dunklen Haarschopf eine beherzte Botschaft: Nicht gleichgültig war, was einer sagte, noch weniger, was einer tat. Die Verantwortung war immer da. Für sich selbst und für die Welt. Sie war nicht irgendwo, nicht anderswo. Und Freiheit nur ein anderes Wort für Fürsorge, gegenüber sich selbst und unserer einzigartigen Mutter Natur.

Dazu kam noch eine Erkenntnis: Alles ist mystisch. Hey, Leute! Macht euch doch endlich auf zur großen Expedition nach dem magischen Glanz, hinter dem fahlen Dämmerlicht täglicher Oberflächlichkeit!

Für weniger lyrische Zeitgenossen klang Duncans Wortschwall wie ein schaler Esoterikaufguss aus einer heiligen Teekanne, die in Wahrheit billig und massenhaft aus Ghinah kam. Er klang nach Realitätsverlust in einer fortschrittlichen Welt, die nur müde über die Romantiker des neunzehnten Jahrhunderts lächelt. Trotzdem erhob sich Duncan in jenen Momenten weit über die Tristesse des Alltags. Könnte unser kurzer Besuch auf diesem Planeten nicht auch eine faszinierende Sammlung persönlicher Wunder sein, statt der unreflektierten Exekution lähmender Befehlsketten in sogenannten ‚Gesellschaftssystemen‘? »Ahh!« Duncan redete und redete, während er sich zwischendurch das Ketchup von den Lippen wischte.

Versonnen saß Silvester neben ihm und forderte mehr ‚Coolness', ‚Freedom' und ‚Creation'. Orderte einen ‚Refill', als der Garçon den Tisch abräumte.

Die eckige Sonnenbrille saß fest auf seiner schmalen Nase. Bei aller ‚Smartness' musste er doch manchmal grundlos grinsen. Und zum Stichwort ‚Spirit' klinkte er sich wiederum in den Monolog des Freundes ein: »Wisst ihr, wo der wahre Spirit steckt? In meinem roten Baby! Ein simples Stück Holz mit sechs dünnen Drähten dran. Dabei voll Schönheit, Tiefe, Soul.« Die TVCaster war nicht nur ein begehrenswertes Instrument. Oh nein. Es war das einzige, original zertifizierte Referenzwerkzeug für echte Super-Rockstars. Yeah!

Gackernd prustete Doughy los. Dabei wog sein Herz so schwer. Gleichzeitig lachen und traurig sein, davon sprach Duncan nicht. Redete einfach nur Stuss. Was wusste ‚seine Lordschaft' schon von Tescartes. Oder von Dolkien. Der Typ brachte tatsächlich alles durcheinander, immerhin mit beeindruckender Konsequenz. Seufzend hielt sich Ryder weiter an Silvesters Fahrplan: »Noch ein kühles Blondes bitte!«

Das magische Band zwischen Duncan und Mary wurde jäh durchschnitten, als Pat Smiley an den Tisch trat. Überschwängliches Hallo. Mit einem Ruck, als hätte jemand hinter der Bühne den Stromschalter gedrückt, kam das Yesterday wieder in Schwung. Knisternde Wirklichkeit erfüllte die entrückte Szenerie. Musik, freundliche Gesichter, Lachen, Plappern, verputzte Wände, trittfester Parkett. Die gedämpften Geräusche der Straße hinter den spiegelnden Fensterflächen. Langsam drehte der traumgeschwängerte Nachmittag in den kräftiger oszillierenden Abend. Silvester und Duncan lehnten sich entspannt zurück. Oh Leben! Wie fantastisch war das alles! Im Gleichklang inhalierten sie ihr unbeschwertes Dasein, unter dem Banner des ewig jungen Rock and Roll. Pat riss einen derben Witz. Überschäumend ergoss sich der kollektive Lachanfall über den Tisch. Schon drehten sich die ersten Leute um. Auch der Garçon warf einen Blick in ihre Richtung, sah in die ausgelassenen Gesichter … Klick, eine Momentaufnahme, Ruben prüfte Zeit und Blende, drückte wiederum den Auslöser, Klick, Klick … ein Blinzeln nur, dann ging der Stress mit Tassen, Tellern, Gläsern wieder weiter.

Und plötzlich hatte Mary Lin genug. Alles wurde ihr zu viel. Sie musste weg. Sofort. »Ich gehe«, sagte sie tonlos. Nahm die Tasche, ihre Jacke.

Duncan und Dorian erhoben sich. Überrascht sah Phaser hoch. Ratlos blinzelte Pat Smiley in die Runde. »Also, bis bald.« Mary wandte sich ab und verließ das Café. Noch ehe jemand reagieren konnte, fiel die Lokaltür hinter ihr ins Schloss.

»Was für eine Frau«, murmelte Silvester. Dough und Duncan tauschten Blicke. Pat klappte den Mund zu – und gleich wieder auf, um quer durchs Lokal vier Hochländer zu ordern. Dann schwiegen die Sitzengelassenen, bis die Bestellung kam. Ein Hoch auf das hohe Land! Die jungen Männer fassten sich, atmeten durch, hoben die Gläser, tauchten ab, in die süß morbide Stimmung des anrollenden Abends.

*

Die Prinzessin ging hastig. Es war zu viel am Schluss, von allem. Nun sog sie die kühle Nachtluft ein, lauschte dem harten Klang der Schuhe auf dem Kopfsteinpflaster. Heißkalte Gedanken überschlugen sich. Der dunkelhaarige Junge. Was hatte er bloß mit ihr angestellt? Im räumlichen Davonschreiten gewann Mary auch wieder geistige Distanz. Und während der Wind ihre Stirn kühlte, schwappte das warme Gefühl der unerwarteten Verliebtheit in sanften Wellen zurück. Ohne Panik, wie zuvor im Yesterday. Mary Lin blieb stehen und blickte in den dunklen Himmel. Der Auftakt dieses Stücks war zweifellos im Fortissimo erfolgt. Nun war sie auf den nächsten Akt gespannt. Trotzdem. Nichts zu überstürzen war die einzige Möglichkeit, nicht selbst in Herz und Seele überstürzt zu werden.

*

Planet Yesterday, Replay. Zwei der vier jungen Männer sahen etwas konsterniert drein. Grübelnd rieb Dorian sein Kinn. Versonnen starrte Duncan in die Vitrine. Mary Lin. So unvermittelt, wie sie aus dem Nichts getreten war, verschwand sie wieder und lies beide zurück, im Strudel überschwappender Gefühle. War das überhaupt wahr oder nur Narretei eines verwirrten Geistes? Die Liebe ist ein seltsames Spiel. Und warum? Weil es keine Spielregeln gibt.

Duncan fing Silvesters Blick. Der Gitarrist dachte über Charisma, Wirkung, Performance nach. Würde es ihm je gelingen, ein Publikum derart in Bann zu ziehen? Und der vierte, Patrick, hatte das Gefühl, im vollkommen falschen Moment in die Gesellschaft geplatzt zu sein. Die Andachtsstimmung machte ihn ganz kribbelig. Laut rief er nach der Bedienung. »Hallo! Vier Hochländer bitte!« Und dann: »Hey, Männer! Stellt euch vor, was mir heute in der Agentur passiert ist.«

*

Tinytown. Mary Lin zog sich zurück, hinter unscheinbaren Mauern. So sehr Ruben spähte, Dunkelheit war nun um die Prinzessin. Das mechanische Auge über Centropolis spiegelte Blindheit, als würden alle Farben schweigen. Und so schwieg auch Ruben.

*

Vier scharfe Schlucke verschwanden schmatzend in den Schlünden der schamlosen Schurken. Dann legte Patrick los. Die verrückte Sitzung heute Morgen, bei der es um die Korrekturen eines außerordentlich bedeutsamen Verkaufsprospektes für einen außerordentlich wichtigen Büromöbelhersteller ging. Text, Fotos und Layout waren freigegeben, offen blieben nur die letzten Retuschen anhand des Probedrucks.

Die Kundenbetreuerin schilderte betont gereizt, plus Schuss Coolness, plus Schuss Autorität, die letzte Besprechung mit dem Werbeleiter des Büromöbelherstellers und drängte vehement auf einen neuen Drucktermin, da die Produktion des Prospektes schon zum dritten Mal verschoben worden war.

Der Producer und der Drucker nickten vielsagend nichtssagend und kramten in irgendwelchen Unterlagen. Währenddessen kritzelte die Kontaktassistentin gedankenverloren in den vorliegenden Probedruck, sodass später niemand mehr sagen konnte, welche Änderungen von ihr oder vom Kunden stammten. Die Kontaktassistentin dachte an ihre Verabredung mit dem neuen Assistenten der Geschäftsleitung. Er trug eine echte ‚Protzling'!

Dann klopfte die Kundenbetreuerin mit ihrem Sterlingsilberfüller auf die Unterlagen und feuerte eine verbale Breitseite gegen den neu angestellten Grafiker, der offensichtlich Phlegmatiker und somit von vornherein verdächtig war, während sie unter dem Tisch aus ihren engen Pumps schlüpfte. Dazwischen steckte der arrogante Texter den Kopf ins Sitzungszimmer. Keine weiteren Änderungen? Fein!

Pat lächelte wie ein Pokerprofi, nahm seinen Filofax und verfasste eine Notiz, die er diskret dem Grafiker zuschob. ‚Wurscht' stand da drauf, während der Drucker mit sorgenvoller Miene zum Thema Umschlagfalzung Stellung nahm. Der Grafiker grinste irre. Genervt schoss die Kundenbetreuerin hoch und beendete die Unterredung.

Was nun genau zu ändern war, wusste zwar niemand, aber alle dachten, ein paar Linien dort, eine Vergrößerung hier und überhaupt, halb eins, Zeit für einen Happen in der Sushi-Bar. Oder beim Italiener gegenüber.

Stoisch studierte Pat den Filofax, während Miss ‚enge Pumps' mit dem Jagdblick einer Löwin abtrat. Draußen stand der oberste Reklame-Cäsar. Lies sich gerade von seiner Sekretärin irgendein Pülverchen, aufgelöst in Pherrier, reichen.

»Kleo! Hast du kurz Zeit?«

Miss enge Pumps riss es herum, als hätte jemand an ihrem unsichtbaren Halsband gezerrt.

»Natürlich!«

»Fein! Sagen wir in fünf Minuten? In meinem Büro!«

Kleo schlug die kajalentstellten Augen nieder und lächelte. Der Rest der Truppe drückte sich am Chef vorbei. Manche mit erhobenem Haupt und demonstrativ dynamischen Bewegungen, andere mit eingezogenen Schultern und zu Boden gerichtetem Blick, geeint in ihrer Flucht ans andere Ende des Büros. Der oberste Reklame-Cäsar bekam es gar nicht mit. Dazwischen klingelten die überall installierten Festnetzkonsolen nicht nur in einer Tour, sondern wurden auch als ‚Intercom‘ benutzt von extra kühl auftretenden Assistentinnen mit lächerlich niedrigem Gehalt und einer Fülle von Verantwortung hinsichtlich der Organisation ihrer vorgesetzten, nahezu allmächtigen, Pumps bewehrten Kundenbetreuerinnen. Drei komplette Bürostockwerke beschallten sie derart mit bedeutsam klingenden Personenrufen, inklusive Abschlusspiepton, wie in ‚Star Crack‘, erste Staffel.

Und richtig, da war das besondere Gefühl, mitten drin zu sein, in der Welt der Kreativen, der Erfolgreichen, der Schönen. An ihren Multimediaarbeitsplätzen mit Raumklimadüse und Aussicht auf die ‚Cityscenery‘, da dachten sie: Wir sind ganz oben.

Die meisten gaben zu viel für diesen Blick.

»Jedenfalls«, erzählte Pat, »besprachen wir nach dem Sushi die Hörfunk-Kampagne für Radio Centropolis FM. Sie ist derart kompliziert, dass sie in Wahrheit niemand mehr kapiert. Hauptsache, wir nennen den Sponsor hundertvierzig Mal. In vierzehn Sendetagen.

Weil uns beim Brainstorming nichts einfiel, haben wir kurzerhand das letztjährige Werbekonzept vom Apothekerbund kopiert. Danach die Mediadaten des Senders übertragen. Unser Texter baute auch noch eine neue Headline, ‚Individualität mit Zukunft zum Preis für zwei‘ oder so ähnlich, da waren die Verhandler hin und weg. Vor allem, nachdem die blonde Helpdesk-Assistentin, die nebenbei modelt, noch den katzendarmfermentierten Premiumespresso aus Gonghong servierte.«

*

Ruben warf einen prüfenden Blick auf den Wahrheitsparameter des Dimensionenteilers. Was war bloß mit Silvester los? Warum kam die Band nicht aus den Startlöchern? Offensichtlich benötigte der Rockstar in spe einen Motivationsschub. Rasch ersann Ruben ein mögliches Szenario. Vielleicht wieder eine kleine Reise, wie damals nach Siphilia? Und warum nicht auf Kosten dieser dubiosen Agentur, als Abschreibposten in der Buchhaltung? Der Druide lächelte. Dann konzentrierte er sich auf die komplexen Regler des Dimensionenteilers und veränderte mit ruhiger Hand den Wahrheitsparameter.

*

Einen Moment lang hatte Patrick das Gefühl, ganz woanders zu sein. Er schüttelte den Kopf. »Ah, wo war ich stehengeblieben? Jedenfalls kann der Hauptpreis, ein Städteflug nach Periphäris, nicht verlost werden. Erstens, weil keiner mitbekommt, wie das Gewinnspiel funktioniert, zweitens, weil es ohnehin niemanden interessiert, drittens, weil die Tickets intern bereits reserviert wurden. Von mir.«

Versonnen starrte Patrick auf die funkelnden Schatullen in der Vitrine. Ihr übersinnlicher Glanz spiegelte sich in seinen graublauen Augen. »Also Jungs, habt ihr Lust auf einen Kurztrip nach Periphäris? Ich kann leider nicht weg. Ausgerechnet an dem Wochenende hat meine Mutter Geburtstag.«

Überrascht blickten Lord Duncan und Dough Ryder auf. Dann beugte sich Silvester vor. Ja, das klang haargenau nach Pat, dem smarten Werbe-Checker. Vielleicht war so ein Agenturjob ja ganz nett, vor allem, wenn man ihn nicht allzu ernst nahm, doch ging es Silvester nicht bloß um irgendeine, x-beliebige Alternative.

In letzter Konsequenz war der Rock and Roll schlicht unverhandelbar. Wollte man den lächerlich piepsenden Intercoms entfliehen, ohne gleich unter der Brücke auf eine bessere Inkarnation hoffen zu müssen, blieb einem nichts als die Gitarre.
»Du hast Flugtickets für Periphäris?«
»Yep.«
»Und die willst du ausgerechnet uns geben?«
»Exakt.«
»Warum?«
»Weil ihr das Beste aus dem Trip zieht. Meine Agenturkollegen würden doch nur dieselben Cocktails wie zuhause schlürfen und als Höhepunkt eine Krawatte kaufen. Aber Rocker wie ihr hocken nicht einfach nur gelangweilt vor einem Mandy Alexander mit gestoßenem Eis. Sie lassen sich von Periphäris inspirieren!«
Silvester lachte. »Okay! Dafür nehme ich dir als Andenken eine Krawatte mit! Duncan! Doughy! Seid ihr dabei?«
»Ich hab demnächst Semesterprüfung und muss lernen«, murmelte Dorian.
»Und du, Duncan?«
Seine Lordschaft lehnte sich wie in Zeitlupe zurück.
»Nun, so ein Ausflug könnte eigentlich nicht schaden, um meine verstreuten Gedanken einzusammeln. Wisst ihr, es ist nämlich tatsächlich so, wie ich irgendwie vermute, dass ich möglicherweise, ein ganz kleines bisschen nur, also generell eventuell, bitte verzeiht den rosaviolett verbrämten Ausdruck – in eine verträumte Liebelei gestolpert bin.«

Theatralisch verdrehte er die Augen, um eine Sekunde später mit den anderen laut los zu prusten. Oh Himmel! Der Abend wurde immer besser! Frisches Bier kam auf den Tisch. Wieder schien es, als gäbe es kein Morgen und all die verrinnende Zeit galt ihnen nichts. Das tückische Spiel der Verblendung durch Alkohol, wild schwankend nahm es seinen feuerhellen, dunkel destruktiven Lauf.

Einer machte nicht mehr mit: Dorian ‚Dough' Ryder. Der Dichter fühlte, er liebte Mary aufrichtiger als irgendjemand sonst auf dem Planeten. Seine Gedanken folgten der Prinzessin hinaus in die Novembernacht. Dazu das drängende Gefühl überall anders besser aufgehoben zu sein als in der feuchtfröhlichen Gesellschaft dreier strauchelnder Träumer, die Nacht für Nacht durch die Hauptstadt der Dekadenz zogen, ihren Verlockungen ganz und gar ausgeliefert ... entschlossen stand er auf.

Das irre Lachen eines Trunkenbolds, oder eines Rockstars, oder einer verlorenen Seele hallte in Dorians Ohr nach, als er auf der Straße vom schneidenden Winterwind empfangen wurde.

Dorian Ryder. In Tinytown rückte er die alte, mechanische Ilovetti-Reiseschreibmaschine an den Tischrand. Legte sogleich die blasse Denkerstirn in Falten. Gewiss ging es in seinen Gedichten nur um sie: Die Eine, die allein im Stande war, ihn endlich zu erlösen.

*

Zeitsplitter wirbelten durch den Dimensionenteiler. Vor, zurück, fidelbum, immer weiter rundherum, nur um einen Augenblick später umso schneller in die Ewigkeit zu rasen. In den uralten Druidenschriften steht geschrieben, ein gleichmäßiges Vergehen der Zeit, das gibt es nicht. Nachdenklich betrachtete Ruben die Sterne.

*

Die Vögel zwitscherten ununterbrochen. Sie kannten keine Gnade. Der betonharte Boden. Die schräg einfallende Sonne. Alles kein Vergnügen. Dabei war es noch nicht sechs Uhr. Ächzend schälte sich Silvester aus der Decke. Ein neuer Morgen im Rohbau. Neben ihm die leere Weinflasche, das zerknüllte Butterpapier, die Essensreste vom Vortag. Duncan schlief noch. Umständlich kam der Unbeugsame auf die Beine, wankte durch die unverputzten Ziegelmauern nach draußen und urinierte in die südländische Erde.

*

Der Wecker zerfetzte sämtliche schimmernden Traumgebilde innerhalb einer Sekunde. Wie, jetzt schon? Duncan stand auf, erledigte seine Morgentoilette, setzte Kaffeewasser auf. Währenddessen hielt sich Silvester den brummenden Schädel. Möglicherweise hätte er gestern gegen Ende der allgemeinen Festlichkeit doch besser auf die doppelt geladene Bloody Berry verzichten sollen.

*

Seit drei Tagen waren die beiden gemeinsam unterwegs. Am liebsten übernachteten sie in einem der zahlreichen Rohbauten. Gloriettes Innenraum war heiß und stickig im Vergleich zu den luftigen Häusergerippen, die großzügig Platz und rudimentär Schutz boten. Jeden Abend hielten sie zuvor bei einem kleinen südländischen Dorfladen, kauften wunderbar weiches Brot, rosa Nortadella, weißen Nozzarella, eine Flasche rubinroten Landwein. Sie brauchten nicht viel und hatten doch alles. Während der beschaulichen Fahrt über kurvige Landstraßen teilten sie ihre Gedanken. Der träumende Rocker und der traumwandlerische Feingeist. Die letzten Helden einer Zeit voller Wirrnisse und Zeichen. Hinter dem Lenkrad, vor den Orangenhainen, am Strand, zwischen unverputzten Ziegeln und grob gegossenem Beton.

Einen wie Duncan traf man nicht alle Tage. Blutjung, zuweilen kindisch wirkte er, bis oben hin naiv in wirre Ansichten verstrickt. Sein Selbstbewusstsein war ein zartes Flämmchen, bedroht von jedem Windhauch. Dann, auf den zweiten Blick, erschien er wieder so viel älter und gereifter. Obwohl er fast nichts wusste. Aber, fast alle wussten fast nichts. Er stand dazu. Blieb inmitten aller Wandlung selbst sich treu.

Dazu der Unbeugsame. Silvester Phaser lebte den Traum. Und vielleicht hatte er sogar das Zeug dazu, irgendwann vom Traum leben zu können. Wirklich wichtig war das natürlich nicht. Was war schon wichtig als angehender Rockstar? Wenn man auf malerischen Landstraßen am Meer entlang rollte? Wenn man, jung und frei, den kosmischen Energien nachspürte?

Allmählich entdeckten die beiden zwischen den Gesprächen eine weitere, unerwartete Gemeinsamkeit. Das Schweigen. Gut tat es, ins Meer zu blinzeln und die Tagträume so absichtslos und wortlos wie die Wellen heranrollen zu lassen.

Vielleicht war es die gemeinsame Freude an der Stille, die Silvester und Duncan letzten Endes am meisten auf ihrer Reise nach Siphilia verband.

Musik war ebenso ein fortgesetztes Thema. Nachdem Silvester einige Songs auf der Akustischen gespielt hatte, sah Duncan auf und sagte: »Phaser, du hast es. In deiner ganzen inneren Haltung, die durch dein Spiel zum Ausdruck kommt. Du kannst es tatsächlich noch weit bringen.«

»Tja. Ich weiß.«

»Das ist Rock and Roll«, ergänzte Duncan, Silvester im Tonfall nachahmend, während die dunkelrote Sonne hinter tausend Orangenstauden unterging. Kichernd saßen sie irgendwo im Nirgendwo, zwischen halbfertigen, gespenstisch stillen Bauwerken. Brachen das Brot, tranken den Wein. Und schliefen anschließend recht angenehm auf alten Kartons. Silvester träumte von der ausverkauften Phembley Arena. Duncan träumte von einem unbekannten blonden Mädchen.

*

Centropolis International Airport. Abflugzeit: Sieben Uhr fünfundvierzig.

*

In den kleinen Orten parkte Duncan am Dorfrand, dann schlenderten sie durch die engen Gassen bis ins Zentrum, und dort spielte Silvester auf der Dreadnought: ‚Howling in the wind'. ‚Paint it white'. ‚The long and winding throat'. Dazu seine eigenen Songs. ‚That rockstar shit'. ‚The day away'. ‚That house beneath the ground'. Viel verdiente Phaser nicht. Und sein neuer Freund konnte ihn nur spärlich unterstützen. Duncan fand noch nicht den Mut, ein bisschen mitzusummen, geschweige denn eine zweite Stimme zu setzen. Dafür nickte er freundlich, wenn ihnen jemand einen Credit auf die Gitarrentasche warf. So gelangten sie immer tiefer in den Süden, bis sie eines schönen Tages das Ende des Festlandes erreichten. Die Überfahrt nach Siphilia stand an.

*

Silvester Phaser und Lord Duncan. Die letzten Helden einer Zeit voller Wirrnisse und Zeichen. Ihr Flieger wartete im Morgengrauen. Angenehm angespannt schritten sie durch den Checkpoint, dann weiter zum Rollfeld-Bus. Schon ragte die Gangway vor ihnen auf. Flugbegleiterinnen lächelten. Silvester und Duncan lächelten zurück. Mit einem Glücksgefühl, als würde ihm die Brust zerspringen, kostete der Unbeugsame diesen Moment aus. Ein Blick über die Tragfläche in den strahlend blauen Himmel. Der hing voller E-Gitarren. Ja, Silvester war bereit, für die große weite Welt. Sie gehörte schließlich ihm. Schon schritt er durch die Einstiegsluke. Duncan folgte auf dem Fuß. Aufgekratzt nahmen sie ihre Plätze ein. Draußen kleidete die aufsteigende Sonne den Tag in Licht und Frische. Jemand gab das entscheidende Zeichen: Schubkraft. Da brüllte der eiserne Vogel, beschleunigte, hob ab und zog hinauf, in die nächste Eskalationsstufe jugendlicher Unbeschwertheit.

*

Malerisch lag sie vor ihnen, die berühmte Insel Siphilia. Vom Meer wehte eine milde Brise. Ohne Eile zählten die beiden ihr Barvermögen durch. Viel war nicht mehr übrig. Jedenfalls reichte es auf keinen Fall für die dringend anstehende Tankfüllung. Mit den letzten Sprittropfen parkten sie Gloriette in einer ruhigen Dorfgasse. Dann marschierten die beiden zwei oder drei Meilen hügelabwärts, Richtung Hafen.

Ein schickes Tragflächenboot pendelte alle dreißig Minuten von Küste zu Küste. Dass der flache Wasserflitzer deutlich teurer als die konventionelle Fähre war, kam ihnen gar nicht in den Sinn. Da drüben lag Siphilia. Hier das Tragflächenboot. Was gab es noch zu überlegen?

Silvester und Duncan tauschten die letzten Credits gegen zwei bunt bedruckte Fahrscheine und brausten mit der Gitarre und den fleckigen Rucksäcken inmitten sonnenbebrillter Anzugträger auf die Insel zu.

*

Der Unbeugsame blinzelte durchs Plexiglas. Unter ihm dehnte sich ein grünbraunes Landschaftsmosaik immer weiter aus, bis es schließlich hinter einer mächtigen Wolkenformation verschwand. Die Flugbegleiterinnen lächelten erneut und servierten duftenden Kaffee.

*

Also, hier standen sie. Kein besonders andersartiges Gefühl. Und als sie zurückschauten, war die Aussicht nicht besser oder schlechter, nur eben verkehrt herum. Da kam ein Bus, irgendeiner, den nahmen sie. Raus aus dem Hafenviertel, quer durch die Stadt, in Richtung unbekannt. Endlich waren alle Credits weg. Und das Hier war einfach nur das Jetzt, in einem schaukelnden Bus, auf der Insel Siphilia.

Später schlenderten sie planlos durch die Vorstadt, auf der Suche nach einem Rohbau für die Nacht. Da zischte Silvester: »Verdammt!«

»Hm?«, machte Duncan.

»Gloriette!«

»Verdammt!«, wiederholte Duncan. »Wir haben ganz auf sie vergessen!«

»Haben wir abgesperrt?«

»Das hab ich auch vergessen.«

Duncan überlegte einen Moment. »Egal. Gloriette ist

dort, wir hier. Sie wird nicht einfach wegkommen.«
»Wohl kaum«, stimmte ihm Silvester zu. »Aber ob wir wieder so schnell zu ihr kommen?«
Duncan nickte nur. Schweigend folgte ihm Silvester durch die schmalen siphilianischen Gassen.

*

Landeanflug Periphäris. Terra Touchdown. Der Flieger rollte Richtung Terminal und parkte schließlich ein. Bald darauf traten die Passagiere aus der Luke. Zwischen Rollfeld und Flughafengebäude erklangen metallische Verschubgeräusche. Danach Sprachfetzen aus aller Damen Länder. Vor ein paar Stunden waren Duncan und Silvester noch beim Frühstück in der Dachkammer gesessen, jetzt steckten sie mittendrin im internationalen Reisetrubel.

Seidenkrawatten protzten unter bluthochdruckgeröteten Gesichtern infarktgefährdeter Geschäftsmänner. Hochglanzmagazine raschelten zwischen manikürten Frauenhänden. Tausend Koffer, gestapelt, gezogen, verloren, gestohlen. Überall wurde Flüssiges geschlürft, Festes verschlungen, süß, sauer, hastig, mit Blick auf die Uhr. Dazwischen lachen, rufen, Lautsprecherdurchsagen.

Ein letztes Mal drehten sich Duncan und Silvester um. Hinter hohen Panoramafenstern kauerten die weiß glänzenden Flugmaschinen und harrten ihrer fernen Ziele. Ein spektakulärer Auftakt zur kommenden Show. Vor ihnen lag Periphäris, die legendäre Stadt der Künstler und der Träumer.

Wo Centropolis das kapitalistische Leistungsideal in Form kühler Glas- und Stahlbetonarchitektur zur Schau stellte, da konterte Periphäris mit Swing und Klimbim, mit Zerbrechlichkeit und Schroffheit, mit der freimütigen Schlichtheit der typischen, ziegelroten Häuserzeilen. Nebst einem wachsenden Hunger nach Luxus.

Periphäris stand erst am Anfang des internationalen Ausverkaufs. Die alte Dame Centropolis war in den letzten zwanzig Jahren fett und steif geworden, mit zu viel Make-up, zu vielen schmutzigen Wassern gewaschen. Gerissen, gefährlich, schillernd und ausgelutscht.

Dem gegenüber verströmte Periphäris rotzfreche Frische, Tatkraft, Sex-Appeal. Beide waren überlebensgroß. Gefeiert in einer Welt, die im Fernsehen immer offenherziger erscheint, als sie tatsächlich ist.

Genauer betrachtet lagen die Dinge wiederum anders. Mitunter präsentierte sich Silvesters Heimatstadt als verwunschener Ruhepunkt, mit altertümlichem Kern und kopfsteingepflasterten Gassen; sein aktuelles Reiseziel hingegen mehr und mehr als urbanes Tollhaus, hip, gestylt und marktgerecht gemacht.

War nicht überall alles zu finden? War nicht überall alles grundsätzlich gleich? Mauern über Mauern, Menschen über Menschen. Doch wenn Centropolis den Titel Hauptstadt des Westens und der Dekadenz im ehernen Wappen trug, so lockte Periphäris mit dem Versprechen, die Kapitale der tausend Lustbarkeiten zu sein.

*

Die Weinflasche, das Brot, der Käse. Vor einem knisternden Lagerfeuer. Dahinter klatschten die Wellen. Ein Cinemascope-Standbild inklusive Echtzeitsoundtrack.

Mittendrin, die letzten Helden einer Zeit voller Wirrnisse und Zeichen. Sie vermissten nichts. Kein Besitz, der ihnen abging, kein ungestilltes, an der Seele nagendes Verlangen. Hier war jetzt, in der Mitte der Welt, und Schweigen hätte vollkommen genügt. Da fragte Silvester: »Woher kommst du eigentlich?«

Der Junge mit dem dunklen Haarschopf umschlang seine Knie, kniff die Augen zusammen und versuchte am Horizont der Wasserlinie Schiffe auszumachen. Dann sagte er leise: »Seit ich mich erinnern kann, bin ich allein. Eine Suche beschäftigt mich. Ein Versprechen. Es ist verschüttet. Ich kann nichts dagegen tun. Alles passiert einfach.«

»Was aber war vorher«, hakte der Unbeugsame nach. »Kannst du dich denn an gar nichts erinnern?«

»An nichts. Da ist nur mein Name, Lord Duncan. Hin und wieder die leise Ahnung einer seltsamen Mission. Mehr nicht. Manchmal wünsche ich mir, zurückzufinden, manchmal fürchte ich die verschollene Vergangenheit.«

»Du vermutest doch sicher etwas, oder?«

Eine Weile sah Duncan stumm ins große Wasser. Dann fuhr er unvermittelt fort: »Jeder sucht sein Glück. Geht dabei Kompromisse ein. Kleinere, größere. Doch jedes Zugeständnis ist ein Rückzug. Man fügt sich. Das ist der Anfang vom Ende.«

»Was kann man dagegen tun?«

»Du musst deinen eigenen, wahrhaften Weg finden, Silvester.«

»Klingt spannend. Aber macht das nicht ohnehin jeder?«

»Das machen die wenigsten«.

Wieder sah Duncan stumm ins Meer, dann sprach er weiter: »Mein wahrhafter Weg. Im Moment liegt er im Dunkel. Darum kann ich nichts weiter tun, als das Schicksal zu erwarten. Früher oder später wird sich ein Pfad weisen. Daran glaube ich ganz fest.«

Vor ihnen hoben und senkten sich die Wellen.

»Aber auch das ist nicht so einfach, wie es klingt. Du

musst wach sein, Silvester, wach und wachsam, um deine Sternstunden beizeiten zu erkennen.«

»Das verstehe ich nicht.«

»Mach keine Zugeständnisse. Du erntest sonst nur Niederlagen.«

»Nein, in dem Punkt kann ich dir nicht beipflichten. Egoisten gibt es bereits genug. Lieber miteinander, statt gegeneinander. Das ist mir das eine oder andere Zugeständnis wert.«

»Ich rede nicht von den lächerlichen Egoisten.«

»Den lächerlichen Egoisten?«

»Ihre Ziele sind kleiner als ein Sandkorn hier am Strand. Ein Auto, ein Urlaub, ein Anzug, ein Fernsehprogramm. Vielleicht noch die wohlwollende Aufmerksamkeit all der anderen lächerlichen Egoisten. Ihre Lebenssuche beschränkt sich auf die besten Leckerbissen im Supermarktregal. Aber schau, dieses Meer. Vor hundert Jahren überspülten seine Wellen den Strand genauso zärtlich und gelassen wie in diesem Augenblick. In den nächsten hundert Jahren wird es nicht anders sein. Dazwischen haben wir ein wenig Zeit, die großen Fragen anzudenken und an unseren Taten zu wachsen.

Wenn du dir nur immer irgendetwas kaufst, wird sich dein Blick auf die Welt nicht verändern. Wer bist du, Silvester, und wer bin ich? Wir alle entspringen doch der Leidenschaft, ausschließlich. Es gibt keine andere Möglichkeit, um in diese Welt hineingeboren zu werden. Deshalb frage ich mich und auch dich: Wer lebt wahrhaftig im Namen der Liebe? Wo liegt Terra Romantica, wenn nicht in unseren sehnsuchtsvollen Herzen?«

»Hier sitzen wir doch, mitten drin in der Terra Romantica! Vor uns das verehrungswürdige Meer. Der samtige Rote, wie ein bittersüßer Kuss im Munde. Ich denke, am Ende des Tages ist Liebe auch nicht mehr als nur ein Wort. Und noch etwas: Wunder dauern immer nur Momente. Lange dauern Wunder nie.«

In den nächsten Sekunden formte sich in beiden Köpfen ein und derselbe Gedanke: Man müsste die Zeit anhalten können, in einer aus den Angeln gehobenen Welt …

»Ha! Alles würde ewig stillstehen!«

»Ja. Keine sinnlosen Wünsche mehr. Keine ausgelebte Eitelkeit. Nur Ruhe, Frieden, innen wie außen. Überall.« Lord Duncan blinzelte. Wippte mit dem Oberkörper im Rhythmus der klatschenden Wellen.

»Warum spielen wir immer neue Rollen? Wer sind wir wirklich, hinter Moden, Marotten, Maskeraden?«

»Sag mir, wer du bist!«, rief der Unbeugsame.

»Vielleicht nur ein Suchender? Der spürt, dass er eines Tages finden wird? Ach nein. Ich weiß es wirklich nicht, Silvester, vor allem aber bewundere ich – dich. Du verdienst es, in den Stadien der Welt zu spielen, dein Herz flammt rein und wahr. Zudem lenkt mich unsere Begegnung auf lange Vorbestimmtes. Verloren war ich, umnachtet. Langsam spüre ich meine Instinkte wieder. Unser Weg kreuzte sich nicht umsonst. Mein Freund, eine leise Ahnung sagt mir, wir sind auserwählt!«

»Ha! Und ich dachte, von uns beiden wäre ein gewisser Silvester Phaser der freakigere Freak! Nimm diesen Schluck, oh Duncan, unerreichter Visionär! Dein Vertrauen in die Liebe zeugt von einer Größe, die ich niemals erreichen kann. Wir müssen zusammenbleiben, vielleicht geht alles auf. Und wenn nicht, war es zumindest eine hohe Zeit. Wollten wir je mehr vom Leben als eine hohe Zeit?«

Nachdenklich wiegte Duncan den Kopf. »Kann man der Falle entkommen? Wann resigniert man vor der Weite des Himmels und nimmt ihn schließlich nicht mehr

wahr? Wann lebt man sein Leben, statt eine Verpflichtung nach der andern zu verwalten? Es ist alles mögliche, das Leben, bloß eines nicht: unendlich.«
Jetzt lachte Silvester übermütig auf. »Lass es, Duncan. Trink aus! Genieße den Moment. Was solls? Ich reiße dich schon mit. Nach dem ersten Platinalbum wirst du einfach mein Poolwart.«

Die beiden aßen, tranken, tauschten ihre Gedanken, ihre Ideale. Sie waren zu zweit. Und das zählt manchmal mehr, als der riesengroße Rest der Welt. Einer war mit offenen Augen hinter eckigen Sonnenbrillen herumspaziert. Der andere war ihm dabei in die Arme gelaufen. Nun schickten sie sich an, gemeinsam Träume wahr zu machen.

*

Periphäris. U-Bahnstationen, Straßenbahnen, Omnibusse. Zusteigen, umsteigen, absteigen, aussteigen. Den ganzen Nachmittag schlenderten Silvester Phaser und Lord Duncan durch die Fußgängerzonen und die Parks, über die berühmte Präsidentenallee zum alten Königsschloss, anschließend wieder ins Stadtzentrum zurück. Tausend Eindrücke überlagerten einander, löschten Einzelheiten aus. Die Füße schmerzten. Zuletzt rasteten sie auf einer Parkbank. Silvester sah an sich herunter und murmelte: »Abgewetzte Turnschuhe und Wege ohne Ende. Wie damals in Siphilia. Warum wiederholt sich immer alles?«
»Weil wir nicht aus unserer Haut können«, lächelte Duncan. »Wirst sehen, auch als Rockstar ändert sich nicht viel.«
»Ja, ich weiß, Wunder dauern immer nur Momente. Dass mir die Beine noch nicht abgefallen sind, das ist ein Wunder! Und wo sollen wir heute übernachten? In

einem freistehenden Rohbau? Hab hier noch keinen finden können. Die einsamste Gegend ist das ja nicht gerade.«

Versonnen betrachteten Silvester und Duncan den periphärischen Himmel, als warteten sie auf herabschwebende Engel, die sie sanft in ihre ätherischen Arme schließen würden. Eine milde Brise fächerte die müden Gesichter. Deutlich wärmer war es als zuhause, die Luft roch frischer, freundlicher. Hoch oben entstanden immer neue Wolkenbilder. Silvester schien es, als erkannte er gar eine aberwitzig große Bühne, mit haushohen Lautsprechertürmen und zahlreichen Scheinwerferreihen, aus denen plötzlich gleißendes Sonnenlicht brach. Geblendet schlossen beide ihre Augen.

»Wir werden uns schon einmal getroffen haben«, sagte jemand mit sehr sonorer Stimme ins temporäre Dunkel. Verdutzt schlugen Silvester und Duncan die Augen auf. Und vor der Parkbank stand tatsächlich: Er. Der größte lebende Rockstar des Jahrhunderts. Banana Phox.

Der Sänger schwankte leicht im Wind. War verblüffend korpulent. Teuer gekleidet. Kleiner als vermutet. Doch sein Gesicht war unverkennbar. Ein Fernsehgesicht. Im richtigen Leben bemerkt man Einzelheiten, die am Bildschirm nicht auffallen. Hautirritationen, Ausbuchtungen, Falten. Die Fernsehvisage gewinnt real an Kontur und verliert proportional dazu an Mystik. Man versucht beide Versionen in Übereinstimmung zu bringen, allein, es spießt sich. Silvester und Duncan waren sich nicht sicher.

»Banana Phox?«

»What the paradise!« Der Rockstar grinste.

Während die Freunde fragende Blicke tauschten, schritt

Banana rund um die Bank und lies sich schwer neben Silvester nieder. »Wo sind wir, here?«

»Planet Sehnsucht, Stadt Periphäris, Platz des Wohlwollens der Massen. Links von uns der berühmte Fernsehturm, mein Herr.«

»Fernsehturm«, wiederholte der Sänger und wandte den Kopf. Silvester staunte. Jede Bewegung saß perfekt. In seinem augenscheinlichen Non-Alert-Zustand strahlte Banana Sympathie und Anmut aus. Dass er so unvermutet dick war, störte nicht. Seine graublauen Augen hatten mehr vom Rock and Roll gesehen, als Silvester je erträumen konnte.

»Haben sie sich verlaufen?«, fragte Duncan höflich in die Stille.

»Nun ja, ich weiß nicht, just don't know,« meinte Banana. Die Frage schien ihn nicht sonderlich zu interessieren. Augenscheinlich fand er es auf dieser ordinären Parkbank ganz gemütlich. Schlug lässig ein Bein übers andere. Dann murmelte er ‚Showtime' oder so ähnlich, musterte Silvester von der Seite, zog gekonnt die rechte Augenbraue hoch, griff in die lederne Generalstabsjacke mit aufgenähten Felssternen, holte eine Packung Zigarillos sowie seine exklusiven, absurd gewölbten Shades hervor, platzierte sie in einer einzigen, fließenden Bewegung im Gesicht und sah wieder geradeaus.

Der weltberühmte Banana Phox, komplett mit seiner unverwechselbaren Sonnenbrille und einem dünnen Zigarillo zwischen den Lippen, den er sogleich entzündete, fünfzig Zentimeter neben Silvester Phaser. Niemand würde ihm glauben. Er glaubte es ja selbst nicht.

Banana blies den Rauch von sich und setzte zu einer seiner merkwürdigen Reden an: »Yes, Showtime impliziert Show. Big Fake. Groß. Und falsch. Wie Schall. Und Rauch. Small or tall? Die Bühne, das ist dein Plateauschuh. Try to grab it, nimm es mit, einfach nur so. But don't expect the truth, young man. Die Wahrheit wandelt sich im Lauf der Zeit. Kisses and glam and access all areas. All the things that rock and roll was always good at. Was du brauchst, ist der entscheidende Akkord, im einzig richtigen Moment. Nichts weiter. Das Schwierige daran ist, leicht zu bleiben. So ist das. Genau so. So what?« Banana paffte am Stummel und verzog die Lippen zu einem beinah diabolischen Grinsen. Er hatte wohl ein Faible für Predigten.

»Also geht es um gar nichts?«, fragte Duncan, »höchstens um Spaß und Spaß?«

»Spaß und Spaß?«, wiederholte Banana.

»Spaß und Spaß ist immerhin doppelter Spaß«, erklärte Duncan.

Der Sänger antwortete nicht. Mit keckem Griff zog Phaser den qualmenden Zigarillo direkt aus seinem Mund. War vorn ein wenig feucht. Dann schnippte er Bananas persönliche Rauchware mit zwei Fingern gerade von sich weg. Wie bestellt fing eine vorwitzige Windbö den leichten Stummel ab und wehte ihn in einer eleganten, rechts abfallenden Parabel genau in die nur handtellergroße Öffnung des Müllbehälters neben der Parkbank. Alle drei glotzten auf den Müllbehälter. Dann glotzten Phox und Duncan auf Silvester in ihrer Mitte.

»Showtime«, erklärte der Unbeugsame und schlug wie Phox die Beine übereinander. Der Sänger lachte und stand auf. »Yes indeed, ich sollte wirklich damit aufhören. Too much smoke in front of the super trouper. No good für die Stimmung und die Stimme, even bei den tiefen Tönen, right? Because, when it get's too dark, tief drin, it's faraway so close.«

Er setzte eine effektvolle Pause.
»Ihr seid two funny travellers in time. Und nicht von hier, no way.«
Ein Griff in die Lederjacke.
»Hier, take this, young never smoking man. Genießt den Abend in der Stadt der tausend Lustbarkeiten, die Einlage wars wert. But now, I have to go, not too fast and not too slow. All the best and – bon voyage!«
Bananas Fünftausend Credit-Schein knisterte unglaublich vielversprechend in Silvesters Hand.
»Gute Gage«, stammelte der Unbeugsame. Duncan glotzte noch immer. Der größte lebende Rockstar des Jahrhunderts hob die Hand zum Abschiedsgruß und ging.

Obwohl eher klein und korpulent, schritt er aus, als sei der Boden und alles Weitere rund um ihm untertan. Wahrscheinlich war es so. Ruckartig richtete sich Duncan auf. »Moment«, rief er. »Wir werden uns schon einmal getroffen haben? Was soll das heißen?« Doch war Banana Phox bereits zum Rock-Olymp zurückgekehrt, fern den Niederungen des gemeinen Lebens. Die Vögel zwitscherten ihm einen seiner Gassenhauer hinterher. Unterdessen überprüfte Phaser die Wasserzeichen des Fünftausenders. Es war verrückt, das Geld war echt. Somit rollte der Trip weiter, wie er begonnen hatte: Rockstar like!

*

Silvester träumte von einer weitläufigen Suite in einem absurd teuren Hotel. Knopfgepolsterte Ledersofas. Stofftapezierte Wände. Röhrenfernseher der neuesten Generation. Auf MTPhee lief soeben die Übertragung seiner eigenen Pressekonferenz zur bevorstehenden Welttournee …

Duncan träumte von den zerklüfteten Hügeln des nördlichen Hochlandes. Er stand am Ufer von Loch Shinn. Neben seinem Freund und Mentor, dem Weisen aus der Höhle. In weitem Bogen deutete der Alte über den Himmel, die Hügel und die Hänge, hielt mit offener Hand über dem Wasser inne, bereit, alles zu erklären. Und Duncan verstand, die Welt so hell, ihr Sinn so klar …

Plötzlich begann die MTPhee-Reporterin mitten im Interview zu muhen. Nicht nur sie. Die anderen versammelten Journalisten, die Zaungäste, sogar er selbst, alle muhten, auf seiner eigenen, unglaublich wichtigen Pressekonferenz. Wie hungrige Kühe am Morgen muhten sie dröhnend durcheinander, Moment, das war doch gar nicht möglich …

Nun war der alte, weise Mann bereit, die allerletzte Wahrheit zu verkünden. Seine Zähne blitzten, sein Gaumenzäpfchen wackelte, da bahnte sie sich an, die unglaublich wichtige Mitteilung aus dem Munde des Druiden. Erste geheimnisvolle Laute, die klangen, sie klangen, wie, ja, wie wenn eine Kuh laut und kräftig muht und … Was war das?!

Gleichzeitig schreckten beide aus dem Schlaf. Rund um sie herum: Kühe! Eine ganze Herde, vorne, hinten, links wie rechts. Silvester dicht neben Duncan, aus allen Träumen gerissen, am Boden, im Schlafsack, am Strand, im Sand. Von unten betrachtet wirkten die graubraunen Rindviecher ziemlich bedrohlich. Entsetzt starrten Duncan und Silvester auf speichelnasse Mäuler, wabbelnde Halssäcke, dunkle Hufe, rosafarbene Euter und keck schwingende Schwänze. Gottlob kam es zu keinem folgenschweren Fehltritt. Gemächlich zogen die siphilianischen Rinder zu beiden Seiten vorbei und weiter, den flachen Strand entlang.

Sogar das Meer gluckerte schadenfroh, weil ein vorwitziger Kobold vom Geisterclan der Morgenröte die unbedarften Strandschläfer mit einer kompletten Kuhherde bedacht hatte. Ungläubig glotzten sie den trägen Wiederkäuern aus ihrer devoten Bodenperspektive hinterher. »Wow, okay! Wie wärs mit Frühstück?«

Ein guter Gedanke, der sogleich zu einem bekannten Problem führte. Problem hundert. Einhundert Credits nämlich, die noch übrig waren, von Silvesters Straßenmusik. Zu viel um aufzugeben, zu wenig um es sogleich unüberlegt in Cappuccino und Panini anzulegen. Lieber warteten sie ab, wuschen sich Hände und Gesicht im Meer und zogen weiter.

*

Das Grand Hotel lag direkt am berühmten Boulevard der Eleganz, der mit prächtigen Kastanienbäumen gesäumt war, und die Zimmer hatten einen runden Preis: Tausend Credits pro Nacht.

In der Empfangshalle hätte man bequem einen Heißluftballon aufpumpen können. Kuschelig morbid wirkte das ehrwürdige Gründerzeitpalais, genau an der Grenze zwischen originellem Kitsch und sündteurem Geschmack. Möbliert mit dicken Lederfauteuils, altmodischen Stehlampen, einem weißen Konzertflügel, banalen Topfpflanzen und dunklen Ölgemälden. Grabesstille auf den Gängen, da die zentimeterdicken Teppichläufer jeden Trittschall schluckten. Dazu bot der verglaste Aufzug Aussicht auf die vorbeiziehenden Stockwerke.

Die Suite: ausladend einladende Sitzgelegenheiten. Eine Zimmerbar mit legendären und absurd teuren Gewächsen aus den berühmten Anbaugebieten rund um Phommerol. Allerlei technischer Schnickschnack, zum

Beleuchten und Verdunkeln, zum Radiohören, Fernsehen, um Faxnachrichten ans andere Ende der Welt zu versenden. Im Zentrum der Sensationen stand die spektakuläre Aussicht auf Periphäris' pulsierende Mitte und direkt unter ihnen schaukelten die berühmten Kastanienzweige des Boulevards der Eleganz im Wind.

Der Verkehr, die Flaneure, die Liebespaare, die ganze elektrostatisch aufgeladene City, alles und jeder säuselte den swingenden, zwingenden Rhythmus über sechs Hotelstockwerke zum mondänen Aussichtspunkt hinauf: Kommt, kommt, amüsiert euch, kommt! Hier waren Bananas Fünftausend ausgezeichnet angelegt.

Silvester und Duncan warfen die fleckigen Rucksäcke auf eine elegante Ottomane und rauschten mit dem gläsernen Aufzug in den Fitnesstrakt, um eine Weile im Hotelpool zu planschen. Federleicht wog der goldglitzernde Kelch des Rockstardaseins in ihren nach feinster Hotelseife duftenden Händen. Wie sang der junge Pop-Prinz aus Paisleytown so treffend? Clap your hands and stomp your feet. Everybody knows, when fame and music calls, you got to go, hey yo!

*

Marschieren, marschieren, marschieren. Stundenlang. Da war kein Schmerz mehr in den Beinen, denn da waren keine Beine mehr. Nur verhärtete Muskel- und Sehnenstränge, die der Wille irgendwie über den heißen Asphalt der Straße trieb.

Keines der spärlich vorbeirollenden Autos hielt. Sie schwitzten. Sie rochen. Sie besaßen weniger als hundert Credits.

*

Zwei strahlende Helden schlüpften in frische T-Shirts und verließen das erlesene Hotel, um die Fülle der Nacht in all ihren Nuancen aufzusaugen. Holzgetäfelte Pubs mit dreißig verschiedenen Biersorten; Tanzlokale, aus deren offenen Türen Tangomusik wehte; Kunstgalerien mit abendlichem Barbetrieb; Kellerklubs, in denen Hardrockbands in die Saiten mattschwarzer Phlying Phee-Gitarren griffen; samttapezierte Animierlokale; fernöstliche Snackbuden mit dem dampfenden Wok hinter der Theke; vegetarische Spezialitäten to go; Studententreffs, vollgestellt mit Plastikmadonnen, Weinflaschen, Buddelschiffen, Kristallkaraffen, Buddhastatuen und Schneekugeln; Jazzkneipen mit verquer verschweißten Trompetenteilen an der Decke; improvisierte Hinterhof-Discos, mit Leder- und Latexaccessoires im leeren Bilderrahmen zum dreidimensionalen Kunstobjekt drapiert; gediegene Feinschmeckerrestaurants; muffige Absynth-Schenken; Burger- und Kebabstände. All das fand sich in Periphäris' nimmermüder Mitte, begleitet von Stimmenmischmasch, Lachanfällen, Gedränge, Musikfetzen und Polizeisirenen. In verwinkelten Gassen, die in allen Richtungen weitere Möglichkeiten boten, Geld ohne Ende auszugeben. Staunend trieben Silvester und Duncan dahin, im scheinbar endlosen Strom der Frauen, Männer, Über-, Unter- und Außerirdischen, zwischen den flirrend bunten Positions- und Irrlichtern der Stadt der tausend Lustbarkeiten.

*

Problem dreißig. Ein Hund hatte ihre letzten Brötchen geklaut. Normalerweise würden sie darüber lachen. Sie hatten fast zehn Meilen Fußmarsch hinter sich, als sie endlich auf die glorreiche Idee kamen einen Zug zu kapern, um die Hauptstadt Phalerma zu erreichen. Planlos stiegen sie in die nächstbeste Garnitur und rollten prompt in die falsche Richtung. Landeten nach kurzer Fahrt erst recht in jenem Städtchen, welches sie tags zuvor verlassen hatten. Normalerweise würden sie darüber lachen. Wenn nur ihre Mägen nicht derart schamlos geknurrt hätten! Immerhin kannten sie hier schon einen feinen Rohbau. Morgen würden sie es eben noch einmal versuchen. Mit den letzten dreißig Credits kauften die beiden zwei Nortadellabrötchen, bissen herzhaft hinein und lachten einfach.

*

Irgendwann lehnten die beiden glücklich nebeneinander in einem schummrigen Pub.
»Hey Duncan! Die Begegnung mit Banana war ein Zeichen. Ich hab Ideen für hundert Songs. Wenn wir zuhause sind, wird jeden Tag geprobt. MTPhee, wir kommen!«
»Du benennst es, Phaser! Rock and Roll ist unser Ding! Haben wir noch was von den fünftausend übrig?«
»Bestell dir, was du willst, mein Freund. In Centropolis mache ich sowieso Schluss mit den Lokaltourneen. All die verschwendete Zeit! Sie sollten das Yesterday immer erst nach den Proben aufsperren. Die Proben sind das Wichtigste, verstehst du?«
»Silvester, so ein Spruch aus deinem Munde? Wir haben doch noch alle Zeit der Welt. Probier lieber den hier: Den Magic-Monster-Margarita-Mix. Ab-so-lut jamkompatibel, wenn du mich fragst.«
»Hey! Bist du etwa schon besoffen? Banana hat mir so viel klar gemacht. Es funktioniert nur, wenn man wirklich eisern dranbleibt. Hatte ich mir vorher zwar auch schon dann und wann gedacht, aber jetzt mache ich ernst.

Deine Zusage für den Frontman steht, nicht wahr?«

»Na sicher! Ich bin der Frontman!« Bestürzend blauäugig kicherte Lord Duncan in sich hinein. »Slàinte, Unbeugsamer! Mit einer Bedingung. Ich muss mir ebenso abartige Shades ins Gesicht stecken. Meinst du, Banana hat sie hier in Periphäris abgegriffen?«

»Vergiss die Shades, Dude! Wir brauchen eine eigene Linie! Das wichtigste ist sowieso der Beat. Die Leute wollen den ultimativen Groove, verstehst du? Und sie wollen nicht nur nette Melodien zum Groove, sie wollen Hymnen. Auf das Leben. Auf die Liebe. Auf alles, was Spaß macht. Doppelten Spaß. Und den werden sie von uns bekommen.«

Aufgekratzt rückte Silvester Phaser die eigene Eckige zurecht und wanderte im Geist bereits durch sein zukünftiges Aufnahmestudio.

Amüsiert lehnte sich Duncan zurück. Erinnerungen an das Hochland wehten wie fernes Dudelsackgewimmer durch sein vernebeltes Bewusstsein. Vielleicht lag es an der Einrichtung des Pubs, vielleicht an der folkloristischen Hintergrundmusik. Die Nacht, die Drinks, der Cityflash, seine Lordschaft fühlte sich pudelwohl. Er, ein zukünftiger Rockstar? Irre kichernd tauchte Duncan immer tiefer in seine Innenwelt hinab. Der Moment war in perfekter Schwebe. Da stand sie plötzlich da und sagte schlicht: »Liebster. Vergiss die Liebe nicht.«

Mit einem Ruck schreckte der Frontman auf. Griff verwirrt nach seinem Cocktailglas. »Silvester, vielleicht gibt es ja doch noch ein Problem.«

»Welches Problem?«

»Mary Lin.«

»Mary Lin? Wieso?«

»Sie hält nicht viel von unserm Rockstarplan. Der

beeindruckt sie überhaupt nicht. Sie möchte, dass ich mir einen ordentlichen Job suche. Zur Sicherheit. Und dann möchte sie irgendwann Kinder.«
»Na, da möchte sie ja ganz schön viel auf einmal. Seid ihr euch also schon so nah gekommen, um die gemeinsame Familienplanung festzulegen?« Silvester grinste.
»Du wirst sehen, wenn die Band in Schwung kommt, werden wir sie schon überzeugen. Wann hast du sie zuletzt getroffen?«
»Weißt du noch, der schräge Abend, als Pat mit dem Periphäris-Trip daherkam?«
»Natürlich! Nur zum Schluss wurde es ein bisschen unübersichtlich. Mary war plötzlich weg, nicht wahr?«
»Gleich am nächsten Tag hab ich sie angerufen. Wir haben uns im Park getroffen. Das war der Anfang.«
»Also bist du tatsächlich verliebt. Ist bestimmt gut für die Stimme.«
Gedankenverloren drehte Duncan das Cocktailglas. »Mary ist so – intensiv. Es ist, als würde ich sie ewig kennen. Und manchmal denke ich, unsere Nähe geht tiefer als die Wirklichkeit.«
»Na, na, das klingt ja sehr dramatisch.«
»Ich kann es mir selbst nicht erklären. Nichts zählt, verstehst du? Nichts, außer Mary Lin.«
Da senkte Silvester die Stimme und deklamierte wie ein übergeschnappter Imperator, »du meinst natürlich nichts – außer dem Rock and Roll!«

Schallend lachten beide auf. Auch die Nachtschwärmer der Stadt der tausend Lustbarkeiten gaben rundherum ihr Bestes. Trotzdem wünschte sich Duncan auf einmal ganz woanders hin.

*

Neben den üblichen städtischen Gegebenheiten bot Phalerma eine spezielle Attraktion: Das besetzte Haus. Zwei Punks empfahlen den Trampern aus Centropolis, dort zu übernachten. Nach einer Weile stießen Silvester und Duncan in einer verwinkelten Nebenstraße tatsächlich auf das heruntergekommene Casa Occupata. Ein paar andere Punks hockten dort auf improvisierten Sitzgelegenheiten aus Brettern, Polstern, umgedrehten Bierkisten, und debattierten über die Zerschlagung des internationalen Kapitalismus.

Nach einem durchaus freundlichen Begrüßungsschwatz, woher, wohin, kein Geld, das kennen wir, wies man ihnen den Weg durch einen unbeleuchteten, mit Gerümpel vollgestellten Gang zu einem graffitibeschmierten, davon abgesehen jedoch durchaus benutzbaren Zimmer. Kaum mehr als ein nacktes Bettgestell darin, mit quietschenden Metallspringfedern, aber immerhin ein Dach über dem Kopf. Und wenn man die Schlafsäcke sauber auf den feinmaschigen Drahtringen des Bettgestells ausbreitete, lag man sogar bequemer als gedacht.

Die beiden trotteten zurück in den Gemeinschaftsraum, um sich für ihr Quartier zu bedanken, nur trafen sie dort niemanden mehr an. Dafür war auf einmal Silvesters Gitarre aus dem Kabuff verschwunden. Sie suchten das Instrument in allen zugänglichen Winkeln. Manche Räume waren bereits baufällig, mit faustgroßen Löchern und fingerdicken Rissen an den Decken. Der Treppenaufgang in den ersten Stock war überhaupt verbarrikadiert. Am Ende des Ganges traten sie durch ein halb verfallenes Holztor und standen in einem mittelalterlichen Lichthof, mit hohen, schiefen Wänden und winzigen Fensteröffnungen. Die nächste Tür führte in eine Hauskapelle, mit abgewetztem, doch aufwendig verlegtem Marmorboden,

einem verwitterten Deckenfresko, sowie dem nackten Holzpodest für den nicht mehr vorhandenen Altar. Silvester und Duncan ahnten, dieser historische Palazzo war viel größer als zunächst angenommen. Wer ließ ein so prächtiges Gebäude so leichtsinnig verkommen? Wem es wohl überhaupt gehörte? Den Punks sicherlich nicht. Jedenfalls waren weder sie, noch die Gitarre irgendwo zu finden. Ratlos trotteten Duncan und Silvester in ihr Kabuff zurück. Dann grinste der Unbeugsame und meinte, »weg ist weg, also, was solls.«
»Und wie kommen wir jetzt zu Geld?«
»Keine Ahnung.«
Seufzend setzten sie sich nebeneinander auf das quietschende Federkerngestell und betrachteten die graffitibeschmierte Wand. Fern von zuhause, in einer fremden Stadt, ohne Bekanntschaften. Und ohne einen Credit.
»Silvester?«
»Was gibts?«
»Irgendwie sind wir gerade ziemlich abgefuckt.«
»Yep.«
»Sei nicht traurig wegen der Gitarre. Vielleicht taucht sie ja wieder auf.«
»Duncan. Wir sind hier in Phalerma. Da taucht höchstens was unter, und zwar mit viel Zement an den Füßen. Vergiss die Gitarre. So großartig war die nicht.«
»Trotzdem bin ich froh, dass wir uns getroffen haben.«
»Soll ich dir was sagen? Mir gehts genauso! Duncan, du rockst! Komm doch mit mir nach Centropolis. Dort könnten wir einiges anstellen, du und ich.«
»Centropolis? Da war ich, glaube ich, noch nie.«
»Die Stadt ist cool. Wer weiß, vielleicht ergibt sich das ganz große Ding?«
»Das große Ding!« Duncan lächelte. »Mit dir auf jeden Fall! Nein, ehrlich, seit wir uns kennengelernt haben,

geht es mir viel besser. Wenn es dir ernst ist, komme ich gerne mit.«

»Hey, du bist der Erste, der mich wirklich versteht. Zuhause lachen doch nur alle über meine Pläne. Sie trauen mir nichts zu, weil sie sich selbst nichts zutrauen. Sie denken, Rockstars materialisieren sich einfach aus dem Nirwana, und Typen wie ich sind chancenlos. Dabei haben meine Helden auch klein angefangen. Du bist anders, Duncan. Du spürst den Spirit, der die Welt durchweht. Zusammen können wir einiges erreichen. Außerdem haben wir sicher eine hohe Zeit dabei. Und darauf kommt es an!«

»Meine Rede, Phaser! Bin gespannt, wohin uns dieser Trip noch führen wird.«

»Nach Centropolis, in meine Dachmansarde. Dort gibt es zumindest immer was zu essen.«

Bald darauf kuschelten sie sich in ihre Schlafsäcke, schlossen die Augen, träumten von Silvesters Spezialpasta mit Tomatensauce, rotem Wein, weißem Brot, von langen Gesprächen über das unerhörte, ungeordnete, undurchschaubare Sein, voll kosmischer Energie, komischen Begebenheiten, Visionen, Ideen, Freundschaften – und Liebe.

*

Mary Lin war leicht nervös. Gleich am nächsten Tag hatte Lord Duncan bei ihr angerufen.

Spontan schlug sie einen gemeinsamen Spaziergang vor, hinauf, zum kleinen Park mit Aussicht. Die sanft geschwungenen Straßen waren vertrautes Terrain, dort fühlte sie sich einem gegebenenfalls aufziehenden Gefühlssturm gewachsen. Mary liebte Spaziergänge. Ob er diese Leidenschaft wohl mit ihr teilen würde?

Lord Duncan war ebenso gespannt. Einander in fortschreitendem Zustand näher zu kommen klang nach Klasse.

Er duschte bei Silvester, lieh sich dessen einziges weißes Hemd und machte sich auf den Weg zum verheißungsvollen Treffpunkt.

Mary merkte, sie ging viel zu schnell. Wollte dabei unbedingt ein paar Minuten nach der ausgemachten Zeit erscheinen. Pünktlich, jedoch auf keinen Fall vor ihm. Ihre Aufregung nahm zu. Worüber sie wohl reden würden? Nun, dass Duncan nicht auf den Mund gefallen war, hatte er ja ausschweifend bewiesen. Sein süßer, zarter Mund ... Mary schaffte es nicht, ihre Schritte zu zügeln und erreichte den kleinen Park bereits zehn Minuten vor der Zeit. Duncan stand schon da. Betrachtete die unter ihm liegende Stadt. Selbst von hinten sah er gut aus, groß gewachsen, sportlich, aufrecht an der Brüstung stehend. Wie sympathisch, dass er noch früher als sie gekommen war. Sachte trat Mary an ihn heran.

»Hi!«

Geschmeidig drehte er sich um und lächelte. »Oh! Hi!« Eben noch hatte er die dunstige Betonferne betrachtet, jetzt war da plötzlich ihr Gesicht. Eine Windbö streichelte Marys Haar. Ihre Augen leuchteten. Einen Moment lang schauten sie einander einfach nur an. Es war ein bisschen komisch. Dann sagte Mary: »Gehen wir?«

»Ja, gehen wir.«

Seite an Seite verließen sie den Park und spazierten die sanft ansteigende Straße hoch.

»Wie hast du das gestern eigentlich gemeint, mit dem Ursprung der Dinge?«

Nach wenigen Schritten waren sie bereits in ein angeregtes Gespräch über Duncans Standpunkte geraten. Er erzählte von seiner Suche nach dem Wesentlichen, vom Versuch, hinter die Kulissen der Weltbühne zu blicken. Ein Experiment, das nicht gelingen kann, wenn man nicht selbst ein kleines Stück daneben steht. »Erst, wenn du aus dem Rahmen fällst, erkennst du das Bild darin. Natürlich gelingt dir das nie ganz. Wer könnte schon sein Innerstes vollständig nach außen stülpen? Eine Ahnung, ein Vorgeschmack jedoch bleibt.«

Immer weiter redeten sie über Erfahrungen und Gedanken, die hell aufleuchteten und alsbald wieder verblassten, neuen Eindrücken weichen mussten, wie die eleganten Villen, an denen sie gemächlich entlang spazierten.

»Wie hat es dich nach Centropolis verschlagen?«

Da erzählte Duncan, wie er Silvester auf der südländischen Halbinsel an einer staubigen Landstraße aufgegabelt hatte, oder Silvester ihn. Von der gemeinsamen Fahrt nach Phalerma und zurück in Phasers Heimatstadt. Wie ihre Freundschaft mit jeder Meile wuchs. Oft musste Mary herzlich lachen, besonders wenn Duncan vom wenig erfolgreichen Straßenmusizieren oder von skurrilen Situationen rund um Gloriette berichtete.

»Du lebst tatsächlich in einem Wohnmobil?«

Er grinste. »Ungewöhnlich, nicht? Aber ja, Gloriette ist mein kleines, vergammeltes Raumschiff. Im Moment arbeite ich nicht und Wohnungen sind teuer, da gebe ich mein bisschen Geld lieber immer woanders aus. Das pure Sein drängt mich. Neues finde ich nur hinter dem Horizont. Zum Glück kann ich bei Silvester unterschlüpfen, wenn ich genug vom Dauercampen habe.«

»Ach ja, Phaser. Ich weiß, er würde so gern Rockstar werden. Das ist doch kindisch, nicht?«

»Nun, ich denke, Träume sind das Wichtigste überhaupt. Wer seine Träume ignoriert oder gar komplett vergisst, der verliert sich selbst. Immerhin weiß Silvester, was er will. Viele wissen das nicht. Unsere erste Regel lautet: Alles ist möglich. Und die letzte: Bleib auf deinem Weg, komme, was da wolle.«

Ziemlich viel auf einmal, überlegte Mary. Und das von allem. Andererseits wirkte Duncan nicht anstrengend auf sie. Im Gegenteil. Mit seiner melodischen Stimme gab er ihr das Gefühl, wasserklare Ansichten zu teilen. Gedanken, die geradewegs von ihr selbst stammen könnten, und denen er nur noch die passenden Wörter verlieh. Seine Welt war ihre Welt. Die heute noch dazu wie frisch gestrichen wirkte. Dieser merkwürdige Junge versprach mehr als alle anderen, die sie bisher kennengelernt hatte, er versprach Antworten auf ihre tiefgründigsten Fragen. Forsch ergriff sie seine Hand. Duncan wurde ein wenig rot dabei. So gefiel er ihr noch besser. Im Einklang schritten die beiden eine gewundene Straße hinauf und weiter, in den angrenzenden Stadtwald.

»Was wünschst du dir vom Leben?«, fragte Duncan.

Mary Lin antwortete nicht sofort. Nach ein paar stillen Schritten sagte sie: »Weißt du, ich möchte nicht alleine sein, möchte jemanden an meiner Seite wissen, der mich versteht. Der Hand in Hand mit mir der Welt entgegentritt.« Sie überlegte weiter. »Und am liebsten möchte ich ein Leben ohne Alltag führen.«

Dann lächelte Mary. »Nie Alltag. Wie ein Rockstar, nicht? Aber nein, großartige Pläne habe ich keine. Irgendwann sollen Kinder in mein Leben kommen. Zwillinge, Drillinge. Am besten ein ganzer Kindergarten voll.«

Darauf sagte Duncan nichts. Nun erreichten sie die nächste Anhöhe. Wie bunte Tetrisblöcke fransten die letzten Stadtrandsiedlungen unter ihnen in der flachen Landschaft aus. Dahinter wölbten sich braungrüne Rechtecke, die ersten Äcker und Wiesen, in den weiten Horizont. Schweigend überblickten die beiden das westliche Ende von Centropolis, mit den beinahe schon zusammengewachsenen Kleinstädten Lake End, Westernbury und Tinytown. Ein langweiliges Straßen- und Häusergeflecht in einer entzückend unaufgeregten Landschaft.

Zeitgleich senkten sie die Blicke, schauten einander an, näherten sich, langsam, schlossen endlich ihre Augen, tauschten den ersten, zärtlich neugierigen Kuss.

*

Hoch schossen die Flammen, in der Sekunde des Aufeinandertreffens vibrierender Lippen, in Rubens Zauberhöhle. Der Druide trat an die Schicksalskarte, verglich markierte Koordinaten anhand der Sternenuhr, runzelte die Stirn und wandte sich abrupt von allen Instrumenten ab. »Zu früh«, murmelte er und starrte in den flackernden Feuerschein.

*

Sonnenstrahlen kitzelten Silvester Phaser und Lord Duncan im Gesicht. Durch ein Fenster ohne Fensterglas, in einem halb verfallenen Palazzo, in der Altstadt von Phalerma. Zuerst nahmen sie die ungewohnten, rostquietschenden Federkerne wahr. Dann den nagenden Hunger. Schlugen gleichzeitig die Augen auf. Sahen einander an und erkannten, die Zeit der Heimkehr war herangekommen.

*

Eine frühe Stunde in der Stadt der tausend Lustbarkeiten. Im Hotel war es noch still, aber draußen strahlte Periphäris bereits mit Schwester Sol um die Wette. Sanft glitten weiche Daunendecken auf dicke Teppichböden. Zwei junge Ritter der Nacht krabbelten aus ihren Betten, beseelt von neuen Wegen: der Pfad der Liebe für Duncan und der Pfad der Musik für Silvester. Gut möglich, dass beide einfach dasselbe meinten. Aufgekratzt machten sie sich bereit für den Rückflug nach Centropolis, der Hauptstadt zukünftiger Rock and Roll-Idole. Etwas später saßen sie in einem Taxi, ließen den Stadtkern hinter sich, schritten bald darauf erhobenen Hauptes durch das Flughafengebäude. Schicksalsergeben knarrten die Angeln der Welt in ihren kosmischen Scharnieren, während Lord Duncan mit stechendem Blick die Abfluganzeigen studierte.

*

Weit nach Osten schaute indes Ruben. Zwirbelte dabei den imposanten Bart. Zwischen hohen Wolkenbändern verblasste langsam ein einzelner Kondensstreifen. Gezielt richtete der Druide den Blick auf die glänzende Pfeilspitze des weiß schraffierten Striches. Und kraft seines Wissens schickte er einen magischen Moment lang Klarheit in den Himmel.

*

Unwillkürlich begann Duncan zu zittern. Hielt sich verwirrt an seinen Sessellehnen fest. Versuchte den Gedankenschwall, der ihn neuntausend Meter über dem Meeresspiegel überfiel, zu ordnen. Er, der großspurige Zauberlehrling, aus dem Nichts getreten um seine Umwelt fortwährend zu verblüffen, sah sich zum ersten Mal seit ungezählten Zeiten selbst.

Duncans ständige Zweifel, die Unmöglichkeit im Hier und Jetzt zu handeln, sein unablässiges Drängen in die Zukunft, die er dauernd verplante und doch nie ergriff, all das raubte ihm die Kraft. Ein Zeitenloser war er, ohne Vergangenheit, und dadurch ohne Gegenwart. Einer, der wohl intuitiv die Möglichkeiten des Moments erkannte, gleichwohl nichts daraus machte.

Schöpferische Energien verdünnten sich permanent, im steten Fluss der Fülle dieser Welt. Duncan verlor sich, im unbegreiflich tiefen Ich. Konnte nicht über seinen grüblerischen Schatten springen, stand immerfort sich selbst im Weg.

»Nein!«, schrie er.

Erschrocken starrte Silvester den Freund an. »Hey! Alles in Ordnung?«

Lord Duncan schwitzte. »Silvester! Ein Zeichen! Ich muss mich selbst zurücklassen, andernfalls stürze ich ins Chaos. Erst wenn ich mich ganz und gar im Weltengeist verloren habe, kann ich zur Ruhe kommen. Im Nichts und Alles der Liebe werde ich mich wiederfinden. Und darum muss, wie Ruben einst prophezeite, der vorbestimmte Weg beschritten werden, bis an sein unwägbares Ende. Und dann –«

»Und dann?«, flüsterte Phaser ebenso atemlos.

»Bleibt nur noch eins zu tun. Diese, unsere Welt aus den Angeln zu heben.«

Silvesters Augen leuchteten mit jedem Wort mehr. »Yeah! Das ist genau der richtige Approach! Wir brauchen ein Album, das die Welt aus den Angeln hebt! Aber wer bitte ist dieser ‚Ruben'?«

Stumm blickte Duncan aus dem Plexiglasbullauge. Ließ dem Kamerad die Träume. Verlor sich wiederum im Nebel wunderlicher Fantasien. Dachte mit aller Kraft an Mary Lin.

*

Die Prinzessin spürte einen Stich. Löste ihre Finger unvermittelt von den seinen. Blickte trotzig auf das Niemandsland rund um ihr Heimatstädtchen Tinytown. Eben war ihr Duncan noch ganz nah gewesen. Jetzt fragte sie sich bange, wo das alles enden sollte.

*

Es endete in einem Regionalzug nach Philla Phranka. Stundenlang hatten sie den Daumen hochgehalten, waren meilenweit marschiert. Zwecklos. Nicht ein Autofahrer stieg für die beiden auf die Bremse. Man konnte sich denken, warum. So heruntergekommen, wie sie aussahen nach all den Tagen auf der Straße, den Nächten in den Rohbauten. Jetzt wollten sie nur noch nach Hause. In einem Vorort von Phalerma kletterten die zwei in den nächstbesten Zug Richtung Norden. Dem Schaffner erklärten sie kurzerhand, bestohlen worden zu sein. Somit waren ihre Bahnkarten weg. In gewisser Weise entsprach die Schummelei anhand Silvesters entwendeter Gitarre ja sogar der Wahrheit, auch wenn es die Zugtickets so nie gegeben hatte.

Der Schaffner kratzte sich am Kinn, akzeptierte die krude Geschichte und ließ die beiden unbehelligt sitzen. Am Hafen wurde die komplette Eisenbahngarnitur in eine Fähre verschoben und zurück aufs Festland überstellt.

Meile um Meile rollte der Zug an den vertrauten Obsthainen vorbei. Sie verließen die Bahn an jener Station, in deren Nähe sie Gloriette zurückgelassen hatten, und trotteten noch einmal eine staubige Landstraße entlang, bis sie am späten Nachmittag tatsächlich vor Duncans ehrwürdigem Gefährt standen.

Gloriette sah gut aus. Wie weißes Feuer blitzten die Sonnenreflexe an ihren schnittigen Kanten. Duncan kramte in der Hosentasche. Da war er, der schmale, altmodische Autoschlüssel. Passte wie angegossen. Mit einem lang gezogenen Quietschton schnappte die Blechtür auf. Seine Lordschaft schwang sich auf den Fahrersitz. In der Zwischenzeit hantierte Silvester am Tankdeckel, um den mitgebrachten Treibstoff umzufüllen. Ein voller Kanister, den er an der Dorftankstelle geschnorrt hatte. Okay. Er hatte ihn geklaut. Wie sonst hätten sie Gloriette wieder in Schwung bringen können?

Es fühlte sich gut an, den Kanister in die Eingeweide des lieb gewonnenen Wohnmobils zu tanken. Sorgfältig drehte ihn Silvester, damit auch kein Tropfen verloren ging. Freute sich dabei auf seine kleine Wohnung, auf die TVCaster, die Band.

Und vor allem freute er sich auf die Zeit mit seinem neuen Freund, dem exzentrischen Lord, in Centropolis. Die Welt könnte gewiss mehr so Typen gebrauchen, dachte er, und dann war der Kanister leer. Silvester wanderte rund um das Fahrzeug. Nahm am Beifahrersitz Platz. Wissend sahen sie sich an. Ein erhabener Moment. Duncan hielt den Zündschlüssel bereit.

»Warte«, murmelte Silvester.

Gespannt legte seine Lordschaft den Schlüssel auf das Armaturenbrett. Phaser kramte in der Jacke und holte eine kleine, rechteckige Wegwerfkamera aus Karton hervor.

»Wo hast du denn die her«, fragte Duncan nur.

»Na, von der Tanke natürlich«, erklärte Silvester beiläufig und untersuchte das kuriose Ding. »Aha, hier auslösen.« Er hielt den Apparat ans Auge, während Duncan irre grinste.

‚Srrrpt' machte die Pappschachtel mit dem Loch in der Mitte. Schon war Duncan für die immer ungläubige Nachwelt auf ein rechteckiges Stück Negativ gebannt. »Jetzt du«, nickte Silvester und reichte die Kamera hinüber. Der Lord wählte das Hochformat. Srrrpt.

»Na gut«, schloss er und drehte sich schwungvoll zum Lenkrad. Ein helles Klingeln alarmierte ihn, da war es bereits zu spät.

»Zum Kuckuck! Jetzt ist mir doch tatsächlich der Zündschlüssel in den Spalt hinter dem Armaturenbrett gerutscht!«

»Was? Gibts nicht!« Silvester spielte mit der Pappkamera herum. Srrrpt. Er fotografierte das vorwurfsvoll leere Armaturenbrett.

»Papperlapapp, von wegen gibts nicht. Sieh doch!« Ratlos starrten beide auf die blanke Stelle.

»Er ist durch den Ritz da gefallen. Ausgerechnet! Was machen wir jetzt bloß?«

»Keine Panik!« Silvester untersuchte das Armaturenbrett. Schließlich fuhr seine Hand in die Gesäßtasche der Lederhose, um ein rotes Klappmesser hervor zu holen. »Also. Ich schraube erst mal die Verkleidung ab, okay?«

Duncan nickte nur und hielt die Plastikblende fest, während sich sein Freund hinunterbeugte um eine Schraube nach der anderen zu lösen.

»Schau, da unten müsste er liegen.« Silvester fädelte die Hand durch ein Kabelknäuel und versenkte seinen Unterarm Richtung Lenkradstange.

»Glaubst du wirklich, dass es eine gute Idee ist, in diesen Drähten da herum zu wühlen? Vielleicht fliegen wir ja in die Luft, wenn du bei der Elektrik etwas abklemmst!«

»Duncan! Im schlimmsten Fall kommen wir nicht mehr vom Fleck. Und diese Situation ist faktisch eingetreten außer –«
»Außer?«
»Wir finden deinen Schlüssel wieder, großer Meister!« Phaser grunzte, rutschte auf den Knien unter das Lenkrad und schraubte mit dem Messer direkt am Gaspedal herum. Der Lord verfolgte seine Bemühungen mit zunehmend sorgenvollem Interesse. »Vielleicht sollten wir einen Mechaniker hinzuziehen?«, meinte er gedehnt.
»Der passte an der Tanke aber zufällig nicht mehr in meine Jackentasche. Willst du jetzt losfahren, oder was? Pass auf! Drück hier dagegen. Moment, ah, siehst du?« Silvester ruckelte an der Blende und lockerte das ganze Plastikzeug. »Da unten klemmt es noch. Warte. Jetzt ziehen!« Plötzlich hielt er die komplette Armaturenverkleidung in der Hand. »Sehr schön!«
»Wow«, zischte Duncan.

Nackt und surreal ragte die schmale Lenkradstange aus dem Inneren des Motorraums. Kraftlos baumelte der Blinkhebel an einem bunten Kabelbündel. Dahinter blankes Eisen.
»Siehst du was?«, fragte seine Lordschaft und hielt zärtlich den schaukelnden Blinkhebel ruhig.
Silvesters Arm war bereits zur Gänze in Gloriettes Innereien getaucht. »Nein«, presste er hervor, während seine Fingerspitzen zwischen öligen Gestängen hin und her tapsten. Heiß stach der südländische Sonnenball durch die gewölbte Windschutzscheibe. Silvester zog seine verschmierte Hand heraus und kratzte sich am Kopf. »Ich glaube, wir müssen auch die untere Verkleidung abnehmen. Wahrscheinlich ist der Schlüssel bis zu den Pedalen gerutscht.«

Erneut tauchte der Unbeugsame ab, löste nach und nach sämtliche Schrauben. Dann hielt er dem verdutzten Lord die untere Abdeckblende entgegen. Rund um das Lenkrad sah alles ziemlich ausgeschlachtet aus. Inzwischen kramte Silvester schon mit beiden Händen zwischen den Pedalgestängen.

»Rock and Roll!« Endlich hatten seine Fingerkuppen die schlanke Silhouette des Zündschlüssels ertastet. Moment, lag da nicht noch etwas? Silvester grapschte danach und manövrierte es behutsam hoch. Ein Kästchen.

Duncan nickte anerkennend. Nie im Leben hätte er gewagt, Gloriette derart kühn auseinanderzunehmen. Mit melancholischem Blick auf ein scheinbar unabänderliches Schicksal wäre er bloß ein weiteres Mal der achselzuckende Pechvogel vom Dienst gewesen.

»Was ist das?«, krächzte Silvester triumphierend. Langsam, damit ihm nichts aus den Händen glitt, schlängelte er sich zur Sitzbank hoch. Da waren die Plastikblenden, die Kabel, der kraftlose Blinkhebel. Und der wiedergefundene Zündschlüssel. Unschuldig blitzte er im Sonnenlicht und wog schwer in Duncans Hand, die ihn fest mit wiedergewonnenem Besitzanspruch umfasste. Dazu das kleine Kästchen. Offensichtlich aus massivem Ebenholz geschnitzt. Kenner hätten schwören können, es schon einmal in der musealen Vitrine des Planet Yesterday gesehen zu haben. Wie war es hierher gekommen?

»Ein Kästchen«, stellte Silvester überflüssigerweise fest und wischte sich den Schweiß. Seine Lordschaft steckte den Schlüssel zur Sicherheit ins Zündschloss, nahm anschließend den Fund entgegen. Interessiert betrachteten die beiden das schwarzglänzende Ding, bis Duncan vorsichtig den Deckel öffnete.

Der salzige Geruch der nordischen Hochlandküste füllte mit einem Mal die Fahrkabine. Das obskure Kästchen roch nach Meer, nach Torf, nach Nebelfetzen, nicht nur ein bisschen, sondern bezwingend intensiv. Draußen wurde es fahl, die Umgebung verschwamm. Beide hatten plötzlich das Gefühl, als hielten sie sich mitten in der kargen Ferne auf. Ein kräftiger Wind pfiff durch zerklüftete Felsen, zu guter Letzt vermeinten sie gar, leises Dudelsackgewimmer zu vernehmen. Erschrocken schauten sich die Freunde an. Und da war noch mehr als die unglaubliche Illusion einer andern Welt in der ebenhölzernen Schatulle: funkelndes Gold.

Silvester zählte fünf antike Dukaten. ‚Phab Five' kam ihm unwillkürlich in den Sinn. Da klappte Duncan jäh den Deckel zu – und die Vision vom nordischen Hochland inmitten südländischer Obsthügel verflog so schnell, wie sie gekommen war.

»Ich hatte es lange vermisst«, murmelte er, »irgendwann ganz vergessen. Wie heißt es bei euch, aus den Augen, aus dem Sinn, nicht wahr? Ein glanzvoller Gruß aus meiner fernen Heimat. Und eine Art eiserne, oder soll ich sagen, goldene Reserve? Am Beginn der Reise hatte ich es vorsorglich versteckt. Nun hast du es gefunden. Ich denke, das ist ein gutes Zeichen.«

Dann sagte er nichts mehr und startete den Motor. Auch der Unbeugsame schwieg. Dafür brachte er sein vollkommen eckiges Sonnenglas in Stellung. Die losen Plastikblenden wurden einfach nach hinten geworfen. Hin und wieder, an besonders malerischen Ecken der südländischen Halbinsel, surrte die Pappkamera los. Dazwischen fraß Gloriette brummend Meile um Meile Richtung Centropolis.

*

Tinytown versank im Nebel, wirkte entrückt, verschwommen. Eine Straße ähnelte der nächsten wie im Spiegelbild. Blass bemalte Reihenhäuser, voll bleiernem Schweigen, inmitten unnatürlich wirkender Stille. Duncan saß neben Mary im knallorangen Linienbus, der irgendwann an der entscheidenden Haltestelle hielt. Bald darauf standen sie vor einem bestimmten, unter hundert gleichförmigen Häusern. Mary Lins Elternhaus.

Durch den schmalen Vorgarten ging es zur Eingangstür. Das blonde Mädchen schloss rasch auf und bat den dunkelhaarigen Jungen herein. Ihre Eltern waren heute nicht zuhause. Gespannt schaute er sich um. Die Einrichtung vermittelte gleich Wohlbehagen, vor allem durch die große, querbeet bestückte Bücherwand.

Topfpflanzen verstellten breite Fenstersimse, davor bauchige Sofamöbel. Ein angenehmer Kontrast zur nichtssagenden Siedlung, in der sich das Haus befand. Duncan fühlte sich auf Anhieb wohl.

»Kaffee?«

»Sehr gern!«

Er folgte Mary in die holzvertäfelte Küche. Bald dampfte und gluckerte es verheißungsvoll in der Kaffeemaschine. Mary goss das dunkle Gebräu in dicke Steinguttassen und bat Duncan, ihr zu folgen. Hintereinander erklommen sie die schmale Holztreppe in den ersten Stock zu ihrem Zimmer.

»Bitte«, sagte sie, »nimm Platz, wo es dir gefällt.«

Der Raum war relativ klein. Eine weitmaschig gestrickte Patchworkdecke lag über dem Bett. An der Wand stand ein langes Holzregal mit Büchern, Mappen, Krims und Krams. Ihm fielen die Kunstbände, die zahlreichen Klassikschallplatten auf. Spontan hockte er sich auf den Boden, der komplett mit bunten Flickenteppichen ausgelegt war. Mary zündete ein Räucherstäbchen an.

»Du magst klassische Musik?«
»Oh ja! Vor allem Mocard. Er vermittelt so eine wunderbare Leichtigkeit in seinen Stücken.«
»Ja, Mocard rockt.«
»Ich mag alles von ihm. Und von Dubessy. Auch einer meiner absoluten Lieblinge. Obwohl die beiden kaum etwas gemeinsam haben.«
»Witzig, dass du das sagst. Silvester steht nämlich ebenfalls auf Dubessy.«
»Der kennt Dubessy? Na ja. Wer kennt ihn nicht.«
»Du wirst es kaum glauben, Silvester findet klassische Musik ebenso gut wie du. Natürlich verspricht der Rock and Roll mehr Glamour und Exzess. Musikalisch streut er den alten Komponisten jedoch ehrfürchtig Rosen.«
»Interessant«, bemerkte Mary und nippte an ihrer Tasse.

Duncan nahm eines der herumliegenden Bücher in die Hand. »Oh, das I Sing!« Er blätterte es wie ein Daumenkino durch und schlug willkürlich eine Seite auf.
»Nummer vierundzwanzig. Fu. Die Wiederkehr oder Wendezeit.«
»Wie lautet das Urteil?«, fragte Mary.
»Die Wiederkehr. Gelingen. Ausgang und Eingang ohne Fehl. Freunde kommen ohne Makel. Hin und her geht der Weg. Am siebten Tage kommt die Wiederkehr. Fördernd ist es, zu haben, wohin man geht.«
»Okay!«
»Das klingt, als hätten die Typen, die das vor tausend Milliarden Jahren aufgeschrieben haben, ihre Grammatik in den Mixer gesteckt und erst mal ordentlich püriert. Was bedeutet das Urteil nun für mich?«
Sie lachte. »Ehrlich gesagt, weiß ich auch nicht, was ich davon halten soll. Irgendwie erinnert es mich immer an John Nellon: I don't believe in I Sing. Aber manchmal blättere ich darin, wenn mir die Welt zu nahe kommt.

Es bringt mich auf andere Gedanken.«
»Du studierst Kunst, nicht wahr?«
»Kunstgeschichte. Momentan ist gerade die Renaissoße dran.«
»Ah. Leonardo di Vinca, Michele Angelino und so. Ist das nicht super langweilig?«
»Nun ja. Ein gewisser Drunelleschi entwickelte damals immerhin die Zentralperspektive. Das heißt, dass das, was man sieht, davon abhängt, wo man steht. Im Planet Yesterday hast du das Thema indirekt angesprochen. Also, das Kunstlexikon besagt: Erst in der Renaissoße wurde der Raum absolut. Dahingehend, wie die Perspektive die Beobachtung relativierte, in Bezug auf ihre Standortgebundenheit.«
Duncan war platt.
»Die Kunstgeschichte selbst beginnt ja mit der Renaissoße, und zwar mit den Biografien von Giorgio Vasabi. Wusstest du, dass Renaissoße eigentlich Wiedergeburt heißt? Natürlich nicht im Sinne des I Sing. Es war das lustvolle Erwachen nach dem tiefen Schlaf des Mittelalters. Also, super langweilig finde ich das nicht.«
»So hab ich es auch nicht gemeint. Die ranzigen Ölschinken in den Museen sind eben nicht so meins. Anscheinend lernt man aber ganz interessante Dinge an der Universität.«
»Und du? Ich kann immer noch nicht glauben, dass du einfach mit deinem Wohnmobil herumkurvst und bleibst, wo es dir gefällt. Die Vorstellung ein Vagabund zu sein hat etwas Verlockendes, nur weiß ich nicht, ob ich dazu den Mut hätte.«
»Dafür musst du nicht mutig sein. Du musst dir nur Zeit nehmen.«
Lachend schüttelte Mary den Kopf.
»Nein, wirklich! Du musst sie dir so nehmen, wie sie zu

dir kommt. Natürlich kommt sie immer ein bisschen anders als du denkst oder vielleicht hoffst. Aber wenn du sie dir einfach nimmst, deine Zeit, so wie sie ist, dann ist es ganz leicht. Denn deine Zeit ist immer da. Und sie gehört wirklich nur dir. Nie irgendjemand anderem.« Wieder griff Duncan nach dem gelben Buch. »Was sagt das I Sing? Hin und her geht der Weg.« Scheu blickte er Mary an. »Manchmal fehlt mir wohl der feste Grund unter den Füßen. Unterwegs, auf der Straße, komme ich besser damit zurecht.«

»Möchtest du noch eine Tasse Kaffee?«

»Sehr gern, wenn du auch noch einen trinkst?«

Sanft nickend entschwand Mary Richtung Küche. Kam mit vollen Tassen zurück, entzündete die Kerzen, ein zweites Räucherstäbchen. Draußen wurde es langsam dämmrig. Die beiden saßen auf dem Teppichboden und nippten am Kaffee. Still bewunderte er ihre nackten Füße. Groß, wohlgeformt, ungemein anziehend. So wie das ganze Mädchen. Und wie Tinytown, dieser seltsame Nicht-Ort. Völlig unerwartet verströmte er eine nahezu überirdische Form von Geborgenheit. Der dunkelhaarige Junge fühlte sich wie verschluckt. Hier und jetzt musste er nicht mehr. Er musste nicht. Endlich musste er nicht. Nichts mehr. Gar nichts. Nicht einmal mehr das.

Seine Zeit und ihre Zeit. Im Einklang angehalten. Für wie lange? Niemand konnte es wissen.

Inmitten des grandiosen Nichtpassierens, der unausgesprochenen Worte und der sprechenden Blicke, da passierte schließlich doch etwas. Sie küssten sich. Einmal. Noch einmal. Landeten auf der weitmaschig gestrickten Patchworkdecke. Nach und nach gab Mary die fantastischen Geheimnisse ihres jungen Körpers preis. Entsprechend dazu enthüllte Duncan seine anatomischen Frontmanqualitäten. Milder Kerzenschein umrahmte die knisternde Szenerie. Zuletzt gaben sie sich ganz einander hin.

*

Centropolis. Erste Stadt des Westens und Hauptstadt der Dekadenz. Fünfhundert Bands agierten hier, in der Parallelwelt gelebter Rockstarträume. In den Lokalen, Kulturklubs und Vereinen, den Hinterhofstudios und Probekellern. Orte der vibrierenden Energie, des vorwärtsschiebenden Viervierteltaktes, in allen möglichen Schattierungen, von subkulturell bis hochoffiziell.

Bedeutungsvolle Nichtigkeiten wie Gigs, Umbesetzungen, Gerüchte und Hypes wurden täglich in der Szene kolportiert. Immer wieder ging es um das goldene Vlies der Neuzeit, den magischen Plattenvertrag. Seit jeher prangte ‚der Deal' auf Platz eins jeder Rock and Roll-Wunschliste, weit vor exaltierten Instrumenten, mächtigen Verstärkertürmen, blinkenden Effektgeräten, messingschimmernden Schlagwerkbatterien.

Der paillettenglitzernde Mythos des allverändernden Plattenvertrages spannte sich wie ein Zirkuszelt über die Musiklandschaft der großen grauen Stadt. Natürlich ohne wirtschaftliche Unterstützung. In den Konzernzentralen spielte Kultursponsoring keine Rolle. Andere Städte hefteten sich solche Orden gerne an die stolzgeschwellte Brust, Centropolis machte lieber Geld. Die Szene existierte trotzdem.

Proberäume dienten als basspochende Keimzellen und schallgedämpfte Schlupfwinkel, in denen lichtscheue Freaks ihre musikalischen Visionen mehr oder weniger originell artikulierten. Doppel- und Dreifachbesetzungen, räumliche wie technische Synergien waren die Regel, aber selbstverständlich gab es auch in Centropolis privilegiertere Streiter im Namen des Rock and Roll: Silvester Phaser stand ein perfekter Proberaum zur Verfügung, um seine private Soundrevolution aus dem Kopf und in die Welt zu bringen.

Im ehemaligen Industriegebiet, hinter alten, abbruchreifen Lagerhallen, neben der stillgelegten Brotfabrik, stand ein lang gezogener Backsteinbau, in welchem junge Leute ein paar Werkstätten mit angeschlossenem Kunstatelier betrieben. Silvesters Tatort befand sich im ersten Stock. Kein Kellerloch, wie so viele Rock and Roll-Enklaven, sondern ein Loft-artiger Raum mit hohen Sprossenfenstern, die den Blick auf das Geviert der alten Brotfabrik freigaben. Im Rathaus war die Umwidmung des brachliegenden Areals bereits beschlossen worden, doch konnte Silvester noch mindestens zwölf Monate bleiben, ehe die historischen Industriegemäuer neuen Wohnanlagen weichen mussten.

Zwischen Konzertplakaten und Bandpostern hing eine Schiefertafel an der Wand, vollgekritzelt mit Akkordkürzel, Textzeilen, Ziffern und Pfeilen, um diverse Song-Abläufe darzustellen. In der Ecke links zwei Stühle, vollgestapelt mit Songtexten und Notizen. Gegenüber ein flacher Bassverstärker auf einer dicken Lautsprecherbox mit zerrissenem Bespannstoff. Rechts davon erhob sich ein weiteres Verstärkerungetüm, laut und legendär, ein echter Moreshall aus der goldenen Zeit der analogen Röhrentechnik, den irgendjemand irgendwann irgendwo gestohlen haben musste, denn niemand in der Band lebte in Verhältnissen, die den legalen Erwerb einer solchen Rock-Antiquität auch nur annähernd ermöglicht hätte. Monolithisch erhaben stand er in Silvesters Diensten, von den anderen Bandmitgliedern scherzhaft als ‚Misbehaveshall' bezeichnet – und klang schlichtweg galaktisch.

Daneben lehnte des Unbeugsamen Zweitgitarre, eine alte, in klassischem Sunburst lackierte Inabez Roadstar, die der TVCaster klanglich kaum nachstand. Dazu ein abgeschabter Transistorverstärker, als Reserve, in gebührendem Sicherheitsabstand zum Moreshall. Am Boden lagen Silvesters verbeulte Tretminen, das Wahwah, der Flanger, der Verzerrer, das kreisrunde Fuzzpedal. Weiter rechts ein Zwitter aus E-Piano und Synthesizer, auf dünnen Stahlrohrbeinen, mit zwei Tastenmanualen und herrlich geschmacklosem Plastikholzfurnier. Ein kleines, billiges Mischpult. Zwei ramponierte Monitorboxen. Drei Mikrofonständer. In der letzten Ecke thronte ein zusammengeflicktes Schlagzeug, mit der tiefsten Snaredrum der Stadt. Nicht einmal Ruben konnte wissen, von welch unseliger Hardrocktruppe die gruftschwarze Schießbude stammte. Silvester liebte den schweren, brüchigen Sound der ramponierten Trommeln, den sie oft mit kauzigen Rhythmen aus einem analogen Drumcomputer kombinierten. Mit dem Beat begann doch erst die glorreiche Revolution des Rock! Oft genug hoben sie darauf ihre Flaschen. Von Probe zu Probe vermehrten sich die braunen Buddeln auf geheimnisvolle Weise, wie bauchige Kobolde, um sämtliche Ecken glasklirrend unsicher zu machen. Teures Flaschenbier, obwohl die Bandmitglieder permanent pleite waren, wo kam es bloß her? Rätselhafte Vorgänge überziehen die Welt, im Kleinen wie im Großen.

Dazwischen vergammelten zerdrückte Star Coke-Dosen, in denen Pilze mutierten, die das Auge bei Bedarf erfrischend schauerlich zerstreuten. Ach ja, der Pilz. Ein kaum erforschter Organismus, der sich bevorzugt an Waldwegen ansiedelt, nicht des Lichtes wegen, worauf er gar nicht angewiesen ist, sondern möglicherweise nur, um uns Menschen nahe zu sein, sodass wir in der guten Waldluft über seine faszinierenden Eigenschaften grübeln können.

Pilze stellen in ihren vielfältigen Erscheinungsformen ein unterschätztes Phänomen dar. Fans wagen gar zu behaupten, die ersten Pilzsporen wären vor Millionen Jahren via Komet aus einer fremden Welt gekommen. Darum sei ihre organische Anlage auch so verstörend anders. Und der alleinige Zweck ihrer interstellaren Reise wäre, diesen, unseren Planeten nachhaltig zu verändern. Sanft, aber bestimmt.

Dann nicken die Pilzköpfe mit bedeutungsschweren Mienen und verweisen auf zahlreiche herausragende Persönlichkeiten in ihren Reihen. Visionäre, die die Welt mit neuen Ideen verändert hätten – mit Hilfe der geheimnisvollen eukaryotischen Organismen, die in uns, auf uns und überall um uns zu finden sind.

Das größte biologische Kuriosum hier war allerdings der Unbeugsame selbst. Zumindest nach jener umstrittenen Theorie, welche besagt, dass ausgerechnet Proberäume unbekannter Rockbands der eigentliche Keimboden für Seuchen aller Art und Weise sind. Wimmelte die Musikgeschichte denn nicht von zahllosen Beispielen krankhafter Auswüchse? Und immer steckte mindestens ein Proberaum dahinter!

Also, dieser merkwürdige Mikrokosmos im ehemaligen Industrieviertel der Stadt, ein unwirtlicher Ort? Im Gegenteil. Silvesters Treffpunkt, vollgestopft mit Sehnsucht und Equipment, versprühte röhrenglimmende Glorie. Ein kultischer Opfertempel, mitten in der Tristesse der rücksichtslos dem Fortschritt huldigenden Stadt. Stilgerechte Bühne für ein postmodernes Kammerstück, Woche für Woche in Echtzeit repetiert:

der Unbeugsame vor den Bandkollegen, im Sturm und Strudel der Musik, dazwischen aufgekratzt entspannt am Boden hockend, das ausverkaufte Phembley Stadion vor Augen, Bier nuckelnd, wissend in die Runde grinsend.

Der ruhelose Geist des Rock and Roll wehte zwischen den brummenden Verstärkern, den genial geformten Instrumenten. Er machte Phaser unmissverständlich klar, dass es nicht darum ging immer sauber und adrett zu sein, sondern wichtig war in sich hineinzuhören, seine Ängste, Wünsche auszuschwitzen und dabei die Saiten abzufetzen, bevor der Rost des Alltags sich ihrer bemächtigen würde.

Gitarre spielen bedeutete schlicht, immer noch unter den Lebenden zu sein. In einer Stadt, die vielmehr untot als scheintot war. Dafür sehr sauber, sehr adrett. Und überhaupt nicht nett.

*

Hand in Hand spazierte Mary mit Duncan durch die Einkaufsstraßen. Edle Boutiquen buhlten mit extravaganten Kreationen um Aufmerksamkeit. Das junge Paar flanierte, gustierte, benahm sich äußerst verliebt. In einem Straßencafé bestellten sie Cappuccino. Mary Lin strahlte. Lord Duncan ebenfalls. Die Sonne hoch oben. Die teuren Kostüme in den Schaufenstern. Es war der erste milde Tag nach einem strengen Winter. Die zarte Frühjahrsfrische fühlte sich noch nicht selbstverständlich, sondern berührend inspirierend an. Tief sahen sie einander in die Augen.
So muss Liebe sein, dachte Mary.
Ich liebe sie, dachte Duncan.
»Ich liebe dich«, sagte Duncan.
»Aber Duncan!« Mary lächelte verlegen, schaute zu Boden, dann gleich wieder zu ihm.

»Und ich liebe dich.«

Ein langer Kuss, während die pulsierende Stadt ringsum voll purem, prallem, verschwenderischem Leben den Frühling in die Arme nahm und ausgelassen mit ihm tanzte.

*

Gegenüber der alten Brotfabrik residierte Silvester Phaser, Rockgott im Embryonalzustand, im Proberaum seiner weltweit unbekannten Band ‚Bad Knives'.

Keines seiner Messer taugte viel, wenn er zuhause vor der mobilen Herdplatte stand und versuchte, aus Nichts und ein paar Resten ein Abendessen zu erfinden.

Oder wie wärs mit ‚Sad Wifes'?

Der Unbeugsame vermutete, dass es da draußen wohl genug traurige Ehefrauen gab. Kein Wunder, bei all den schlaffen Aktentaschentypen, die er täglich auf der Straße sah.

Oder vielleicht ‚Mad Life'?

War es etwa kein verrücktes Leben, durch das er, mehr oder weniger fest das Steuerrad umklammernd, schlenkerte und schlingerte? Natürlich war es das! Aber was galten Namen. Nichts, im Vergleich zu seiner fantastischen, seiner herzenstiefen, seiner unvergleichlichen Musik.

Silvesters Kumpel reagierten auf solche Sprüche eher locker. Wenn es nur darum ginge! Denn natürlich ging es um mehr, viel mehr, als irgendeinen halblustigen Bandnamen. Es galt, Phasers überbordende Allüren einzudämmen. Vor lauter Rock and Roll den Beat nicht zu verlieren. Die badewannenwarme Illusion vom künftigen, sorgenfreien Leben aufgrund ausverkaufter Stadionkonzerte so lang als möglich aufrecht zu erhalten. Und heute war der Tag. Der besondere Tag. Der Tag, an dem Lord Duncan die erste Probe als Sänger in Silvesters Band bestreiten sollte. Mad Life.

Phaser und Duncan sprangen aus dem knallorangen Linienbus. Wenn du die Straße hinunter schlenderst, vorbei an den Geschäften, in deren Schaufenstern du dir selbst beim schlendern zusehen kannst, die Hände locker in den Hosentaschen deiner tief an den Hüften sitzenden Jeans, dann fühlst du dich wie dein Idol, der weltberühmte Star. Wie er streifst du wehmutsvoll ins Ungewisse. Wie er sinnierst du über grenzgenial poetische Gedanken. Wie er hörst du die Melodie einer neuen Hitsingle im Kopf. Wie er bist du ständig ein wenig easy dizzy und es kann dir passieren, dass du ohne ersichtlichen Grund ins Stolpern gerätst und, nachdem du dich in einer elegant brüchigen Bewegung noch einmal gefangen hast, über deine eigene aufblitzende Derangiertheit lächeln musst. Schlendern ist das Beste. Es passt so gut zu diesem Film in deinem Kopf. Immer nur ein Schritt nach dem anderen. Dein persönlicher Videoclip geht in die Verlängerung. »Easy, Baby, easy. Dizzy Baby, dizzy«, singsangte Silvester.

»Ich glaube, ich bin nervös«, murmelte Duncan.

»Schnickschnack!«, deklamierte der Unbeugsame und holte weit in seinen Schritten aus. »Die Jungs sind großartig. Cool wie die Eisberge. Aber mit Soul, verstehst du? Du wirst sie mögen. Easy, Baby, easy. Schau, da sind wir schon.«

Nebeneinander schritten die beiden den heruntergekommenen Backsteinbau entlang, drückten die quietschende Metalltür auf, erklommen die Treppe in den ersten Stock. Stimmengewirr drang durch die dunkle Doppeltür. Ein letzter, aufmunternder Blick von Silvester. Dann standen sie mittendrin, im Mad Life of Rock and Roll.

Gleich hinter der Tür hockte Alister Powderbook, Bassist der Band, schlank, mit feuerrotem Haar, einem schiefen Grinsen im sommersprossigen Gesicht. Auffallend waren seine alarmroten Conserve-Turnschuhe, die auch schon weniger löchrige Tage erlebt hatten. Alister reichte Duncan die Hand und sagte: »Hi!«

Dann war da Tom Shortbread, der Schlagzeuger. Mit einer Haarmähne wie Phendrix sie nicht besser hinbekommen hätte, dazu das unmodische Brillengestell aus Stahl, Modell Kernphysiker von vor über dreißig Jahren. Natürlich war Tom, wie immer, in seine alles andere als dezente Lammlederjacke mit Pelzkragen gehüllt. Was Silvester die Hose war Tom seine Jacke. Die Kombination davon, wenn sie etwa Seite an Seite am Tresen lehnten, war eigentlich nicht zu toppen. Shortbread hob eine Augenbraue, drehte die Drumsticks effektvoll zwischen den Fingern, nickte Duncan zu und murmelte ebenfalls: »Hi!«

Nun kam Rillo Gorillo hinter seinem Orgelungetüm hervor. Er hatte rabenschwarze, vollkommen geometrisch geschnittene Haare, ein feistes Bierbäuchlein, sowie eine fast schon wieder hippe Krankenkassen-Sonnenbrille mit dickem Hornrand um die getönten Gläser. Sein Kinnbart war ebenso eckig gestutzt. Dazu trug Rillo immer und ausnahmslos Schwarz. Wenn er lächelte, erkannte man die dunkle Lücke rechts oben, wo ein Schneidezahn fehlte. Eine romantische Anomalie, welche dem Keyboarder den letzten authentischen Rockstar-Touch verlieh. »Tag, Rillo«, nickte er knapp, aber nicht unfreundlich.

Die drei sahen allesamt aus, als gehörten sie in eine Band. Aber Duncan? War er tatsächlich auserkoren, Silvesters Melodien zu befeuern? Die Massen zu fesseln? Er kicherte. Das konnte alles nur ein Witz sein. Ob ein guter oder schlechter, würde sich ja zeigen.

Die fabelhaften Fünf machten es sich bequem. Zuerst wurde Flaschenbier verteilt, dann plauderten sie ungezwungen über ihre musikalischen Helden. Lord Duncan taute zusehends auf. Tatsächlich bekam er zwischen all den Instrumenten richtig Lust auf einen Jam. Interessiert blätterte er in Silvesters Zettelstapel und warf einen Blick auf dessen Texte.

Yes you are my love
it comes from above
yes babe, it is true
I will come to you

Stirnrunzelnd las Duncan weiter.

Yeah yeah yeah I love you
yeah I love you so
the sky is blue
and so are you
but I love you, you know

»Deine Texte gehen wirklich in die Tiefe.«
Silvester strahlte. »Findest du? Ich feile wochenlang daran. Weißt du, das Wichtigste ist die Botschaft. Wir brauchen eine klare Botschaft, um die Massen zu erreichen. Und meine Botschaft ist die Liebe. Stark, nicht?«
»Stark!«
Duncan nahm ein zweites Blatt Papier zur Hand.

The world goes down
down on the ground
because I hear the sound
of revolution in my head

It is so sad
and I go mad
because the revolution
kills your mum and dad

Please be kind
stop the revolution
in my mind
oh yeah oh yeah oh yeah!

»Ein politischer Text?«, erkundigte sich Duncan.
»Sicher. Wir müssen Stellung beziehen. Wir müssen das System stürzen. Wir müssen die Revolution von unten herauf mit Stahlbetonsound untermauern. Die musikalischen Säulen der Revolution! Stark, nicht?«
»Stark!«
Tom und Alister nickten, während Rillo neues Bier verteilte. Silvester gab Duncan noch einen Zettel.
»Einer meiner größten Lovesongs. Ich weiß, du wirst ihn lieben.«
Duncan räusperte sich und las laut vor:

The Wintersong

I came a long way
I saw the sadness in the streets
my head is full of whisky
oh yeah

Again, the winter comes around
snow melts on the desert ground
this is the wintersong
so strong oh yeah so strong

In wintertime my heart is lonely
because I am the one and only
feeling all the cold around
save me girl, I'm going down

Alle nickten und nuckelten an ihren Flaschen. Silvester grinste zufrieden. Er war sehr stolz auf seine Texte. Nur Lord Duncan hustete ein bisschen.
»Vielleicht überarbeite ich die eine oder andere Stelle, damit sie besser zu meiner Stimme passt? Was hältst du davon?«
»Kein Problem, Duncan! Sing, wie du es fühlst! Solange du die Botschaft nicht verwässerst, ist alles okay. Du weißt ja, die Botschaft ist das Wichtigste. Was hältst du übrigens von dem hier?« Schon reichte er dem Frontman das nächste Blatt Papier.

Du hast mich gefragt
woher wir alle kommen
ich hab es dir gesagt
und dabei deine Unschuld genommen

Nun stehen wir vor den Trümmern
einer märchenhaften Welt
und müssen leider feststellen
es geht hier nur um Geld

Deine Augen glänzen heller
als jeder Brocken Gold
doch ist das Kapital noch schneller
es macht nie, was ihr wollt

Tom, Rillo und Duncan wechselten vielsagende Blicke.
»Na gut«, murmelte Duncan. »Ich probiere es erst

mal ohne festen Text«. Entschlossen griff er nach dem Mikrofon. »Lasst es uns einfach mal versuchen, ja?«

*

Dunkel bellte Shortbreads Snare unter seinen geschmeidig kreisenden Händen. Ein Beckenschlag, die Kickdrum, schon entstand ein zurückgelehnter Rhythmus, in dem die triolisch gespielte Hi-Hat für Spannung sorgte. Rillo legte eine anschwellende Synthesizerfläche auf den Beat. Tom besorgte es dem großen Messingbecken. Ab da schenkte ihnen Alister einen sympathisch warmen Walking Bass. Silvester lies ein paar Single Notes fallen und kitzelte das Wahpedal. Der Groove rollte dahin. Dann intonierte er ein sehnsuchtsvolles Arpeggio. Unter dem Zuckerguss rumorten potenzielle Soundgewitter, noch aber war der Ozean der Töne glatt, gestattete Fernsicht und Visionen. Wieder schwappten ein paar verklärte Single Notes aus der roten TVCaster. Zwei Oktaven höher webte Rillo einen feingliedrigen Soundteppich rund um Alisters stoischen Bass. Mittendrin stand Duncan, tief in den Rhythmus, in die Harmonie tauchend. Nach einem langen Beckencrescendo führte er das Mikro nah an die Lippen, schloss die Augen, öffnete sein Herz und sang.

Floss der Jam, getragen von Schlagzeug und Bass, verziert durch Keyboard und Gitarre, bisher freundlich konventionell dahin, so erhob ihn Duncan nun mit wenigen Worten zum Ereignis.

Er bewegte die Stimme kaum auf oder ab. In ihrer sonoren Intensität fand sie dennoch den direkten Weg zum Ideal. Alle spürten wie simpel, wie eingängig die Tonfolge dahinglitt, wie schnell sie ein vertrautes Gefühl auslöste, und wie erst Duncans Stimme den traditionellen Mustern aufregend neue Schwingungen verlieh.

Ein Sound wie ein Geheimnis. Wie ein Versprechen. Wie die unerwartete Erkenntnis der alles umfassenden Wahrheit im gesamten Universum. Denn Duncan sang durch und durch – verliebt.

Der kühne Schwur seiner fantastischen Mission lag im brüchigen Timbre, in der einfachen Phrasierung. Kein Instrument konnte den betörenden Klang vorbehaltloser Liebe inmitten allgegenwärtiger Lieblosigkeit auch nur annähernd imitieren. Sanft entfalteten die Bad Knives das akustische Geschenkpapier für Duncans aufwühlende Botschaft:

»*Loooveee*«

Wie in Trance sang der Lord den Schlussrefrain, hauchte, »Baby, Baby, oh my Baby, oh.«

Mit sanften Beckenschlägen leitete Tom ins Fade Out. Bedächtig lies Rillo die flirrenden Synthesizerflächen abschwellen. Souverän zupfte sich Alister Richtung E-Dur. Phaser schaukelte ein letztes Mal das Wahpedal. Dann gewann eine heilige Stille den neu geweihten Raum zurück.

»Das ist Magie«, murmelte Rillo. Anerkennend nickte er Duncan zu.

»Unglaublich«, ergänzte Alister und setzte sich auf den papierüberladenen Sessel.

Stumm nickte Tom Shortbread in die Runde.

Silvester strahlte. »Duncan! Ich wusste, du würdest es bringen! Rillo hat absolut Recht. Du und deine Stimme. Das ist Magie!«

Wie ferngesteuert steckte der Sänger das Mikro in den Ständer, kratzte sich verlegen an der Nase. Die Situation war ihm unangenehm. Er wusste nicht wohin mit seinen Händen.

»Hey, Duncan!« Hinter den Trommeln grinste Tom verschmitzt hervor. »Nicht nervös werden. Das war wirklich gut.«

»Im Ernst? Ich hab doch nur irgendwas ins Mikrofon gebrabbelt.«

Silvester hob die Hand. »Es war rein und wahr und zauberhaft. Aber was sage ich, ich sag euch eines, die Stadien der Welt sind unser! Auf die Band! Auf Lord Duncan und die Bad Knives!«

Alle hoben ihre Flaschen, plapperten wild durcheinander. »Duncan, schau, den Song könnten wir auch probieren …«

*

Mary Lin lag in der Badewanne und dachte an den Jungen mit dem dunklen Haarschopf. Inzwischen trafen sie sich regelmäßig. Sieben Mal waren sie einander in Tinytown ganz nah gekommen. Acht oder neun Mal in Duncans klapprigem Wohnmobil. Mindestens fünf Mal in Silvesters Dachmansarde. Gestern gar spontan im öffentlichen Wickelraum der städtischen Bibliothek. Das ganze Dasein drehte sich nur mehr um jene Sache, die gemeinhin so elektrisierend knapp wie unzulänglich als ‚Sex' bezeichnet wird. Ah, Duncan! Er war so süß, so stark, so fordernd. War Mary Lin hinreißend wehrlos ausgeliefert.

Heute war Samstag. Und Marys Eltern wieder nicht zuhause. Bald würde er kommen. Diesmal hatte sie sogar Champagner eingekauft, obwohl der Preis unverschämt hoch gewesen war. Mary liebte die Inszenierung. Sie liebte echten Luxus. Vor allem aber liebte sie Duncan, der sie mit seinem Charme und den zärtlichsten Berührungen der Welt in die Ekstase trieb.

Das Mädchen seufzte vor Wonne, tauchte ihren jungen, lebens- wie liebeshungrigen Körper ins warme Wasser und blies mit gespitzten Lippen in den duftenden Badeschaum.

*

Die Probe war vorüber. Alle fühlten sich gut. Filmreif schritten sie durch die leere Straße entlang der alten Brotfabrik. Helden des Rock, unbeirrbar, unbezwingbar. Zuerst Tom, Rillo und Alister, die musikalischen Mitverschwörer, dann Duncan und Silvester, der neue Frontman mit dem kompositorischen Mastermind. Der frühe Samstagabend versprach alles. Rillo plädierte für einen Drink im Planet Yesterday, Phaser konnte jedoch nicht mit, er musste ins Kino. Und seine Lordschaft wurde bereits sehnsüchtig von Mary Lin erwartet.

An der Haltestelle trennten sich die fabelhaften Fünf. Silvester sprang in den Bus Richtung Innenstadt, segnete seine Freunde hinter dem Panoramafenster mit dem Friedenszeichen, rückte die Rechteckige zurecht und brauste los, wie ein Rockstar in der Limousine, nur dass sein Fahrzeug knallorange statt glänzend schwarz war, Plastik- statt weicher Ledersitze bot und mindestens zehn Tonnen wog. Die anderen plauderten und scherzten, bis auch Duncans Bus nach Tinytown heranrollte.

Danach schlenderten Alister, Tom und Rillo entspannt ins Planet Yesterday. »Ein guter Typ, dieser Duncan, findet ihr nicht.«

»Er singt unglaublich intensiv. Manchmal ist es wie im Film. Wenn das so weitergeht, machen wir definitiv noch eine Platte.«

»Silvester ist wie aufgezogen, seit Duncan dabei ist. Man spürt direkt, wie die beiden etwas Besonderes verbindet.«

»Jedenfalls müssen wir uns nach Gigs umsehen. Raus mit dem Programm, live vor Publikum auftreten.«

»Hey! In zwei Monaten findet in Periphäris ein großer Talentwettbewerb statt. Angeblich sitzt Banana Phox von Zoo in der Jury. Und als Hauptpreis gibt es einen Plattenvertrag! Hab ich gestern in der Zeitung gelesen.«

»Wisst ihr was? Ich glaube, Silvester wollte uns damit überraschen, aber jetzt überraschen wir ihn! Hört zu, die Anmeldung läuft folgendermaßen ab …«

*

Während die Band an der Bar galaktische Pläne schmiedete und Duncan weit ausgestreckt an Marys Zehen lutschte, betrat Silvester den Vorführraum des Kollossus Lichtspieltheaters. Der Unbeugsame sah auf die Uhr. Gleich war Publikumseinlass. Zuerst knipste er die Saalbeleuchtung an und startete die Hintergrundmusik. Dann spulte er die erste der beiden großen Filmspulen auf dem Schneidetisch zurück. Drei Teile zu je zwanzig Minuten Film fanden auf einer solchen Spule Platz. Routiniert montierte er sie an den Spulenhalter des rechten Projektors. Anschließend fädelten seine Finger den Filmanfang geschickt durch die komplexen Zahnradführungen. Er befestigte das Ende des Startstreifens an der leeren unteren Filmtrommel und ließ den Apparat ein paar Sekunden anlaufen, bis der eigentliche Filmvorspann mit den ikonischen, rückwärts ablaufenden Zahlen erreicht war. Dann wurde die Funktion der Xenonlampe überprüft. Ein Blick auf die Uhr. Noch fünf Minuten, ehe die Vorstellung begann. Unten strömte das Publikum gemächlich in den Kinosaal.

Silvester liebte all diese Handgriffe. Er liebte die eigentümliche Stimmung, oben im Vorführraum, zwischen den bald dreißig Jahre alten, gusseisernen Projektoren. In den nächsten zweieinhalb Stunden bescherte er dem Publikum einen neuen, farbenreich bewegten Traum. Fühlte sich dabei ein Stück weit mit der Filmcrew verbunden. Den Assistenten, Beleuchtern, Kameraleuten, den berühmten und weniger berühmten Akteuren, den hochgestellten Regisseuren. Ohne den Filmvorführer, sinnierte Silvester, war das Filmemachen ja letzten Endes sinnlos. Somit gestattete er sich vor jeder Vorstellung einen Moment lang den erhabenen Gedanken, als allerletztes Glied einer langen Produktionskette doch ein elementarer Bestandteil des glitzernden Filmgeschäfts zu sein.

Jetzt das Klingelzeichen. Unter seinen Augen betraten die letzten Gäste den Saal. Noch sechzig Sekunden. Showtime! Mit der Hand dimmte er das Saallicht und lies den Vorspann anlaufen. Als es vollständig dunkel geworden war, nur mehr die grünen Notausgangsleuchten glommen, begann der erste Werbespot. Silvester kontrollierte die Bildschärfe, drehte den Ton eine Nuance lauter und überprüfte noch einmal die Größe der Filmsicherheitsschlaufe zwischen den rotierenden Zahnrädern.

Alles lief, wie es sollte. Einlullend ratterte der rechte Bildwerfer dahin. Auf der Leinwand wackelten die übergroßen Schauspielerköpfe, schmalbandig quäkten ihre Stimmen aus dem Kontrolllautsprecher. Zufrieden wandte sich Silvester vom quadratischen Sichtfenster ab und knackte eine Dose Star Coke. Ein Schluck, dann spulte er die zweite chromblitzende Filmtrommel am Schneidetisch zurück. Die Handgriffe waren von Vorstellung zu Vorstellung dieselben und Silvester mochte das. Hier saß er, in einer öffentlichen Traumreproduktionsanstalt, mit allen relevanten Hebeln in der Hand. Die zweite Trommel, rund siebzig Filmminuten, war rasch zurückgespult. Silvester hievte sie an den linken Projektor, drehte händisch zur Ziffer ‚Drei' am Startstreifen. Das bedeutete drei Sekunden Vorlauf bis zum Beginn der ersten Szene auf Filmrolle Nummer vier. Nun hatte er eine knappe Stunde Zeit, ehe er zwischen dem rechten und dem linken Projektor überblenden musste.

Der Unbeugsame nippte am Star Coke. Natürlich sah er sich die Filme in der ersten Vorstellung an, an den folgenden Abenden kam jedoch die großartige Zeit des Ideensammelns. Bestimmt lag es an der eigentümlichen Atmosphäre: Gleißende Xenonlichtstreifen drangen wie Lichtschwerter aus den Lüftungsschlitzen des laufenden Projektors, zerschnitten akkurat die Dunkelheit, im hohen, schmalen Raum. Das rhythmische Klackern der Metallwalzen, die gravitätischen Umdrehungen der Filmspulen, ihre kreisenden Schatten an der Wand, all das verzauberte Silvester.

Immer hatte er ein Notizbuch dabei, um an seinen Songtexten zu feilen. Die Szenen aus all den Filmen lösten laufend neue Assoziationen aus. Eifrig notierte er Reime, Stichwörter, Zitate. Manchmal saß er aber auch nur da und beobachtete den ratternden Projektor. Da war sie, die andere Seite seiner Künstlerträume. Der unverstellte Blick auf das Räderwerk der Illusionsmaschine. Die Wirklichkeit hinter der Scheinwelt.

Zwischen den Überblendungen hatte ein Filmvorführer im Kollossus nicht allzu viel zu tun. Der Streifen lief zwei oder drei Wochen, wurde am Ende in seine Einzelteile zerschnitten, in flache, quadratische Kartons verpackt und zum Verleih zurückgeschickt. Manchmal gab es Sondervorstellungen, dann arbeitete Silvester mit den kleinen Falzblechtrommeln und musste bis zu sieben Mal pro Aufführung überblenden. Eine willkommene Abwechslung. Hier, im altmodischen Kollossus, war er ohnehin besser dran als im großen Kinocenter am Stadtrand. Dort verrichteten angelernte Knöpfchendrücker ein automatisiertes Geschäft, wurden zu Wachposten vor einer Bildschirmwand mit bis zu acht parallel laufenden Filmen degradiert.

Okay. Bei ihm war der Job auch nicht mehr, als den kreisenden Filmspulen zuzusehen, trotzdem war es immer noch das klassische Kino, analog und handgemacht, wie guter, alter Rock and Roll.

Der Unbeugsame leerte die Coladose. Nun war Duncan also tatsächlich ihr Frontman geworden. Seine Lordschaft, der verrückte Kerl! Seit Siphilia hatte sich so vieles positiv verändert. Dazu der Talentwettbewerb in Periphäris. Es war die Chance, jetzt, wo alle darauf brannten aufzutreten. Er musste sich rasch um die Anmeldung kümmern. Wie würden sie mit dem Equipment nach Periphäris kommen? Könnte Gloriette noch eine letzte große Reise schaffen? Still nickte Silvester vor sich hin. Und welche Songs sollte er schlussendlich auswählen? Ein kleiner Schwachpunkt waren eventuell die Texte. Was konnte er dafür, dass ihm nichts Besseres einfiel?

Yes it is a shame
they all blame me for nothing
I am a lonely boy
so sad, so sad, oh yeah

Gedankenverloren beobachtete er die knatternde Filmrolle, kritzelte dann weiter ins Notizbuch.

Yes it is a shame
we want nothing but big fame
the world isn't ready for this absolute new flame
it is a shame, a shame

Hoppla, die bevorstehende Überblendung! Gerade noch rechtzeitig sprang der Unbeugsame auf und fasste an den linken Projektor. In wenigen Augenblicken würde das erste Überblendzeichen, ein schwarzes Dreieck, auf der Leinwand erscheinen. Er zündete die zweite Xenonlampe. Das Dreieck huschte die Leinwand hinunter. Nun blieben exakt sechs Sekunden Zeit. Mit einem Ruck startete Silvester den Projektor. Der Filmstreifen fuhr an. Drei, zwei, eins, schon kam das zweite Überblendzeichen.

Entschlossen zog er den Hebel für den Projektorwechsel, knackend schalteten die Maschinen um. Die erste Filmszene der linken Spule flimmerte über die Leinwand.

Mit einer sachten Drehbewegung am Objektiv optimierte Silvester die Bildschärfe. Noch ein Kontrollblick. Das Publikum hatte gar nichts bemerkt. Nur ein weiterer Schnitt, eine neue Perspektive. Währenddessen lief die erste Rolle aus. Das Streifenende flappte über den Linoleumboden.

Silvester löschte die Xenonlampe, stoppte den Motor des rechten Projektors. Und noch ein Kontrollblick. Die Szenen nach der Überblendung konnte er meist schon in der dritten Vorstellung synchron mitsprechen.

Silvester schraubte die rechte Filmrolle ab, trug sie zum Schneidetisch. Noch eine knappe Stunde, dann würde er am Ende des Nachspanns behutsam die Lichtklappe schließen, parallel dazu die Saalbeleuchtung aufdimmen, den zweiten Projektor abstellen und die letzten Kinogäste durch das Sichtfenster beim Verlassen des Saales beobachten. Dann schwieg die große, mattweiße Leinwand, bis zum nächsten Abend.

Nachdenklich blinzelte Silvester in die rotierenden Führungswalzen des Projektors. All die kleinen, rechteckigen Dias, vierundzwanzig Stück in der Sekunde, xenongrell ausgeleuchtet, staccatoartig von oben nach unten vor die Cinemascopelinse gezogen, angehalten und sichtbar gemacht, für die Dauer eines Wimpernschlags. Im fortlaufenden Kollektiv erzählten sie auf immer gleiche Art immer neue Geschichten.

Die Leute vom Film wussten, wie man ein Publikum verführt, im besten Fall zu Tränen rührt. Würde ihm das ebenso mit seinen Songs gelingen? Grübelnd kritzelte Silvester Phaser im Notizbuch, während auf der Leinwand ein nur unwesentlich berühmteres Liebespaar mit Champagner auf das pure, pralle, verschwenderische Leben anstieß.

*

Die Band probte jetzt an zwei Abenden pro Woche. Dazwischen hockte Silvester im Kino. Tom studierte, oder behauptete zumindest etwas in der Art. Rillo arbeitete ganztags. Alister hielt sich mit wechselnden Gelegenheitsjobs über Wasser. Manchmal brachten sie keinen gemeinsamen Termin zustande, aber sie wussten, sie mussten wirklich üben, wenn sie in Periphäris überzeugen wollten. Inzwischen war der Glanz der ersten Probe einer realistischen Einschätzung ihres gemeinschaftlichen Könnens gewichen. Nur Gefühle reichten nicht. Die Songs mussten auch spieltechnisch sitzen. Niemand sah das klarer als Silvester.

Yes Baby, oh yes Baby
and I love you, maybe

»Yes Baby Cis, Cis! Ab da das Cis!«, rief Silvester aufgeregt dazwischen. »Ah! Wechsel auf Cis nach dem zweiten Refrain! Warum verpasst du an der Stelle immer das Cis, Alister?«
»Hm. Warum lassen wir es nicht einfach weg? Dann kann ich es auch nicht verpassen!«
»Weglassen? Das ist doch genau der Kick an dieser Stelle! Es ist der Kick im ganzen Song! Vom C den einen Halbton hoch, vier Takte lang, und dann Vollgas ins Outro!«
»Aber vor lauter Strophe, Refrain, Bridge, Intro und Outro vergesse ich ganz auf dieses elende Cis. Die ‚Sex Phistels' hatten so was auch nicht notwendig.«
Unvermittelt drosch der Unbeugsame einen grauenhaften Powerchord in die TVCaster. Wie geprügelt zuckten die anderen zusammen.
»Das Cis bleibt. Da willst du in den Rock-Olymp und schaffst nicht einmal den einfachsten Akkordwechsel!«
»Du bist doch hier der große Rockstar! Cis oder nicht, der Song ist sowieso Mist!«

Gekränkt schraubte Silvester an den Stimmwirbeln seiner Gitarre.
»Kommt, lasst es uns einfach noch mal versuchen«, beschwichtigte Rillo.
»Okay. Es steht klar und deutlich auf dem Zettel. Das Cis kommt nach dem zweiten Refrain, genau vier Takte lang. Tom, bitte, zähl ein!«

Die Fünf konzentrierten sich, warfen ihre Riffs voll Eifer in den Beat, Duncan betete zu seinem ‚Baby', der zweite Refrain rückte unaufhaltsam näher. Verbissen starrte Alister auf Phasers Zettel, der natürlich genau nichts erklärte, aber er schaffte den Akkordwechsel und schon dröhnte der Song im nächsthöheren Gang in seine Zielgerade. Eine akustische Cruise Missile, von Silvester kompromisslos auf Kollisionskurs mit sämtlichen Songwriterklischees geschickt. Das war er, der neue Rock and Roll. Unverdünnt, eingängig, trotzdem auf spezielle Weise frisch. Phaser hatte Recht behalten, Cis gab den Kick. Aber Alister kaute daran, vor den anderen heruntergemacht zu werden. »Hey Jungs. Ich mach Schluss für heute.«

Noch ehe Silvester den Mund aufmachen konnte, entschärfte Duncan die Situation. »Alles klar. Bleib cool, Phaser. Heute war es vielleicht ein bisschen viel. Habt ihr noch Lust auf einen Drink im Planet Yesterday? Vor lauter Proben kommen wir ja gar nicht mehr zum Feiern! Mary wartet dort auf mich. Und Pat wird sicher auch vorbeischneien.«

Zustimmend nickten die anderen in Duncans Richtung und stellten ihre Instrumente in die Ecken. Silvester atmete durch, warf den Kippschalter des Moreshalls ebenfalls auf ‚Off'. Noch knapp drei Wochen, umgerechnet maximal sechs Proben, dann wartete Periphäris, wartete der echte Rock and Roll auf die Bad Knives. Während der Unbeugsame den Musikraum abschloss, wurde ihm bewusst, wie dünn das emotionale Band innerhalb der Truppe war. Die Sad Wifes konnten jederzeit Geschichte sein. Es gab nicht einen Funken Sicherheit. Es gab nur das freiwillige Engagement seiner vier Kumpels, hier und heute. Nicht für ewig. Nicht, wenn der erste Zauber vollends verblasst war und andere Interessen in den Vordergrund traten.

Für ihn persönlich gab es keine Alternative zum Rock and Roll. Aber wie konnte er die anderen für seine Vision begeistern, ohne sie dabei zu überfordern?

Am Weg zum Planet Yesterday trottete der Gitarrist mit hängenden Schultern hinterdrein. Alister hatte sich längst wieder gefangen und sah dem kommenden Abend mit einem Lächeln entgegen, nur Phaser grübelte noch immer. Lebensverbessernde Umstände. Sie zu erreichen kann einen echt krank machen. Sicherheiten. Der Drang nach ihnen kann uns jederzeit böse zu Fall bringen. Dieser seltsame, unerfüllbare Wunsch, nach einer massiven Plattform in der Weite des nachtschwarzen Weltalls.

We are safe, secure and warm
if we reach that form …

Plattform. Tief in uns. Wo es keine Optionen gibt. Kein vielleicht mehr. Gibt es das überhaupt?

Der Weg war nicht mehr weit. Da gesellte sich Tom Shortbread zu Silvester. Klopfte ihm freundschaftlich auf die Schulter. »Nimm es nicht so schwer, Phaser, ist doch nur Rock and Roll, nicht wahr? Bei der nächsten Probe läuft es sicher wieder besser.«

»Natürlich. Danke, Tom!«

Verstohlen rümpfte Silvester die Nase. Tom Shortbread, der warmherzige Riese hinter den Trommeln. Er wusch sich nie. Meinte, die körpereigenen Reinigungsprozesse würden das schon irgendwie erledigen. Schlagartig befand sich der Gitarrist wieder im Hier und Jetzt. Es gab ja gar nichts anderes, als das Hier, das Jetzt, auch wenn es in jeder kommenden Sekunde ein neues Hier und Jetzt war.

Wie kam er ausgerechnet darauf? Verbrachte er etwa zu viel Zeit mit dem so abseitig philosophierenden Lord Duncan? Färbte da etwas auf ihn ab, das so viel mit Rock and Roll zu tun hatte wie, sagen wir, Birnen mit Bananen? Oder Spatzen mit Katzen? Oder Katzen mit nassen Hunden, die genauso rochen? Und sich auch nie wuschen? Was bei den meisten Hunden ja überhaupt nichts machte, da deren körpereigene Reinigungsprozesse tadellos funktionierten?

Die Tür zur Bar schwang auf. Kopfschüttelnd tauchte der Unbeugsame aus dem herausfordernden Odeur des Schlagzeugers hinein in den nächsten Drehort, die nächste Szene seines persönlichen, dreidimensionalen Rock and Roll-Blockbusters.

*

Am Ecktisch unterhielt sich Patrick Smiley angeregt mit der schönen Mary Lin.

»Nein! Er sagte also tatsächlich vor all diesen Leuten: Das spüre ich in meinen Eiern?«

»Ungelogen! Sie standen direkt um ihn herum, der Kunde, seine Assistentin, die Betreuerin, ihr Assistent, der Agenturboss, die beiden Damen von der Mediaplanung. Es ging um die Verlängerung des Jahresetats, um einen Haufen Geld. Der Kunde hatte Zweifel wegen der neu lancierten Headline. Berechtigte Zweifel. Ich meine, nichts ist so schnell geändert wie ein völlig belangloser und austauschbarer Slogan, nicht?

Aber der Kreativdirektor, eine Art Napoleon der Werbung, griff sich vor versammelter Mannschaft an den Hosenstall und schwafelte nur noch von seinen dicken Kreativtestikeln, dass die Königsideen nur so aus ihnen heraus safteten, wie Goldschleim, marketingtechnisch gesprochen, und er gefälligst wisse, wie eine unschlagbare Headline auszusehen habe.«

»Und weiter?«, bohrte Mary nach. »Ich nehme an, der Kunde hat den Vertrag daraufhin platzen lassen?«

»Im Gegenteil! Das ist ja der Witz. Die Showeinlage hat

ihn total angemacht. Wie kreativ! So kreativ! Einzigartig in der Werbelandschaft. Anders. Mutig. Mit dicken Eiern eben. Als dann noch unsere Assistentin vom Helpdesk mit einem Tablett voll Eierlikör angewackelt kam, haben alle lautstark zugestimmt und auf den Kreativdirektor geprostet.

Weißt du Mary, eigentlich muss nur der Werbedruck hoch genug sein, dann spielt die sogenannte kreative Idee gar keine Rolle mehr. Ich könnte ‚Kauf mich, Trottel' inserieren. Sind es genügend Anzeigen, wird es genauso passieren.«

»Ich glaube nicht, dass das tatsächlich funktioniert.«

»Doch. Weil es die erste Werbung der Welt wäre, die zu hundert Prozent ehrlich ist. Und Ehrlichkeit zieht immer.«

»Hoppla, dein Werbedruck ist aber auch schon ganz schön hoch! Hi Pat!«

»Duncan! Ich bitte dich. Aus deinem Mund hört Mary ja tagein, tagaus nur lausige Liebeslieder, die noch dazu niemand anders als der völlig abgedrehte Phaser ausheckt! Na, ihr Tränensäcke, ausgejammt für heute?«

»Ja ja, gib mir nur schnell etwas zu trinken, bevor ich womöglich weitersinge.«

»Oh nein, Garçon! Wir brauchen hier mehr Bier!«

Fettes Lachen, dazu die freien Stühle vom Nebentisch, gekühltes Blond in großen Gläsern, so glitten die Bad Knives in die junge Samstagnacht, ertranken die strapaziöse Probe im Alkoholstrom, wiegten sich, wie so oft, in hoffnungslos hoffnungsvollen Illusionen.

*

Die Band, zweidimensional verdichtet, auf der Leinwand, in einem dunklen Kinosaal. In der letzten Reihe verfolgte Ruben das Treiben der Sad Wifes. Weiter vorn saß Dorian Ryder. Der junge Dichter war völlig durcheinander. Zu viele Sprünge, Schnitte, Szenenwechsel.

Im Zeitraffer fielen die Kalenderblätter, eine Woche verging, dann noch eine, Schwenk durch den Proberaum, frische T-Shirts, alte Lieder, Schnitt. Die beiden Hauptdarsteller Lord Duncan und Silvester Phaser leinwandfüllend, mit zusammengesteckten Köpfen, allein zu zweit, entrückt.

Ratlos verfolgte Dorian die laufenden Bilder. Warum war er alleine hier und alle andern dort? Was hatte dieser Kinosaal zu bedeuten? Und warum konnte er nicht von Angesicht zu Angesicht mit Mary sprechen? Mutlos schloss Doughy die Augen. Nur Ruben beobachtete das schlingernde Schicksal seiner singenden Schützlinge in der ersten Stadt des Westens und der Dekadenz mit ungerührter Miene weiter.

*

Schwer ließ sich Lord Duncan neben Silvester nieder.

»Wisst ihr noch, Phaser, furchtloser Weggefährte, Ritter des Beats und Visionär. Verwirrung wie auch Zweifel begleiteten den Beginn unserer Freundschaft, gegenüber dem Leben, der Welt, ihren verschlungenen Pfaden.

Nun bin ich abermals an einer unbekannten Kreuzung angelangt. Alles scheint endgültig und doch nach allen Seiten offen. Mein Herz flammt hell. Mary Lin hat es entzündet. Unser beider Weg jedoch, er liegt zunehmend im Dunkel.«

Der Unbeugsame schwieg.

»Die Unermesslichkeit der Möglichkeiten weckt eine Sehnsucht, die sich mit unseren ebenso hochfliegenden Plänen doch nicht länger stillen lässt. Immer steigen neue

Bilder in mir hoch, Bilder einer Reise mit einem wunderbaren Ziel. Mary Lin führt mich darin zur Quelle der kosmischen Energie. Licht in ihr, in uns, vereinigt, um nicht zu sagen, göttlich. Mir ist, als fühlte ich mit Mary himmelweite Harmonie im Augenblick der Ewigkeit.«

Noch immer schwieg der Unbeugsame.

Lord Duncan suchte seinen Blick. »Mein Freund, es gilt, ein uraltes Versprechen einzulösen. Diese Worte fallen mir sehr schwer, doch muss ich es dir nunmehro gestehen: Ich habe meine Wahl getroffen.«

»Dann heißt das also, dass du aus der Band aussteigst, Bodhisattwa Duncan?«

»Eine neue Zeit ist da. Ich spüre die bevorstehende Wende. Manche Wege mögen sich trennen, doch anderes wird neu beginnen. So wird sich unser aller Schicksal weisen.«

»Ihr sprecht in Rätseln. Und auch meine Frage beantwortet ihr nicht. Doch hört, Lord Duncan, was Silvester Phaser, Erneuerer des Rock and Roll, zukünftiges Idol der Massen und musikalischer Präsident der weltweiten Revolution, nun zu verkünden hat: Ich rufe dich an, oh Weltgericht und frage, wer könnte sich der wahren Liebe widersetzen? Wie könnte sie jemals der falsche Weg im Leben eines Mannes eurer Art sein? Oh Duncan, zaudert nicht! Auch ich grüble über das Schicksal, Tag um Tag. Würde mein Wunschtraum, ginge er wirklich in Erfüllung, mir wirkliche Erfüllung bringen? Diese ungeheure Idee, den Klang der Rockmusik für immer zu verändern. Würde sie mein Sehnen jemals stillen oder doch nur immer weiter dehnen, an einen Punkt, der unerreichbar ist?

Oft sage ich mir, wähle, Unbeugsamer! Zwischen einem kleinen Dachzimmer und dem Kopf voller Träume, oder einem unendlich weiten Saal, möbliert mit nichts als entzauberten Illusionen. Meine Lieder? Besser von niemand erkannt als von Millionen verkannt! Der allergrößte aller Rockstars, welch ein bittersüßer Kelch. Aber ich würde derselbe bleiben, nicht wahr? Letzten Endes würde ich mit meiner Gitarre doch immer derselbe bleiben, ja? Versprich es, Duncan. Versprich es mir!«

Seine Lordschaft nickte. »Einzig in der Liebe kann Seelenheil gefunden werden. Alles andere ist plumpe Nachahmung, Blendwerk, geistiger Firlefanz. Erfolg ist immer nur ein Surrogat für unsere große, menschliche Sehnsucht, die allein die Liebe stillen kann. Trotzdem ist all der Materialismus um uns herum so stark. Kaum vermögen wir ihm zu entfliehen.«

»Wir wollten frei sein!«, stieß Silvester aus.

»Doch immer laufen wir willkürlich gewählten Illusionen hinterher, mit dem einzigen Zweck, eben diese nach gewonnener Zerstreuung gegen neue einzutauschen.«

»Lass uns trauern und im Schnaps versinken, wir müssen Buße tun!«

»Lass uns weinen und im Whisky ertrinken, wir müssen Reue üben!«

»Lass uns auswandern und eine einsame Höhle finden, wir müssen erkennen!«

»Lass uns Asche auf unsere unwürdigen Häupter streuen und uns mit Peitschen auf Pfählen im kalten Meere geißeln, wir müssen bekennen!«

In weinseliger Harmonie kippten sie ihre Gläser auf ex und umarmten einander.

»Die Melancholie«, flüsterte Duncan.

»Ja. Die Melancholie. Sie hat uns wieder, alter Freund. Reiche Mary Lin die Hand und beflügle unseren Geist durch dein Wirken in der Welt. Aber dies eine Konzert kannst du mir nicht verwehren.«

Seine Lordschaft blickte starr geradeaus. Dann sagte er mit fester Stimme: »Periphäris wird die flammende Lanze des Rock and Roll nicht ohne uns über die Bühne schwingen, entgegen aller Ödnis! Das Konzert findet statt! Gemeinsam werden wir unsere Vision eine Nacht lang in die Welt tragen. Fünf Freunde für ein Ziel.«

Der Unbeugsame nickte. »Und so das Schicksal will, werden die Sad Wifes doch weiter gehen, als wir beide es in diesem Augenblick für möglich halten.«

»Vielleicht, mein Freund. Vielleicht.«

*

»Er war doch schon wieder hoffnungslos betrunken, oder?«

Mary hakte sich bei Duncan unter. Zügig schritten sie zur Bushaltestelle.

»Der Typ ist am Ende. Jeden Tag hängt er in dieser komischen Bar und betrinkt sich. Seine Texte sind komatös schwach. Und überhaupt, der große Traum vom Rock and Roll! Wann schminkt er sich den endlich ab?«

Duncan erwiderte nichts. Die frische Nachtluft hatte ihn schlagartig ernüchtert und Mary zog ihn immer weiter mit sich fort. Sie wusste Besseres mit ihrer Zeit anzufangen, als in stickigen Lokalen abzuhängen, Geld, das man ohnehin nicht hatte, zu verschwenden und sich in utopischen Szenarien zu suhlen. Mary war so ‚realistisch'.

»Die Band führt sich auf wie weiß Gott wer, dabei steckt nichts dahinter. Andere musizieren auch, bleiben aber wenigstens normal dabei. Ich finde eure Sprüche

vom internationalen Durchbruch nur noch lächerlich.«
Duncan schwieg noch immer.
»Und? Hast du ihm gesagt, dass du aussteigst? Du hast es mir versprochen!«
»Ja. Ich hab es ihm gesagt.«
»Wie hat er reagiert? Hat wahrscheinlich gar nichts mitbekommen. Kippte ja einen Whisky nach dem anderen!«
»Silvester hat meine Entscheidung respektiert und akzeptiert. Wenn du es genau wissen willst, wünscht er uns sogar viel Glück. Er weiß, worauf es wirklich ankommt. Außerdem ist er mein Freund. Bitte Mary, vergiss das nicht.«
»Ein Säufer ist er! Ein Träumer. Genau wie du, du Süßer! Aber wir werden es anders machen. Ganz anders und viel besser, heute noch, nicht wahr, mein kleiner Süßer?«
Duncan verzog das Gesicht, aber dann musste er lächeln. Mary Lin, unendlich geheimnisvoll. Was meinte sie nun ernst und was nicht ganz so? Na gut. Im Bett meinte sie es auf jeden Fall ernst. Sein kleiner Freund regte sich bereits zwischen den Leisten.
»Dann ist das Konzert in Periphäris endlich gestorben! Ich bin so froh, dass du da nicht mitfährst, Süßer, wirklich froh.«
»Nun.«
»Ja?«
»Silvester bat mich in aller Freundschaft bloß noch um eines …«
»Sag nicht …«
»Ich konnte es ihm nicht mehr abschlagen! Wir zwei haben unsern Traum, und er hat eben seinen. Es ist der größte Talentwettbewerb des Landes. Silvester zählt bereits die Stunden. Banana Phox von Zoo wird dort sein! Die Veranstaltung ist Kult. Und mit den neuen

Songs haben wir tatsächlich gute Chancen!«
»Du hast ernsthaft zugesagt?« Mary Lin blieb stehen und stemmte die Arme in die Hüften. Ihr Ton wurde spitz. »Da haben wir nächtelang darüber geredet, du hast mir hoch und heilig versprochen die Band zu verlassen, nicht mit ihnen aufzutreten, und jetzt, wo du mit Silvester gesprochen hast, da geht die ganze Geschichte erst so richtig los? Du hast dich weichklopfen lassen? Mit ein paar Schnäpsen, und seinen überheblichen Sprüchen von der großen Rock and Roll Karriere? Das ist ein Scherz, oder?«
»Kein Scherz, Baby. Es ist unser wichtigstes Konzert. Und ich bin der Frontman.«

Duncan ging einen Schritt auf Mary zu. »Nur dieses eine Mal, Mary. Das erste und das letzte Mal. Ich bitte dich!«
»Oh, Duncan. Nie hätte ich geglaubt, dass du mich so enttäuschen würdest.«

Das Mädchen drehte auf dem Absatz um und ging. Rasch lief ihr der dunkelhaarige Junge hinterher. »Mary! So versteh doch! Was ist denn schon dabei! Nur dieses eine Konzert! Mary! Bitte! Bitte, bleib stehen!«

Die Prinzessin drehte sich um und sah dem Lord fest in die Augen. »Duncan. Ich habe geglaubt, es gäbe ein Versprechen zwischen uns, ein Versprechen, stärker als alles auf der Welt. Ein unzertrennliches Band der Liebe. Aber jetzt erkenne ich, dass du genauso bist wie alle anderen. Von überall pickst du dir nur die Rosinen und meine Gefühle sind dir egal. Du wirst nicht damit aufhören, nur dich selbst ins Rampenlicht zu stellen. Diese lächerliche Band ist wichtiger als ich? Wichtiger als unsere Liebe? Dann geh doch! Besauf dich mit deinen Kumpanen und flirte mit den billigen Girls hinter der Bühne. Aber mich kannst du damit nicht beeindrucken. Es war wie ein Traum, Duncan, aber jetzt bin ich erwacht und sehe, wie ernst es dir mit deinen heißen Treueschwüren ist. Es tut mir leid. Adieu.«

Erneut drehte sich Mary um. Verschwand, ohne einen Blick zurück, im Dunkel der nachtstillen Stadt.
»Mist!«, murmelte Duncan nur und wandte sich in die entgegengesetzte Richtung, zu seinem abgetakelten Wohnmobil.

*

Im Planet Yesterday hielt der Bandvorstand Rat. Silvester war schon ziemlich beschwipst und schwang die große Rede vom Triumph der Bad Knives in Periphäris. Den drohenden Ausstieg Lord Duncans verschwieg er. Alle am Tisch prosteten einander ausgelassen zu. Das war Rock and Roll! Mittendrin besprachen Pat und Rillo die technischen Aspekte der Reise sowie die nötige Ausrüstung vor Ort.
»Ich denke, Gesangsverstärkung, Mikros, Boxen, das haben sie dort sowieso. Wir werden nur unsere Amps, das Drumkit und natürlich meinen Synth mitnehmen. Leider ist der ziemlich schwer.«
»Wo werdet ihr übernachten?«
»Toms Schwester wohnt dort in einer Wohngemeinschaft, mit zwei oder drei Studentinnen, soviel ich weiß. Die Bude ist groß genug, außerdem haben wir ja unsere Schlafsäcke dabei. Wir werden eine Mörderparty steigen lassen, ganz im Sinne von ‚Mad Life'. Das wird die Nacht des Jahres, Patrick! Du bist hoffentlich dabei?«
»Selbstverständlich! Passen wir denn alle in Duncans Wohnmobil?«
»Eng wird es schon. Aber ist ja egal!«

»Wie läuft es mit den neuen Songs? Ihr müsst auf jeden Fall was tapen!«
»Klar! ‚Lost Love' wäre eine gute Single, oder? Robbie, der DJ vom ‚Darkhouse', hat eine Achtspurmaschine in seinem Kellerstudio und würde uns jederzeit aufnehmen. Die Leerkassetten habe ich bereits besorgt. Zuerst müssen wir aber den Wettbewerb klar machen. Und wenn die Single kommt, darfst du sie exklusiv promoten. Wozu haben wir dich schließlich?«
Pat lachte auf. »Ja, vor kurzem war tatsächlich so ein Typ von Radio Centropolis FM in der Agentur. Wir haben kurz übers Geschäft geplaudert. Er meinte, statistisch gesehen brauchst du heutzutage fünfundzwanzig Riesen, um ganz oben in den Charts zu landen. Im Pop laufen millionenschwere Deals. Dabei geht es nicht zuerst um die Musik, sondern um das Plus vorm Creditzeichen. Ohne Promotion kommst du dummerweise auch mit einem starken Song nicht weit. Du brauchst die Insider, die deine Single pushen. Und diese Leute musst du bezahlen. Also. Wo bekommen wir auf die Schnelle fünfundzwanzigtausend Credits her?«
Mit ungelenken Bewegungen mischte sich Silvester in die Unterhaltung.
»Wisst ihr was?«
»Was?«
»Wir sprengen die Statistik!«

*

Du bist gut drauf, der Frontman der schärfsten Band am Platz, und dein Mädchen ist das hübscheste der Stadt. Weit bist du herumgekommen, hast es gesehen, hast es gemacht. Dabei bist du immer noch so jung. Wenn der Spaß dünn wird, startest du den Motor und schaukelst einfach weiter, weg vom Trott, vom Laufrad der Massen. Was kümmert dich die stinknormale Welt? Du bist Lord Duncan, der Eine, edelmütig, wissend, in einer Zeit voller Wirrnisse und Zeichen. Probleme? No, Sir. Probleme haben andere.

Nur, manchmal ändert sich das Bild von einem Augenblick zum nächsten. Du fühlst dich schwach, bleibst im Bett, möchtest die übergroße Fülle da draußen einfach aussperren. An die Wand gedrückt, paralysiert, vom Zwang Geld zu verdienen, die Position zu halten, Stärke zu demonstrieren, allen Gegnern zu kontern. Wann gibst du auf? Bier trinken. Fernsehen. Nichtdenken. Träume zerplatzen wie Seifenblasen am rissigen Beton der Wirklichkeit.

Deine Angst zu versagen in Anbetracht der übergroßen Erwartungen, des permanenten Drucks. Warum hast du dir so viel vorgenommen? Hätte es etwas weniger als die Rettung der Welt nicht auch getan?

Langsam erahnst du die große Illusion. Zu viele Rechnungen flattern in dein Postfach, von zu vielen Versicherungen, die dich in erster Linie davor beschützen der Unabwägbarkeit des Lebens vorbehaltlos zu begegnen.

Dein Kreditauszug erklärt dir kommagenau, wie viel du in der Gesellschaft zählst. Du suchst die Freiheit und findest nur das Fernsehprogramm. Da streckst du die Hand nach den Symbolen des Erfolgs. Die größere Wohnung. Der Überseeurlaub. Das Cabrio. Jetzt sitzt du in deinem Cabrio. Ein chromblitzendes Merkmal der vollkommenen Anpassung ans herrschende System. Die anderen im Stau, vor und hinter dir, sie neiden, denn du hast es offenbar geschafft. Was hast du geschafft?

Am Steuer deines chromblitzenden Cabrios stinkst du aus dem Mund, weil dich deine Gedanken vergiften. Sie vergiften dich bis hinunter in den Bauch, wo die

Gefühle sitzen. Röchelnd stinkst du aus dem Mund, weil du ein registrierter, funktionaler, in Tabellen gefasster, dem Götzen Geld nachhechelnder, unsensibler, überheblicher, cholesteringeplagter, konsumgeiler, naiver, scheuklappentragender Westler bist, mitten in Centropolis, dem Zentrum der eiskalten, rasiermesserscharfen, allgegenwärtigen Dekadenz.

Dunkle Karossen schieben sich durch kahle Straßen. Keine Bäume. Fahle Gesichter hinter grauem oder schwarzem Lack. Hinter getönten Scheiben. Damit niemand dem anderen in die toten Augen schauen muss. Lord Duncan lag in seinem Wohnmobil. Schlaflos starrte er die Decke an. Draußen begann es zu regnen. Immer stärker platschten die dicken Tropfen auf das Blechdach seiner skurrilen Unterkunft. Ergeben schloss der dunkelhaarige Junge die Augen.

Manche Zombies haben offensichtlich Glück. Sind reich, schön, oder werden es nach einer Operation, reisen um den Globus, können sich regelmäßige Geldspenden ans Casino leisten. Die oberen Zehntausend sorgen sich nicht um so banale Dinge wie ihre Existenz. In jenen Kreisen gilt es, nur nicht zu kurz zu kommen, beim Spiel um Einfluss und Gewinn. Oder die alte Ehefrau – mit möglichst niedrigem Restwert – gegen die junge Geliebte einzutauschen. Oder sich bei ausufernden Banketten im Blitzlicht billiger Gazetten zu gefallen.

Und alle anderen? Die Leser der billigen Gazetten? Auch sie entdecken laufend neue Facetten unserer großen, weiten Welt. Besitzen sie doch für jeden Tag des Monats einen eigenen, hochauflösenden, flimmerfreien TV-Kanal, der ihnen alles zeigt. Alles, was gewollt werden soll.

Dadurch sind die Leser der billigen Gazetten permanent am Drücker. Wie ihre Kinder, nebenan, allein im

Zimmer, vorm Zweitfernseher. Mit Videospielen wie ‚Game Toy' oder ‚Combattle Girl' lernen die Kinder, wer erledigt gehört, mit Messern, Säbeln, Hellebarden. Was durchlöchert werden muss, mit Revolvern, Kanonen, Laserpistolen. Oder wo gleich vollständige Zerstörung herrscht, mit Splittergranaten, Lenkraketen, Fliegerbomben. Spektakuläre Feuerwerke, auf Knopfdruck. Dazu serviert die Mikrowelle exotische Genüsse aus der internationalen Tiefkühlküche.

Mord am Bildschirm, immer wieder, Mord. Totschlag um halb sieben, Terror um viertel acht. Ästhetisch ausgeleuchtete Gewalt, zwischendurch ein Werbeblock. Ist die Pizza endlich fertig?

Radikale Marktschreier servieren dir auf deinem Lieblingskanal die tägliche Tiefkühlration, gleichgültig, ob du Appetit hast oder nicht. Nein, du musst jetzt nicht darüber nachdenken. Drück einfach auf die Fernbedienung. Und noch ein Glas, zur Entspannung.

Mit den geistigen Blähungen eines namenlosen Heeres von Mitläufern, Spießern und Denunzianten blasen sich die radikalen Marktschreier in deinem Fernseher auf, wachsen sabbernd über sich hinaus. Heiße, stinkende Luft, voller Angriffsparolen, Hetzreden, Lügen. Die radikalen Marktschreier sähen Hass und ernten Mord. Auf zum Schlachttag, jeden Tag! Ströme von Blut in den Köpfen derer, die die Fernbedienung fest in Händen halten. Geld. Fernsehen. Fressen. Geld. Fernsehen. Fressen. Geld. Fernsehen. Fressen. Duncan wollte nicht gefressen werden.

Wie Maschinengewehrsalven prasselten die Regentropfen auf das verbeulte Blechdach. Duncan dröhnte der Schädel. Mary Lin. Verstand zumindest sie, worum es wirklich ging?

Denk an unsere Zukunft, hatte sie gesagt. Nur, welche Zukunft meinte sie damit? Die Reihenhauszukunft, mit Mittelklassekombi vor der Einfahrt? Die Bürozukunft? Die Fernbedienungszukunft? Aber dachte Mary wirklich so? Sie sagte, sie wolle dem Alltag entfliehen. Nur wie, sagte sie nicht.

Mary Lin. Wenn Duncan versuchte, ihr Wesen zu fassen, dann blieb ein großes, weiches, warmes Etwas, ein undefinierbares Wohlgefühl, ein prickelnder Schauer, aber keine Aussage. Duncan biss sich auf die Lippen. Hatte Mary am Ende persönlich gar nichts kundzutun? Gar kein individuelles Ziel? Gut, sie studierte, aus allgemeinem Interesse an der Kunst, als Alternative zum Arbeitstrott. Aber aus Leidenschaft? Und ihre Liebe zur klassischen Musik? Schon recht. Sie war eine hervorragende Zuhörerin. Aber, was noch?

Auf einmal dämmerte Duncan, dass vielleicht er ihr großes Ziel sein könnte. Der melancholische Geschichtenerzähler, der Mary eine farbreichere Welt versprach. Eine bessere Welt? Besser wie da draußen gab es sie aber nicht. Seine Lordschaft seufzte.

Familie? Ja, sie hatte von Kindern gesprochen. Für ihn kam das zu schnell. Natürlich liebte er Mary. Mit einem Baby würden sie aber nicht mehr nur von Luft, Liebe und den kümmerlichen Lebensmittelresten auf Silvesters Fensterbank leben können. Gerade jetzt, wo er auf dem besten Weg war ein echter Musiker zu werden. Das war ein Angelpunkt. So tolerant sich Mary gab, so skeptisch, nein, so stur stand sie den Bad Knives gegenüber. Als wäre sie eifersüchtig auf seine neuen Freunde. Warum gönnte sie ihm nichts neben ihr?

Sie oder die Band. Ihr Ultimatum klang lächerlich. Trotzdem hatte Duncan zuletzt nachgegeben. Im hintersten Winkel seines Herzens spürte er selbst, dass die Sad Wifes von den Charts so weit weg waren wie Centropolis vom Mond. Aber wie sahen die Alternativen aus?

Geld. Fernsehen. Fressen. Die garantierte Leere. Das genaue Gegenteil seiner Mission. Das Letzte.

Du verplemperst deine Zeit, hatte sie im Bett geflüstert und dabei zärtlich sein Gesicht gestreichelt. Unsere Zeit.

In solchen Momenten war der Rock and Roll weit weg. Und Mary Lin ganz nah. Sie versprach alles. Noch dazu sofort. Der Umweg über die Charts würde gar nicht mehr notwendig sein ... ja, so war sie, die Prinzessin von Centropolis. Duncan lächelte schwach. Wahrscheinlich war es gar nicht schlimm, wenn sie nichts Großartiges geplant oder auch nur zu sagen hatte. Was hatte er denn groß zu sagen? Im Grunde suchte er sein ganzes junges Leben lang nur nach aufrichtiger Liebe. Und nun war es tatsächlich einfach so passiert. Das zaubervolle Duett seines Daseins. Er und Mary Lin. Meine liebe Mary Lin. Vor ein paar Tagen hatte er sogar versucht niederzuschreiben, wie das so ist, mit Mary Lin:

Ich sehe
viel
und bin so weit weg
von allem
und falle

In mich hinein
in dich hinein
in uns
und aus uns

Und falle weiter
in die Träume
und durch sie hindurch
in alles
andere

»Nein, das ist noch nicht am Punkt«, brummte Silvester, nachdem ihm Duncan den Songtext vorgelesen hatte. »Das ist nicht Rock and Roll, sondern bloß Romantik. Davon gibt es schon genug. Deine Texte müssen prägnanter werden. Sie müssen mich treffen. Mich, das heißt, das Publikum.«
Duncan versuchte es noch mal:

Wüstes Haar
ausgebreitet auf mir
entflammt
verzehrend

Wüste Körper
aufgebracht
erwartungsvoll
ungehemmt

Hirne schießen Kanonaden von Liebe
aufeinander ab

»Na ja«, meinte Silvester. »Nicht schlecht, nur, so richtig Rock and Roll ist das auch nicht. Aber, bleib dran, Duncan, bleib einfach dran, okay?«

Duncan blieb nicht dran. Überließ die Texterei wieder dem Gitarristen. Die zentralen Fragen blieben. Mary Lin. Die Zukunft. Silvester Phaser. Die Gegenwart. Centropolis. Geld. Fernsehen. Fressen. Noch ein

Schluck Whisky. Entscheidungen. Und wieder Mary Lin. Mary. Mary. Marry me.

Da schrillte ein Telefon. Duncan besaß kein Telefon. Er fuhr auf und sah sich um. Schmiss mit dem Arm versehentlich die Schnapsflasche vom Tisch. Die klirrenden Scherben holten in vollständig ins Hier und Jetzt. Das Telefon befand sich in einer kleinen Holztruhe unter seiner Schlafstatt. Er erinnerte sich. Ein alter Wählscheibenapparat aus Phalerma. Sie hatten ihn damals im Casa Occupata gefunden und einfach mitgenommen. Klein, rundlich, mit einem gebogenen Hörer und einem dünnen, glatten Kabel, wie in den alten Schwarzweißfilmen. Das Telefon lag in der Kiste und läutete. Und läutete. Mit fahrigen Bewegungen kramte Duncan den Apparat hervor. Natürlich war er nirgendwo angeschlossen. Bekam er etwa wieder einen Anruf vom alten Mann aus der Höhle? Der geheimnisvolle Druide von damals, sein Meister, Mentor, Ruben?

»Die Liebe«, seufzte Duncan und hob ab.

»Hallo?«, wisperte es vorsichtig vom anderen Ende der Leitung.

»Hallo«, erwiderte Duncan.

»Ich bin es, Mary.«

»Mary!«, entfuhr es ihm.

»Ich hab dich vermisst«, flüsterte sie.

»Ja. Denn ich war verloren«, sagte Duncan halb in den Raum hinein.

»Geht es dir nicht gut, Geliebter?«

»Ich habe nachgedacht.«

»Du zerbrichst dir den Kopf über eine Welt, die es nicht gibt.«

»Und wie es diese Welt gibt«, dachte Duncan.

»Duncan? Du klingst so traurig.«

»Oh Mary. Allein deine Stimme erhellt mir das Dunkel.«
»Ich muss dich sehen.«
»Ich auch«, flüsterte er.
»Komm zu mir, Geliebter!«
»Ich kann nicht!«
»Warum?«
»Bin betrunken«, gestand Duncan.
»Ich auch.«
»Warum?!«
»Weil ich dich brauche. Und genau das macht mir Angst. Nie zuvor verspürte ich so ein Gefühl. Ich weiß, wir gehören zusammen. Du und ich sind eins.«
»Du bist mein Licht«, hauchte er.
»Ich komme zu dir«, sagte sie entschieden.
»Ich komme dir entgegen.«
»Wir treffen uns im Park.«
»Es regnet«, widersprach Duncan.
»Dann soll der Himmel uns benetzen, unsere Kleider, unsere Körper, kühlen unseren erhitzten Geist, freimachen die klammen Herzen, wegschwemmen alle Einsamkeit, vollständig überfluten, die unsinnigen Dämme unserer Eitelkeit!«
»Geliebte!«
»Geliebter!«
»Ein Kuss!«
»Alle Küsse!«
»Ich fliege!«
»Ich bin schon da! Und wenn die ganze Welt sich zuunterst und zuoberst dreht!«

Aus entgegengesetzten Richtungen eilten Mary Lin und Lord Duncan durch die große graue Stadt, zum höchsten Punkt über dem weiten Lichtermeer. Zwischen Frühlingsblumen versanken sie im Rausch der Umarmung, unter einem nassen, blassen Halbmond, der seufzend seiner lang dahingegangenen Jugend gedachte. Die Sterne tanzten mit den Engeln, indes die Welt in ihren locker gewordenen Angeln immer schneller schwang und alles Schwarz von jener Helligkeit vertrieben wurde, die nur in den Herzen der wahrhaft Liebenden zu finden ist.

Zweiter Teil: Peripharis

IM Morgengrauen trieb der Wind die letzten Regenwolken übers Land. Zwei Wochen war das Wetter trüb und nass gewesen, dann kam die Frühjahrssonne und verlieh sogar Centropolis einen Anflug unbeschwerter Heiterkeit. Silvester krabbelte aus seinen Decken. Nach der Dusche schlüpfte er in die Lederhose, zog ein neues T-Shirt über und warf die Kaffeemaschine an. Keine Milch mehr im Fenster. Was solls! Heute stand dem Unbeugsamen ohnehin der Sinn nach schwarzem Kaffee. Kosmische Energie durchströmte ihn. Denn heute war der erste der großen kommenden Tage: der Tag der Abreise nach Periphäris.

*

Noch jemand war an jenem Morgen von kosmischer Energie erfüllt: Ruben. Mit jugendlichem Schwung schritt er durch die Höhle, beinah im Widerspruch zu seinem ehrwürdigen Aussehen. Die eiserne Kanne dampfte und verströmte einen aufmunternden Frühstücksduft. Heute war ein Tag, der nach starkem Kaffee verlangte. Große Pläne rieben aneinander, mitsamt ihren möglichen tektonischen Verwerfungen, wie driftende Kontinentalplatten, im Chaos der vielschichtigen Wirklichkeit. Er dachte an Duncan, Mary, Silvester mit der Band. Und an Dorian Ryder, der ihm Sorgen machte. So still, so zurückgezogen, fast verschluckt, hockte der junge Dichter im blinden Schlund von Tinytown. Das Paradoxon der ineinanderfließenden Außen- und Innenwelt setzte ihm zu. Ruben wiegte den Kopf. Dann trat er hinaus, mit der Blechtasse voll schwarzem Kaffee in seiner Hand. Vor ihm lag Loch Shinn, sanft glitzernd, unergründlich tief. Doch direkt am Seeufer befand sich etwas noch viel Geheimnisvolleres: ein weltenverwirbelnder Geschichtenkubus.

Das rätselhafte Ding war schwer zu erkennen. Nur die gelegentlich in der Sonne aufblitzenden Umfanglinien deuteten seine beachtliche Größe von zehn Metern Länge, Breite und Höhe an. Frontal betrachtet war der Würfel praktisch unsichtbar. Blickte man jedoch schräg auf seine Außenflächen, kam die Brechung des Lichts zur Geltung und stellte die dahinterliegende Uferlandschaft leicht gewellt wie durch altes Fensterglas zur Schau. Der verblüffende Eindruck wurde sogleich überboten: Das Gebilde stand nicht einfach nur am Ufer, es schwebte. Behielt man die spiegelnden Umfanglinien im Auge und folgte ihnen aufmerksam nach unten, bemerkte man die abreißende Kante, einen hauchdünnen, glänzenden Strich, der nicht etwa am Boden entlang führte, sondern einen guten halben Meter in der Luft stand. Halt. Nicht stand. Der Geschichtenkubus rotierte auch noch langsam um die eigene Achse. Dadurch zuckten immer wieder Lichtreflexe über die ansonsten unsichtbare Oberfläche. Das narrte die Augen der Kaninchen und Damhirsche am Ufer des Loch Shinn. Denn was immer das hier war, war es tatsächlich da?

Konzentriert folgte Ruben der langsamen Drehung des Würfels, einzig erkennbar an den Reflexionen seiner Kanten. Er leerte die Blechtasse, warf sie, ohne einen weiteren Gedanken daran zu verschwenden, hinter sich und ging entschlossen auf den Geschichtenkubus zu.

Als das geometrische Mysterium genau im rechten Winkel zu ihm stand, machte er einen federnden Satz nach vorn und sprang geradewegs hinein.

Kurz wellten die Würfeloberflächen auf, wie Wasser. Die Kanten blitzten, knisterten und knackten. Dann trat würdevolle Stille ein. Der alte Mann war verschwunden. Offenbar befand er sich im Inneren des Würfels. Man konnte ja immer noch hindurch-, aber keineswegs hineinsehen. Draußen stieg die Frühjahrssonne langsam Richtung Zenit. Drinnen folgten Raum und Zeit den Gesetzen einer andern, parallelen Wirklichkeit.

Der letzte der Weisen stand mitten in einem Saal, dessen Wände und Decke sich im Dunst schierer Entfernung verloren. Ein Steinboden voll gemeißelter Ornamente, Symbole, Zeichen und Inschriften verschwand in allen Richtungen im langsam zunehmenden Dunkel.

Ruben wunderte sich nicht. Das alles konnte auch ganz anders aussehen. In erster Linie lag es ja an seiner persönlichen Definition. Aber nicht nur. Es lag ebenso am Fortgang des Geschehens. Zielsicher schritt Ruben zu einem steinernen Pult, auf dem ein ledergebundener Foliant lag. Einen Augenblick später erreichte er den exakten Mittelpunkt des Geschichtenkubus, jener legendären Konstruktion, in der Fantasie und Realität durch kosmische Energie verwoben wird. Das schwere Buch lag genau in Brusthöhe vor ihm. Bevor er es berührte, blickte er noch einmal in den ungeheuren Raum. Er wusste, gerade diese grenzenlose Weite machte die Tatsache seiner Unwiderlegbarkeit so schwer begreifbar. Er allein barg die Taten und Träume der jungen Menschen in der weit entfernten Stadt, Zeile um Zeile niedergeschrieben, in jenem dicken Buch, direkt vor seinen Augen. Ruben senkte den Blick und musterte es eingehend. Abertausend zarte Striche, feine Bögen, in schwarzer Tinte, auf knisterndem, weißem, verletzlichem Papier. So wenig. So viel. Dann legte er den Zeigefinger auf die geöffnete Seite und schlug zum Beginn zurück:

All you eat is love! Rapadabadap!

Dorian Ryder erwachte. Er lag im Bett und die Stereoanlage lief noch immer, so wie er sie vor seinem Nickerchen eingestellt hatte. *All you eat is love!* tönte es aus den Lautsprecherboxen. *Love, Love, Love!*

Der Druide runzelte die Stirn. Dann schlug er den Wälzer wieder an jener Stelle auf, in der sein Zeigefinger als Lesezeichen steckte. Konzentriert murmelte er einen Zauberspruch. Draußen begann der Geschichtenkubus schneller zu rotieren.

Blitze zuckten hoch über Loch Shinn. Alarmiert studierte ein einsamer Wanderer auf der gegenüberliegenden Seite des Gewässers den klaren blauen Himmel. Seltsam. Keine einzige Wolke. Nach einem prüfenden Blick in alle vier Himmelsrichtungen setzte er seinen Weg fort. Ja, die Gegend um Loch Shinn. Ein wahrhaft mystischer Ort. Den Kubus konnte der Mann natürlich nicht erkennen. Von seinem Standpunkt aus war die Unheimlichkeit zu weit entfernt, ein undefinierbarer Lichtreflex am anderen Ufer. Gut so. Denn hätte der Wanderer etwas Ungewöhnliches erspäht, es hätte ihm passieren können, seinerseits von der Geschichte entdeckt zu werden, und wer weiß, womöglich hätte er sich plötzlich mitten in Centropolis wiedergefunden? Vorerst trat jedoch nichts dergleichen ein. Und so wurde der Wanderer trotz des kurzen Schreckens der nicht erklärbaren Blitze mit einer ganz anderen Erkenntnis entschädigt: Sein Panoramablick über den See im zarten Licht der Hochlandsonne war in der Tat atemberaubend.

*

In aller Pracht stand Gloriette, die alte Rock and Roll-Fregatte da, von schelmischen Engeln mittels Wind und

Wetter glanzgebürstet, bereit für ihre wichtigste und ruhmreichste Mission, die Reise ins gelobte Periphäris. Und schon schritten sie vor ihr einher, die furchtlosen Argonauten einer neuen Rockmusik:

Rillo Gorillo. Wie immer vollkommen schwarz gekleidet, mit neuem, in die Stirn gekämmten Haarschnitt. Keck pfiff er durch seine Zahnlücke rechts oben und sondierte das Terrain. Etwas fehlte. Shades. Ein schneller Griff in seine Jackentasche. Im Nu war das kleine Accessoire zur Hand. Perfekt. Er lächelte.

Alister Powderbook. Lehnte den Basskoffer entspannt ans Wohnmobil. Doch was war das? Vollkommen neue Conserve-Turnschuhe! Seine aktuellen Jeans gingen unten weit auseinander, dazu trug er ein knallgelbes T-Shirt sowie eine blaue Baumwollmütze der städtischen Abfallentsorgung. Alister lächelte ebenfalls.

Silvester Phaser. Konnte einfach nicht stillstehen. Seine Lederhose glänzte. Noch trug der Gitarrist ein T-Shirt mit dem Stern der antikapitalistischen Revolution, aber natürlich hatte er für den Auftritt sein goldenes Mikrofaserhemd mit Paillettenkragen eingepackt. Der zerbeulte Gitarrenkoffer stand am Straßenrand. Immer wieder rieb sich der Unbeugsame mit der Faust das Kinn, so als dachte er angestrengt nach. Dabei dachte er an gar nichts, kompensierte nur seinen Bewegungsdrang. Wie Rillo war er beim Friseur gewesen. Der neue, zurückgekämmte Schnitt ließ sein schmales Gesicht noch markanter erscheinen. Mittendrin die vollkommen eckige Sonnenbrille. Was sonst.

Tom Shortbread. Abwesend nestelte der Schlagzeuger an seiner braunen Cordhose und dem groß karierten Altherrensakko vom Flohmarkt. Beim Friseur war Shortbread nicht gewesen. Die Lammfelljacke lag auch irgendwo. Der Trommler spähte durch seine Stahlrandbrille und wirkte äußerst Retro. Die Band war komplett. Nur, wo blieb der Frontman?

Seine Lordschaft kam glatt eine halbe Stunde zu spät, direkt aus Tinytown, aus Mary Lins Armen. Lässig elegant schlenderte er heran, in neuen schwarzen Jeans, orangem Polyester-Rüschenhemd und Stiefeletten mit künstlichem Schlangenlederaufdruck. Unterm Arm trug er das passende Sakko, ebenfalls aus schwarz-weißem Schlangenlederimitat, mit ausladendem Kragen und großen, schimmernden Knöpfen. Anerkennend pfiff Silvester durch die Zähne.

»Respekt, Meister der stimmlichen Verführung. Euer Stil kann gefallen, wenn man bedenkt, wie düster ihr ansonsten zu erscheinen pflegt. Wie geht es der verehrten Liebsten?«

»Die Liebste schmollt, doch ich denke, sie wird es verwinden. Sie hat mich ja kaum ausgelassen.«

»Warum kommt sie nicht einfach mit?«

»Nun, wie gesagt, sie schmollt. Vielleicht ist es auch besser so.«

»Haben wir alles?«, fragte Alister.

»Die TVCaster und deinen Bass. Fehlt noch mein Amp, Toms Snare, die Becken und die Orgel. Also?«

»Wo bleibt Patrick?«

»Der wartet beim Proberaum auf uns.«

»Okay! Dann los!«

Silvester, Alister und Rillo schnappten die Instrumente und kletterten ins Heck des Wohnmobils. Duncan hatte natürlich nicht, wie versprochen, aufgeräumt. Sein Kram lag kreuz und quer herum. Kurzerhand schob Alister alles zur Seite, um ans Ende der schmalen Eckbank schlüpfen zu können. Neben Silvester setzte sich Rillo auf des Frontmans Bettstatt und kramte Star Coke, Bier, Brezel und Chips aus seinem Rucksack.

Vorne hantierte der Frontman am Lenkrad. Neben ihm hatte Tom Shortbread Platz genommen.
»Alle bereit?«, rief Duncan nach hinten.
»Bereit, wenn ihr es seid!«, schallte es fröhlich zurück. Seine Lordschaft zündete den Motor. Geschmeidig rollte Gloriette vom Bordstein. Bei der alten Brotfabrik hielten sie noch einmal an, um den Rest ihres Equipments abzuholen.

Pat stand schon da. Seine übergroßen, verspiegelten Sonnenbrillen verliehen ihm einen Anflug gediegener Verrücktheit. Dazu trug er eine große Fototasche unter dem Arm: Die Mikon-Spiegelreflexkamera aus der Agentur! Begrüßung, Umarmung, dann schleppten sie das Keyboard, die Drums sowie den Moreshall auf die Straße. Nachdem all das irgendwie im Wohnmobil verstaut war, wurde es nun richtig eng. Die Burschen grinsten und stöhnten. Alister dicht neben Patrick auf der Eckbank, Rillo mit Silvester und den Gitarrenkoffern auf der schmalen Pritsche, mitsamt den Messingbecken zwischen den Knien. Jetzt, kurz vor zwölf Uhr Mittag, ging es tatsächlich los! Vor ihnen lagen achthundert Meilen Autobahn. Laut Plan würden sie Periphäris spätabends erreichen und bei Toms Schwester übernachten. Am nächsten Tag konnten sie noch mal entspannen, bis es abends endlich soweit sein würde: Bühne frei für die Bad Knives! Keine Ahnung, wie sie beim Wettbewerb abschneiden würden, aber sie wussten, der weltberühmte Banana Phox, der am nächsten Tag mit seiner Megaband Zoo ein Konzert im Fußballstadion von Periphäris gab, würde ihnen zuhören. Mad Life und Banana zur selben Zeit im selben Raum? Und sie auf der Bühne und er im Publikum? Das war es wert, die vollen achthundert gewissermaßen übereinandergestapelt quer durchs Land zu tuckern. Sie würden Monsieur grande Rockstar die Ohren wegblasen, sodass er ihren Auftritt nie wieder vergessen würde. Yeah!

Zum Abschied hustete Gloriette eine dunkle Benzinwolke hinaus und nahm die Stadtautobahn von Centropolis unter die Räder. Verheißungsvoll glitzerte das breite Band der Straße im klaren Sonnenlicht. Anfangs verlief die Route entlang einer unspektakulären Landschaft inmitten zentralkontinentaler Beliebigkeit: Hügel, Siedlungen, Waldstreifen, Ackerland. Die Jungs kannten die Gegend und spielten Karten, so gut es eben ging, zwischen den Trommeln, den Gitarren, und Silvester verlor gleich ein paar Credits, weil er nicht richtig bei der Sache war.

Nach zweieinhalb Stunden hielten sie zum ersten Mal an, streckten die Glieder, tauschten die Plätze. Phaser übernahm das Steuer. Pat setzte sich neben ihn, schoss ein paar Fotos mit der Mikon. Witze flogen hin und her. Hinten erzählte Tom von seinen abgedrehten Soundexperimenten.

Er studierte Physik und Elektrotechnik. Hatte sich auf der Uni sein persönliches Effektgerät für schrille Grooves aus einem der ersten analogen Drumcomputer zusammengelötet. Wenn Tom von Amplituden, Frequenzen, Einschwingvorgängen und Resonanzüberlappungen sprach, wurden alle anderen ganz wirr im Kopf. Tom liebte merkwürdige Sounds. Und natürlich liebte er den Beat. Die Sad Wifes bedeuteten ihm vielleicht nicht alles, waren aber die ideale Band, um elektronische Spielereien zu testen. Shortbread besaß schrägen Humor, ein großes Herz, einen Sinn fürs Pragmatische – und eine ziemlich coole Lammfelljacke.

Manchmal roch er etwas mehr, manchmal etwas weniger streng. Wusch sich ja angeblich nicht, aufgrund der körpereigenen Reinigungsprozesse, die sogar biophysikalisch nachgewiesen werden konnten. Noch nie hatte ihn jemand mit frisch geschnittenen Haaren gesehen. Trotzdem mochten ihn alle. Tom war eben unverwechselbar Tom.

Soeben schilderte er verschmitzt den Ablauf einer Störaktion vor einem Jahr, getarnt als künstlerische Performance, am ersten Juni, dem großen Tag der vereinigten Nation. Am ehrenvollen Platz der Helden, direkt vor dem kaiserlichen Schloss.

Sie waren zu fünft, verteilt über das gesamte Areal, Tom mit vier Studienkollegen, bereit zum akustischen Widerstand. Auf der einen Seite, streng gereihte, strammstehende Uniformträger in Blau. Gegenüber, wachsam herumstreifende Uniformträger in Grün. Dazwischen Schaulustige, Sympathisanten, Wichtige, Gestrige. Wie jedes Jahr am großen Tag der vereinigten Nation.

Die Soldaten salutierten. Ihre Mordgeräte glänzten in der Sonne. Gulasch in Kanonen. Alte gebeugte Männer vor neuen hochgereckten Panzerrohren mit polierten Kriegsorden unter schlohweißem Haar. Mittendrin Tom, in geheimer Mission – mit einem Sinuston. Aus seinem Kassettenwalkman. Abgestrahlt durch einen Acht Ohm-Hochtöner unter der Jacke. In Chrombandqualität. Dreißig penetrante Minuten lang. Nicht ortbar. Definitiv hörbar. Zuerst lästig, dann ätzend. Mit der Zeit richtig enervierend.

Die fünf Studenten bewegten sich langsam, jedoch ohne Unterbrechung durch die Menge. Kein Fokuspunkt. Nur dieser elend heulende Messton, dessen Schallquelle nicht festzumachen war. Zähneknirschend ignorierten die Uniformierten die akustische Provokation, die ja niemandem wehtat und trotzdem alle nervte. Eine halbe Stunde später war es vorbei. Unerkannt zog Tom mit seinen subversiven Freunden ab und weiter ins Kaffeehaus.

Wenn Shortbread nicht gerade den Rechtsstaat akustisch in seinen Grundfesten erschütterte, hielt er sich vornehm zurück, achtete jedoch mit der Genauigkeit des angehenden Physikers darauf, dass die Band artig im Rhythmus blieb.

Seine Meinung hatte Gewicht, und zu Duncan fand er sofort einen speziellen Draht. Neben seiner Begeisterung für Technik war Tom durchaus romantisch veranlagt. Die Idealisierung der bedingungslosen Liebe, die Duncan in den Songs zelebrierte, ging ihm aufrichtig zu Herzen. Unbewusst trommelte er den Rhythmus einer ihrer Balladen mit den Fingernägeln an die Coladose.

Nun gab der Frontman die Karten aus. Powderbook setzte fünf Credits. Shortbread musterte sein Blatt. Kreuz Ass! Er verdoppelte den Einsatz. Achselzuckend ging Lord Duncan mit. Ein Blick auf den Sänger. Wo war er nur mit seinen Gedanken? Er würde genauso wie Silvester verlieren.

»Weitere Einsätze?«, fragte Tom.

»Ich bin dabei«, erwiderte Alister und legte lässig einen Zehner in die Mitte.

Alister Powderbook. Der klassische Gelegenheitsarbeiter. Vor einem halben Jahr war er noch von Montag bis Freitag um drei Uhr morgens aufgestanden, um in einem Kastenwagen Backwaren auszuliefern, bis er sich so oft verschlafen hatte, dass ihn die Bäckerei hinauswarf.

Er hatte gekellnert, für ein Marktforschungsinstitut sinnentleerte Interviews geführt, einen Sommer lang auf einem Minitraktor öffentliche Grünflächen gemäht. Sein aktueller Job toppte all das mit Leichtigkeit: Alister assistierte auf Stundenbasis bei einem gut gebuchten Modefotografen. Blitzlampen aufstellen, einstellen, verschieben und nachstellen. Objektive an die Kamera setzen, umtauschen, wegpacken. Filmrollen einlegen, beschriften, sicher verwahren und am Ende des Tages zum Entwickeln bringen.

Während sich langbeinige Schönheiten wenige Meter vor ihm im Kunstlicht räkelten, kümmerte sich ‚Assistent Ali' um ausgebrannte Blitzbirnen, frischen Espresso, das ständig klingelnde Telefon, und seinen netten, zerstreuten Chef, damit alles reibungslos über die Bühne ging. Zwischen den ‚Shootings' wurden Hintergründe aus Karton bemalt, Kulissen gezimmert, ausgeflippte Requisiten ausgeborgt.

Alister lernte viel über Fotografie, und die Models waren in den meisten Fällen nett. Hübsch waren sie natürlich immer. Mit seiner schlaksigen Figur und den Pickeln auf der Stirn rechnete sich Assistent Ali jedoch keine allzu großen Chancen aus.

In Wahrheit stand er auf mollige Frauen. Wie zum Beispiel Anne, die warmherzige Visagistin, die regelmäßig mit am Set war. Anne war bestimmt fünfzehn Jahre älter als Alister. Auch das machte ihn ein bisschen scharf. Dabei wusste er nicht einmal, ob sie überhaupt einen Freund hatte. Wahrscheinlich.

Assistent Ali genoss den neuen Job. Für seine Umsicht und Genauigkeit wurde er vom Chef gelobt. Auch die Bezahlung stimmte. Das einzige Problem war der unregelmäßige Dienst. Alister konnte weder mit der Zeit, noch mit dem Gehalt länger als ein, zwei Monate im Voraus planen. Eine Festanstellung gab es nicht. In der schnelllebigen Modebranche konnte der angesagte Meisterfotograf von heute morgen schon von gestern sein.

Nebenbei hatte Alister immer gern gezeichnet, aber das war vorbei. Er kannte einige selbstständige Grafiker und beneidete sie nicht. Trotzdem weigerte er sich beharrlich, ein ‚geregeltes' Leben anzugehen. Insgeheim setzte Alister durchaus auf Phasers tollkühnen Rockstarplan. Manchmal war der Unbeugsame zwar kaum auszuhalten, tief drin zollte ihm Powderbook dennoch Respekt. Der Gitarrist zog seinen Traum zu hundert Prozent durch. Und Alister? Hatte still und heimlich alles rund ums Zeichnen aufgegeben. Nicht aus Bequemlichkeit. Er fürchtete sich auch nicht davor, öffentlich auszustellen. Ihm war nur eines klar geworden: Zeitlose Meisterwerke auf Papier zu bannen, dazu waren andere bestimmt. Alister fühlte keinen überwältigenden Drang, keine unikale Genialität, wenn er Block und Bleistift in die Hand nahm. Im Gegensatz zu Silvester. Was konnte es schaden, bei den Bad Knives mitzumachen? Powderbook hatte dabei bloß den Bass zu zupfen. Wenn dem Unbeugsamen alles aufging, würde er hautnah dabei sein. Und wenn nicht, hatten sie zumindest ihren Spaß gehabt.

Der schlaksige Rotschopf wandte sich wieder den Karten zu. Ein Grinsen huschte über sein sommersprossiges Gesicht. Mit dem soeben gehobenen Joker stach er alle andern aus und kassierte den Jackpot. Zappelnd erwartete der Frontman neben ihm sogleich das nächste Blatt. Er war schon jetzt nervös, zwei Tage vor dem Gig! Darüber machte sich Alister überhaupt keine Sorgen. Duncan hatte es. Er hatte es gnadenlos! Periphäris würde erst der Anfang sein. Und am Ende wartete die ausverkaufte Phembley Arena auf die Bad Knives. Grinsend setzte Assistent Ali fünf neue Credits.

Nun teilte Rillo Gorillo die Pokerkarten aus. Der Tastenmann war locker unterwegs. Wohlbeleibt und tendenziell phlegmatisch, vertrat er ein klares Weltbild in einer Zeit voller Unabwägbarkeiten: Rillo war einfach nur Rillo, ohne großartigen Plan. Und das war absolut okay. Untertags jobbte er in einem Jeansladen. Träumte ein bisschen von seiner eigenen Boutique, mit hippem Underground-Outfit und selbstdesignten T-Shirts. Schwarz war die Farbe, seit man ihn kannte, obwohl er einen bunten Lifestyle schätzte. Rillo aß und trank sehr gern, vermied Sport, wo er nur konnte, hielt auch wenig von Spaziergängen an der frischen Luft. Dafür nannte er eine beträchtliche Plattensammlung sein Eigen. An den Tasten war er nicht unbedingt ein Virtuose und verlegte sich eher auf anhaltende Klangflächen. Sein lakonisches Spiel mit vielen Dur-Akkorden verlieh den Songs diesen unbeschwerten, heliumleichten Sound, der hervorragend mit Duncans sonorer Stimme harmonierte. Rillo wusste es ja aus der Mode: Weniger ist mehr.

Darüber hinaus war er ein Verfechter klassischer Herrenabende. Gespräche, Kartenspiel, gepflegte Barbesuche. Natürlich war Rillo Stammgast im Kollossus. Hin und wieder konnte ihm Silvester eine Freikarte zustecken. Sie teilten ihre cineastische Leidenschaft ebenso wie die Vorliebe für größenwahnsinnige Ideen. Mister Gorillo war ein führendes Mitglied eines hyperheimlichen Geheimbundes, der die globale Machtübernahme anstrebte. Das war zumindest ein guter Spruch. Und an der Bar klopfte niemand bessere Sprüche als Gorillo.

Er teilte sich eine renovierungsbedürftige, dafür relativ günstige Altbauwohnung mit einem jungen Sozialarbeiter namens Gerry. Gemeinsam dezimierten sie abends den internen Weinbestand und erörterten dabei abstruse Strategien zur Destabilisierung der Nation.

Die alte Ledercouch im Wohnzimmer war ein beliebter Landeplatz für Freunde, für zahlreiche Bekannte dieser Freunde, und nicht zuletzt für so manchen schillernden Paradiesvogel am Ende seines Sturzflugs durch die Samstagnacht.

Nebenher bewies Gerry ein bemerkenswertes Talent im An- und Abschleppen von Mädchen. Rillo war nicht abgeneigt, obgleich das weibliche Geschlecht oft rätselhaft und launisch wirkte. So hielten seine ‚Beziehungen' meist nur für die Dauer einer Nacht. Allein der fordernde Unterleib zwang Rillo, die gesicherte Insel gewachsener Männerfreundschaft gelegentlich für ein paar Stunden zu verlassen.

Tiefe Gefühle? Nun ja. Die große Liebe zu erfahren wäre vielleicht nicht schlecht, allein, wer konnte das tatsächlich wissen? Expeditionen in die stürmische See der vertrauensvollen Begegnung zwischen Mann und Frau endeten daher zur Sicherheit immer schon, bevor er ernsthaft Schiffbruch in Amors Untiefen erleiden konnte.

Anders ausgedrückt wurde Rillo nun mal nicht schlau aus den Frauen. Zuverlässig verwandelte sich die süße Glut der Leidenschaft am Tag danach in ein verwehtes Strohfeuer. So war es eben. Gerry ging es ja auch nicht anders. Mädchen kamen und gingen, wie Videofilme, Rockkonzerte, oder der Pizzaservice. Ein schaler Nachgeschmack blieb. Doch wofür hatten intelligente Menschen, höchstwahrscheinlich Männer, den Kaugummi erfunden? Dann lachten sie und beschworen die Vorzüge ihrer Unabhängigkeit.

Übrigens rührte Rillos filmreife Zahnlücke rechts oben von einem einzigen, verhängnisvollen Moment sentimentaler Schwäche.

Damals befand er sich mit ein paar Kneipenfreunden auf ‚Bildungsreise' im legendären Dhonlon, der großen Stadt im Nordwesten des Kontinents. Dhonlon ist zwar immer eine Reise wert, aber alles andere als günstig. So entschieden sich die Gefährten für eine billige Herberge in einem zwielichtigen Randbezirk. Gerüchte von Raubüberfällen auf offener Straße rumorten im Pub. Wegwerfend darüber lachend bestellten die Kameraden eine zweite Runde. Rillo, normalerweise der Erste am Tresen und der Letzte am Heimweg, verhielt sich jedoch ungewöhnlich still. Dhonlon versetzte ihn in grüblerische Stimmung, und langsam stieg eine unerwartete Erkenntnis in ihm auf: Das Leben bot mehr als Pizza, Videos und Markenjeans! Das war klar. Nur, unzufrieden war Rillo eigentlich nicht gewesen. Bis jetzt. Hier, in dieser fremden, vielschichtigen Stadt spürte er zum ersten Mal das mehr, viel mehr in ihm steckte. Der Geist der großen weiten Welt wehte zu Bartür herein und auf einmal schmeckte sein Bier nur noch öde und schal.

»Jungs, ich dreh noch eine Runde und lege mich dann hin. Will morgen fit sein, wenn es nach Downtown Dhonlon geht. Bis später!«

Die Kumpels konnten es nicht fassen. Rillo, zurück zur Pension, um diese frühe Zeit? Darauf einen Hochländer!

Grinsend verließ der junge Mann den Pub und schlenderte allein durch spärlich beleuchtete Gassen. Frisch und frei, mit den Händen in den Hosentaschen, unter einem rotblauen Abendhimmel über hohen, schmalen Ziegelhäusern. Keine Drinks, keine Vernebelung, keine Peinlichkeiten. Gorillo freute sich aufs Bett und den morgigen Tag, da stellte sich ihm ein Fremder in den Weg.

»Give me all your money!«, zischte der verschlagene Geselle.

Blitzschnell überdachte Rillo die Situation. Er war kein Held. Trotzdem steckte sein gesamtes Urlaubsgeld bar in der Jackentasche. Das war nicht wenig.
»All my money?«, dachte er. »No way!«
Der Gauner kam bedrohlich nahe. »Your money!«, fauchte er.

Stumm erwartete Rillo den Angriff. Unvermittelt rammte ihm sein Gegenüber die Faust in den Magen. Mit zusammengebissenen Zähnen steckte Rillo den Schlag weg und knickte auch nicht ein.

Irritiert wich der andere zurück. Kniff die Augen zusammen. Immer noch schweigend hob Rillo die Fäuste.
»Fuck!«, entfuhr es dem Ganoven, er trollte sich davon. Hallend verklangen seine Laufschritte im Dunkel.

Einen Atemzug lang stand die Welt still, dann wurde Rillo vom heißen Triumphgefühl des Sieges überschwemmt. Er hatte standgehalten. Und sein Geld behalten. Ja!

Erst jetzt bemerkte er sein Zittern. Dennoch hielt die wohlig warme Springflut innerlicher Stärke an. Erhobenen Hauptes setzte Rillo den Weg zur Pension fort. Fünf Minuten später bog ein alter Kombi um die Ecke. Schnitt ihn gefährlich nah zur Hauswand. Bremste mit scharfem Einschlag, um den Weg nach vorne abzuschneiden. Noch ehe Gorillo registrierte was passierte, sprangen drei Typen aus dem Wagen, packten ihn, drängten ihn gegen die Wand, hielten seine Arme fest, spreizten seine Beine auseinander.
»Pooolice! Your ID! Show me your ID!«
Police?, dachte Rillo. Die Männer fassten ihn grob an, durchsuchten sämtliche Jackentaschen, schlugen jedoch nicht zu. Einen Augenblick später schnappten

sie seine Brieftasche. Rillo versuchte sich umzudrehen, da rammte ihm der linke den Ellbogen in die Wange. Warm und nass kollerte sein rechter oberer Schneidezahn im Mund herum.

»Fuck!«, murmelte einer der Ganoven. Er klang wie der Typ vorhin. Auf sein Kommando ließen die beiden anderen ihr Opfer los, sprangen in den Wagen und gaben mit quietschenden Reifen Gas.

Schwer atmend sank Rillo an der Hauswand zusammen. Irgendwo hinter ihm wurden Motorgeräusche leiser. Ein Fenster klappte auf und gleich wieder zu. Am Boden kauernd erkundete er mit der Zunge seinen Mundraum und dachte, Shit! Das frische Loch im Kiefer, Lippe, Wange, alles brannte. Im Schock spuckte Rillo den blutigen Schneidezahn aufs Straßenpflaster. Dann rappelte er sich keuchend auf und humpelte ohne weitere Zwischenfälle zur Pension.

Das Geld war weg. Die Anzeige brachte nichts. Und nach dem ersten Schreck neckten ihn auch noch seine äußerst unsensiblen Kameraden. Police, wie? Warum wollte Rillo auch bloß so früh ins Bett? Zahnschmerzen vielleicht? Da war er wohl an den polizeilichen Notdienst geraten. Der war aber ganz schön teuer! Haha! Früh und nüchtern nach Hause zu gehen, das passte eben nicht zu Rillo. Die geklaute Brieftasche, die Zahnlücke bewiesen es. Hey Gorillo! Po-po-po-police!

Ja, die große weite Welt, sie konnte ihm gestohlen bleiben, wenn sie ihn so bestahl. Aber dann grinste er schon wieder. Police! So ein billiger Trick! Und wenn sie nicht zu dritt gewesen wären …

Später, als festes Mitglied der Mad Lifes, hatte sich Rillo vorgenommen, den fehlenden Schneidezahn durch ein rockstarmäßig rubingeschmücktes Implantat zu ersetzen. Er ging nie wieder als erster nach Hause. Und am besten bleibt man ohnehin am Tresen, bis der letzte Credit ausgegeben ist. Ihr wisst warum.

So stand es um den Schwarzgekleideten, doch prinzipiell ruhte Rillo in sich. Die Bandproben waren ein willkommenes Ventil für den lauen Überdruck des Alltags. Mister Gorillo hatte nichts dagegen, mit Mad Life die höchsten Gipfel des Rock and Roll-Gebirges zu erklimmen, nur vor allzu großer Hektik warnte er. Gemeinsam mit Tom bildete der Tastenmann den Gegenpol zu Silvesters überbordender Energie. Dazwischen kochte Alister sein eigenes, groovendes Bass-Süppchen. Die Mischung fiel mitunter scharf gewürzt, manchmal unbefangen schroff aus, klang dafür eindringlich frisch. Ja und dann war da noch Duncan. Der einzige Lord an Bord befand sich in der Tat auf einem extra merkwürdigen Trip. Duncan war der Frontman!

*

Der Frontman stand am Rand des Autobahnparkplatzes hinter einem Baum und urinierte. Dachte dabei an Mary Lin. Zuletzt hatte sie seine Entscheidung kommentarlos zur Kenntnis genommen. Nach einer zärtlichen Nacht, einem ausgedehnten Frühstück, und einer letzten, innigen Umarmung verließ er Tinytown im knallorangen Linienbus, um mit der Band den großen Talentwettbewerb in Periphäris zu bestreiten. Lord Duncan, der Sänger der Bad Knives. Wie sie wohl abschneiden würden? Und was bedeutete es überhaupt, ein Frontman zu sein? Für Silvester war die Sache klar. Der Frontman muss sein Publikum bei den Eiern packen.

Duncan schüttelte zuerst seinen kleinen, tropfenden Rocker, dann den gedankenschweren Kopf. Der

Gitarrist hatte das Dilemma für sich selbst auf elegante Art gelöst: Die TVCaster war ihm Waffe und Schild zugleich. Exponiert glänzte Phaser mit schweren Riffs im Rampenlicht, um im entscheidenden Moment auf seine singende Lordschaft zu verweisen. Der hatte die Meute dann gefälligst bei den Eiern zu packen. Mit nichts als seiner Stimme. Nachdenklich verzog Duncan den Mund und trottete zurück zu Gloriette.

»Ich bin echt nervös«, gestand er Rillo.

»Kann ich verstehen«, antwortete der Tastenmann. »Aber Duncan, was solls. Du bist gut! Außerdem geht es um gar nichts. Höchstens um Spaß und Spaß. Was bedeutet denn schon so ein läppischer Talentwettbewerb, wenn zuhause die Liebe deines Lebens auf dich wartet?«

Natürlich schwang Rillos Ironie in diesen Worten mit, insgeheim bewunderte er den Sänger jedoch für seine lichterloh brennende Leidenschaft. Er selbst konnte sich ein solches Feuer gar nicht vorstellen. Wegen einem Mädchen? Keine Chance! In dem Moment trat Alister hinzu.

»Kopf hoch, Duncan, das wird ein Riesenspaß! Außerdem kennt uns dort niemand. Wenn wir im Planet Yesterday auftreten würden, hätte ich mehr Bauchweh.«

Der Frontman sagte nichts. Da kamen Tom und Silvester mit frischen Sandwiches, Keksen und Star Coke zurück. Ans Wohnmobil gelehnt verdrückten sie die Snacks, während der Verkehr auf der Autobahn in endloser Folge vorüberrauschte. Pat machte ein paar Schnappschüsse. Rillo knackte seine erste Dose Bier.

»Wer fährt weiter?«

»Ich«, rief Tom. »Meine Knie sind schon gar nicht mehr da!«

Noch ein paar Minuten, dann enterte Rillo den Bei-

fahrersitz neben Shortbread. Die anderen krabbelten nach hinten.
»Diese Hitze!«, stöhnte Silvester.
»Beinah wie in Siphilia«, grinste Duncan. Salopp schlüpfte er auf seine Pritsche. Gloriette rollte an. Tom schaltete das Radio ein, summte zu den Gassenhauern irgendeiner Oldie-Welle. Pat, Alister und Silvester inspizierten die Spiegelreflex und quatschten über Fotografie. Nur Lord Duncan hing still seinen Gedanken nach.

Den Zuhörer bei den Eiern packen. Na ja. Und die Mädchen? Sollte er die etwa bei den Eierstöcken packen? Silvesters sinnentleerte Machosprüche! Trotzdem leuchtete ihm ein, dass er das Publikum dort treffen musste, wo es aufrichtig empfindlich, wo es gefährlich reizbar war. Er musste ihre eiskristallgepanzerten Herzen mit animalischer Wildheit zum Verbluten bringen. Schließlich spielten sie Rockmusik. Die aktuelle Variante der ekstatischen Totemtänze aus der Steinzeit.

Silvesters Texte waren in der Regel ziemlich schwach. Dafür hatten sie den Vorteil der komplett reduzierten Aussage. Erste Liebe, letzte Liebe. Verlorene Liebe, empfangene Liebe. Schmerz, Erregung, Zärtlichkeit. Das rotierende Rad der ewig wiederkehrenden Reime und Phrasen, der unkaputtbaren Klischees. Dazu ihre Musik. Zeilen wie ‚Babe, I miss you so' flossen wie Honig über Silvesters Akkorde.

Duncan wunderte sich immer wieder, wie selbstverständlich die Melodien voran glitten, wie eins zum andern führte, ohne Ruck und Bruch, wie die Bad Knives Leichtigkeit an sich in Sound verwandelten.

Die anderen meinten, das sei erst so, seit er, Duncan, seine dunkel funkelnde Stimme in die Lieder webte. In den besten Momenten schwebten ihre Songs. Ein völlig neues Hörerlebnis. Dann tauchte Duncan in eine Welle voller Glück. Die Musik hob ihn hoch und trug ihn fort an einen magischen Ort, an dem er endlich Ruhe fand. Doch nie ging das von selbst, immer war es ein Akt der Konzentration, der Kontemplation, nicht nur von ihm, sondern von allen gemeinsam.

Daraus resultierten auch Spannungen, wenn sich die Leichtigkeit nicht einstellen wollte, einfach, weil sie nicht bei der Sache waren. Außerdem brauchte die Band den Kick der Konzerte. Sie spürten förmlich, wie ihre musikalischen Energien im Proberaum verpufften, ungehört und ungeteilt von der äußeren, wirklichen Welt. Sie mussten endlich wahrgenommen werden! Umso mehr Menschen die Sad Wifes erleben würden, umso besser. Schließlich waren sie die Botschafter der Liebe. Dann würde auch Mary ihre Einstellung zur Band überdenken. Davon war Duncan überzeugt.

Manchmal weckten die Proben allerdings ganz andere Gefühle. Nichts klang, wie es klingen sollte, Harmonien versandeten in Anarchie, die gemeinsame Zeit wirkte wie weggeworfen. Schlimme Stunden waren das, wenn nichts mehr lief und Silvester sich, statt an der Musik zu feilen, wie ein Besessener wahnwitzigen Rockstarfantasien ergab. Dann fiel Duncan in ein Loch und der einzige Ausweg schien Mary Lin zu sein.

Ausgerechnet diese Form der Flucht bescherte ihm ein schlechtes Gewissen. Liebe war geben, nicht nehmen. Sie war selbstlos, nicht fordernd. Etwas in ihm forderte dennoch, nahm, ergriff Besitz.

Rubens Lehre hallte in seinem Ohr. Das genaue Gegenteil, das war die Mission! Sein eigenes Vakuum mit Liebe zu füllen, alles, alle, bis die ganze Welt durchdrungen war, von der einen, einzigen, wundersamen Macht.

Die Wirklichkeit griff ihn von allen Seiten an. Im Namen des geheiligten Credits richtete Centropolis mächtige Kapitalkanonen gegen jeden noch so kleinen, romantischen Rebell. In weiter Ferne lag Loch Shinn hinter nebelverhangenen Bergen. Sämtliche Straßen dorthin waren verschüttet vom reißenden Zeitstrom in die Vergangenheit.

Was war das Allerwichtigste in Duncans Leben? Die Welt aus den Angeln zu heben? Oder doch eine Prinzessin?

Kompliziert, kompliziert. Um ein Mädchen wie sie zu erobern benötigte man Charme, Witz und Esprit. Ein guter Haarschnitt konnte nicht schaden. Aber vor allem brauchte man Zeit. Das heißt, die Holde brauchte Zeit, ganze Schatztruhen davon. Und dann? War das schon Liebe? Oder bloß Schwärmerei? Zuviel für einen jungen Mann? Zuviel für eine junge Frau?

Konstant schnitt Gloriette eine Schneise quer durchs Land, weg vom Moloch Centropolis, hinein in eine verheißungsvolle Zukunft. Aber, stand Mary ihm dabei zur Seite, oder stand sie ihm im Weg? Tinytown. Das perfekte Versteck, um sich abzuwenden von der Frage nach dem Sinn. Sein wunderbares sanftes versponnenes Mädchen. Was erwartete ihn mit ihr? Die erweiterte Einsamkeit zu zweit? Wie konnte er diese Angst, dazu sein Fordern und sein Nehmen, überwinden?

Seit Duncan die Zauberhöhle des Druiden Ruben verlassen hatte, fühlte er sich immer wieder unerreichbar einsam, ganz so, als stünde er allein in einem steinernen Saal, dessen Wände und Decke sich im zunehmenden Dunkel schierer Entfernung verloren. Nur die Musik konnte ihn in diesen düsteren Momenten wieder aufrichten, wenn es schien, dass alles, alles, bereits seit ewigen Zeiten dazu bestimmt war, ohne jeden Ausweg verloren zu sein.

*

Silvester Phaser behielt den Freund im Auge. Lord Duncan! Der Geheimnisvolle, aufgestiegen vom melancholischen Zweifler zum heroischen Frontman einer ungestümen Rockband.

Duncan war der alte geblieben. Dennoch hatten die Proben ganz neue Facetten seiner Persönlichkeit ans Licht gebracht. Zum einen vermittelte er das Bild eines Baumes, stark, beschützend. Gleichzeitig schien er so hoffnungslos verwirrt, verirrt. Himmeltiefe Gräben bargen Tonnen kosmischer Energie, gut und gefährlich zugleich.

Lord Duncan war einfach nicht zu fassen. Im Grunde führte sich der Frontman selbst ad absurdum, weil es keinen tatsächlichen Ort gab, an dem ein Mann wie er wahrhaftig existieren konnte.

Er kam, er ging, wie im Traum, nahezu unwirklich, dennoch schneidend präsent. Oft hatte Silvester das Gefühl, als sei Duncan die einzig reale Person in einem Universum voller Spiegelungen. Tausend Andeutungen und Möglichkeiten, die, abstrakten Filmbildern gleich, innerhalb eines Augenblicks mutierten und zerflossen.

Wenn die Welt rund um Silvester eine Art dreidimensionale Leinwand war, so stand Duncan deutlich abgetrennt davor. Greifbar, spürbar, im Rausch der Musik beinah erschreckend intensiv. Alles andere war bloße Interpretation. Er selbst war die Interpretation eines x-beliebigen Jungen, der den Traum vieler verfolgte: den des schillernden Rockstars in einer kapitalistischen

Welt. Demnach strebte Silvester zur Spitze der Unvernunft, zum höchststehenden legitimierten Narrentum. Und zu welchem Zweck? Um das System zu stürzen?

Rock and Roll. Eine Flucht, ein Mythos, ein gut gemachter Spielfilm. Silvester begriff sich nicht selten selbst als Kunstfigur, in einer Kulisse, die für ihn zwar funktionierte, in Wahrheit jedoch zu einem andern Stück gehörte. Irgendwo war etwas mächtig durcheinander geraten, aber sein Rollenbild hielt ihn gefangen. Allein Duncan reichte ihm die Hand und machte jeden Moment des Daseins vollkommen wahr.

Mit seiner Stimme hob der Frontman Silvesters Songs aus der Beliebigkeit, mehr noch, die simplen Melodien wurden durch Duncans Gesang wirklicher als alles andere.

Das war das Wunder. Silvesters persönliches Wunder in einer Welt, die sonst kaum noch zu fassen war. Keine Ahnung, wo es enden würde, dafür war er mittendrin, in einem so viel größeren, verrückteren, geheimnisvollen Ding.

Aufmerksam betrachtete der Gitarrist das wechselnde Mienenspiel des Freundes. Spürte förmlich, wie der Frontman mit sich rang. Ganz nah und dabei unerreichbar fern. Betraut mit einer einzigartigen Mission, die weiter, tiefer ging. Neben seiner Lordschaft gab Silvester doch nur den Entertainer in der zweiten Reihe.

Langsam verzog der Unbeugsame den Mund zu einem bitteren Grinsen. Da wurden die Motorgeräusche lauter. Mit ansteigender Drehzahl brummte Gloriette eine lang gezogene Anhöhe hinauf. Die Gegend hatte sich bereits verändert. Unaufhaltsam rückte Peripharis näher.

*

Zuletzt unterhielten sie sich übers Schuhwerk. Alisters neue Conserve-Treter wurden allgemein bewundert, die Vor- und Nachteile von Turnschuhen gegenüber Stiefeln auf der Bühne eingehend diskutiert. Nach einem langen Nachmittag am endlosen Asphaltband der Autobahn glitt die Sonne nun hinter den Horizont. Noch einmal stoppten die ‚glorreichen Fünf' in der Abenddämmerung, um sich die Beine zu vertreten, zu pinkeln und zu tanken. Ihr Zeitplan war intakt.

Spätabends erreichten sie den ersten Vorort. Tom passierte die Ausfahrt Richtung Zentrum und reihte sich in den dahinrollenden Stadtverkehr. Seine Schwester bewohnte eine Altbauwohnung in der Nähe des Bahnhofs. Zuletzt bog Tom in die gesuchte Gasse und parkte unweit des angegebenen Hauses.

Mit steifen Beinen kletterte die Truppe aus dem Wohnmobil. Periphäris! Tom klingelte. Oben öffnete ein Mädchen ein Fenster im vierten Stock, winkte, stopfte den Schlüssel in eine dicke Wollsocke und warf ihn ins Dunkel der anbrechenden Mitternacht. Gekonnt fing Alister den herabtrudelnden Stutzen auf. Neugierig erklommen die Bad Knives das Stiegenhaus. Im vierten Stock stand bereits alles offen. Räucherstäbchenduft umfing die zukünftigen Rockstars, während sie von drei hübschen Mädchen begrüßt wurden. Zuerst umarmte Tom seine Schwester Betty, dann Violet und Zoe. Anschließend stellten sich die Bandmitglieder der Reihe nach vor.

Weiter ging es, ins Wohnzimmer, wo Betty einen kleinen Imbiss vorbereitet hatte. Nach der langen Fahrt seufzten die Bad Knives voll Wonne angesichts des warmherzigen Empfangs. Ja, in Gesellschaft der großen, sanften, dunkelhaarigen Betty, der braunäugigen Violet mit dem kecken Kurzhaarschnitt, sowie der quirligen

Zoe mit ihrem breiten Mund und dem wilden, roten Wuschelkopf, war die strapaziöse Anreise schon fast vergessen. Aus der Stereoanlage träufelten einlullende Sitarklänge und bald zeigten die rundum drapierten Kissen ihre Wirkung.

Alister, breit auf dem Wohnzimmersofa ausgestreckt, sackte als erster weg. Pat rollte sich in einer Ecke zwischen mehreren Polstern und Decken zusammen. Zoe zeigte Tom, Rillo und Duncan das freie Zimmer nebenan. Schon waren sie in ihre Schlafsäcke geschlüpft. Blieb nur noch Silvester. Angeregt unterhielt er sich mit Violet, bis ihm beinah die Augen zufielen.

Schließlich kramte auch er seinen Schlafsack hervor, stibitzte dem schlafenden Patrick ein Kissen und verkroch sich in die Ecke gegenüber. Leise löschte Violet das Licht. So endete der Reisetag im verwehenden Räucherstäbchenduft, mit den wirren Träumen sechs junger Männer, die ausgezogen waren, die dahindümpelnde Musik ihrer Zeit in elektrisierend neue Höhen zu heben.

*

Alister erwachte als erster. Hatte er tatsächlich geträumt, er sollte das Konzert mit einem knackigen Bassriff eröffnen und erst auf der Bühne bemerken: Dem Instrument fehlten sämtlich die Saiten?

Während er sich räkelte und streckte, hörte er Zoe fröhlich in der Küche singen. Kaffeeduft zog durchs Zimmer, die Uhr zeigte halb zehn. Über Nacht war der Sommer gekommen, warm, einladend, einnehmend, schelmisch, neckisch, ungehalten Sonnenstrahlen lachend. Zoe gebot dem Bassisten, Platz zu nehmen, während sie frisches Brot, hellgelbe Butter, rote Marmelade und eine Obstschale mit Bananen, Äpfeln und Orangen auftrug.

Nebenan rumorten Duncan, Rillo, Pat und Tom in ihren Schlafsäcken. Während Rohnny Cashmoney im Radio mit wehmütiger Bassstimme von endlosen Highways und gebrochenen Herzen sang, trudelte einer nach dem andern in der Küche ein. Zwischen Kaffeetassen, Marmeladebroten und Orangensaft entspann sich eine rege Unterhaltung über die bedeutungsschwangeren Träume der zurückliegenden Nacht.

Tom Shortbread erzählte von einer seltsamen Zeitreise, Jahrzehnte zurück, in eine dunkle Halle in der Nähe von Old Haven. Massen von Menschen. Wie gewohnt saß er hinter einer imposanten Schlagzeugbatterie, die hier merkwürdig antiquiert, gleichzeitig völlig neu wirkte. Links wie rechts je ein einfacher Lautsprecherturm. Über die Bühne liefen kreuz und quer liegende Stoffkabel. Direkt vor ihm die glänzenden Trommelkessel, darüber zwei dicke Mikrofone, rundum das unterschwellige Surren und Knistern der röhrenglimmenden Verstärker.

Tom sah sich selbst, in hektischen Bildfolgen, eingefangen von einer zitternden Kamera, mitten im Beat eines mäandernden Songs über die Reiter im Sturm, den ein Typ in engen Lederhosen drei Meter vor ihm in immer tiefere tonale Dimensionen trieb.

Das Publikum: Ekstatisch, manisch. Der Frontman griff an seine Hose, zog das Leder ein Stück weit hinunter, die Menge johlte und er, untenherum entblößt, hob die Arme, setzte zur großen Predigt an. Auf einmal Polizei, vier, fünf grobschlächtige Typen, altmodische Uniformen, das jähe Ende der Musik.

Buhrufe, pfeifende Mikrofone. Die Beamten packen den Sänger und zerren ihn von der Bühne. Ein Faustschlag, Wehgeschrei. Jetzt greifen sie auch nach Tom, kicken die Snaredrum achtlos zur Seite. Chaos, Kreischen, zunehmende Dunkelheit, ein letztes, hallspiralschepperndes Echo aus der Vergangenheit, gemischt mit Countryklängen, Frühstücksduft … was für ein verrückter Albtraum! »Ist noch Kaffee da? Gib mir bitte mal die Butter, Duncan!«

Der Sänger schob Tom die Butterdose zu und schilderte sein nächtliches Traumabenteuer:

Duncan war wieder in den Bergen. Da waren Feuer, große, lodernde Feuer, in einem weiten Umkreis. Hörner und Felltrommeln schallten über zerklüftete Felsen. Er traf auf Männer in karierten Röcken, die standen zusammen und schwatzten in einer ihm unbekannten Sprache. Als sie Duncan bemerkten, verstummten sie. Unter ihren gestrengen Blicken sah er an sich hinab: die moderne Jeans, das seltsame Sakko, der neongrüne Nylonrucksack, wie aus einer andern Welt. Da vernahm der Lord den Ruf der schönen Maid, an den schroffen Hängen des Bergkamms. Stumm wiesen ihm die rocktragenden Männer einen Pfad Richtung Gipfel. Duncan marschierte los, zwischen tief fallenden Schluchten, steil ragenden Felsen. Nebel verschleierte die Sicht. Unter dumpfen Felltrommelschlägen stieg er in zunehmender Dämmerung hoch. Der sirenengleiche Choral der schönen Maid drang einmal näher, einmal ferner an sein Ohr. Unter ihm leuchteten die Bergfeuer. In Summe formten sie ein Halbrund, wie auf einer Freilichtbühne. Jetzt stand da ein alter Mann, an einem Felsvorsprung direkt über ihm. Sein Blick gebot Ehrfurcht. Laut und langsam redete der Alte, doch wiederum verstand Duncan die Sprache nicht.

Unsicherheit machte sich in seinem Herzen breit, und immer schwächer wurde der Gesang der Maid, während

Nebel und Dunkelheit die Berghänge verschluckten.

Doch plötzlich drang die Stimme des geheimnisvollen Mädchens dicht an Duncans Ohr: »Singe, Duncan! Singe und gewinne!«

Und wieder kam der alte Mann, blickte starr in die Ferne, stützte sich dabei mit beiden Armen auf ein breites Schwert, welches auf den zweiten Blick wie eine schlanke Bassgitarre wirkte. Nun verstand Duncan auch seine vormals fremd klingenden Worte: »Singe, Duncan! Singe und gewinne!«, hallte es immer noch nach, als er unvermittelt die Augen aufschlug und registrierte, dass er nicht hoch über Loch Shinn, sondern in der Wohnung von Toms Schwester lag.

Mister Gorillo hatte von einer rauschenden Fahrt in einer Stretchlimo geträumt. Zu zuckrigen Sitarklängen servierten zwei atemberaubende Schönheiten, die Violet und Zoe verdächtig ähnlich sahen, eisgekühltes Flaschenbier. Hinter getönten Scheiben glitten absurd ausstaffierte Häuserzeilen mit Leuchtreklamen, Kasinos, Bars, Hotels vorbei. Alle Welt nannte diesen bis zum Überdruss verkünstelten Boulevard einfach nur den ‚Streifen'.

Im Fond des Wagens saß Rillo lederweich. Die Schönheitsköniginnen rückten näher. Gorillo grunzte wie ein Frischling, als die sinnliche Fahrt jäh durch ruppige Ellbogenpüffe unterbrochen wurde. Grinsend stieß Patrick den wollüstig Schnaubenden an. Periphäris? Lost Phegas? Gloriette? Schlagartig taten dem Tastenmann wieder die stundenlang eingeklemmten Beine weh.

Aber nein, sie waren doch schon angekommen, in der Kapitale der tausend Lustbarkeiten. Und, ah, frischer Kaffeeduft in der Luft! Gut gelaunt folgte Rillo seinem Kumpel in die Küche.

Pat hatte geträumt, wie es wohl wäre, selbst auf der Bühne zu stehen. Gitarre in der Hand, Mikro vorm Gesicht, Publikum zu Füßen. Wunderbar aufregend, im Traum. Beim Frühstück war er allerdings schon wieder froh, nur Zuschauer zu sein.

Seine verrückten fünf Freunde! Mad Life. Im überschwänglichen, eine Spur zu lauten Gelächter blitzte bereits das erste Lampenfieber durch. Patrick Smiley beobachtete die Band genau. Ja, sie standen jetzt schon unter Strom. Und irgendwo drehte irgendwer die Betriebsspannung kontinuierlich höher.

Einer fehlte noch. In seinem Nachttraum war der Unbeugsame im Kellerlabyrinth des Fußballstadions von Periphäris herumgeirrt. Über sich spürte er die Energie der Menschenmenge, die mit stampfenden Füßen den Beginn der großen Show einforderte.

Oben, im Scheinwerferlicht, befand sich die imposante Bühne. Silvester folgte einem Kellergang mit morbid zischenden Abluftrohren. Weiter, immer weiter lief er durch die Eingeweide des dröhnenden Stadions. Die Zeit wurde knapp. Silvester wusste, seine Band wartete dort oben, seine geliebte Gitarre, die zahllosen Fans, doch dieser dunkle Kellergang führte nicht in den gleißenden Lichterkranz des Ruhms.

Klirrende Hammerschläge. Elektrisches Sirren. Silvester war in einen turmartigen Raum voller Schalttafeln, Stellagen, Generatoren geraten. Mannshohe Schwungräder trieben komplexe Metallgestänge an, die weiter oben wieder andere Zahnräder bewegten. Auf einmal erkannte Silvester, was da vor seinen Augen im Halbdunkel so unerbittlich ratterte: ein aberwitzig vergrößerter Vorführapparat. Der Filmstreifen, groß wie eine Strickleiter, lief direkt vor ihm an den rotierenden Walzen hinab. Darauf zu sehen, die tragischen Helden seiner angestrebten Profession: Phresley, Yoplin, Phendrix. Ihre ikonischen Gesichter, gefangen in einer Endlosschleife, ohne Hoffnung, nur hoffnungslos verloren.

Dumpf ratterte die mächtige Maschine, immer schneller folgte Bild auf Bild, bis Silvester zuletzt sich selbst erblickte, auf der Bühne, im Licht – und völlig unfrei.

Sein eigener Blick traf ihn und traf doch nicht, irrte herum, vor tausenden Fans, die nichts von seiner Qual bemerkten. Entsetzt schlug Silvester die Augen auf. In Bettys Wohnzimmer fand er sich wieder.

Wow, ah, Periphäris, alles klar. Die anderen saßen bereits beim Frühstück und rissen unüberhörbar schwache Witze. Entschlossen schüttelte der Unbeugsame den nachhallenden Albtraum ab. Ein Bauchkribbeln blieb. Der große Talentwettbewerb. Würde er da auch im Keller landen? Nachdenklich wankte Phaser in die Küche. Hallihallo, der Gitarrist! Am Morgen des großen Tages der Bad Knives! Zerstreut nahm Phaser Platz, und prompt gewann Zoe die gesammelte Aufmerksamkeit der Band wieder zurück, so süß, wie sie anzusehen war, jung, hübsch, mit perfekten Kurven an allen relevanten Stellen sowie dem ungezähmten Wuschelkopf als Draufgabe. Zoe! Machte sich einen Schabernack mit den unbedarften Jungs aus dem muffigen Centropolis. Hier, in der Kapitale der tausend Lustbarkeiten, lief eben alles ein gutes Stück zurückgelehnter. Betty war mit Violet ausgeflogen, doch Zoe kochte frischen Kaffee, drehte die Kassette mit Rohnny Cashmoney um, und eigentlich hätten sie für immer so gemütlich zusammensitzen können, bis Silvester auf die Uhr sah.

»Jungs, wir müssen zum Star Dome! In einer Stunde beginnt der Soundcheck!«

*

Star Dome, Periphäris. Der Klub der Klubs, die Halle des Ruhms, das Zentrum des Beats. Fast alle hatten hier gespielt. Die großen Bands, ehe sie berühmt wurden. Die tragischen, bevor sie auseinander brachen. Rock-Legenden waren hier geboren, Pop-Mythen fortgesponnen worden. In Wahrheit war die beste Zeit des Klubs vorbei, so wie das Zeitalter des Rock and Roll vorbei war. Und doch rieselte immer noch Glanz aus den Ritzen des zerschlissenen Mobiliars in Downtown Periphäris, wenn die Bands von heute ihre sehnsuchtsvollen Innenwelten feilboten und Luft und Blut zum Flirren brachten.

In der nächsten Seitenstraße fand Duncan tatsächlich einen Parkplatz.

Bald darauf schritten die Bad Knives durch die tausendfach fotografierte, eisenbeschlagene Doppeltür mit der ikonisch geschwungenen Leuchtschrift darüber.

Dunkelheit und abgestandene Luft schlug ihnen entgegen, gottlob nicht so deprimierend wie in Silvesters fieberhaftem Traum. Ein kurzer Gang führte zu einer weiteren, nussholzgetäfelten Schwingtür. Noch bevor der Gitarrist sie vorneweg durchschritt, spürte er die unterschwellige Präsenz des wahren, des ungezähmten Rock and Roll.

Da standen sie. In einem mittelgroßen Saal mit niedriger Decke und einer lang gestreckten Bar an der rechten Seite. Gegenüber Tische, Stühle. Dahinter ein paar Logen mit abgewetzten Plüschsitzmöbeln. Am anderen Ende lag die Tanzfläche mit der relativ schmalen Bühne, auf der am Abend die kühnsten der jungen Wilden um die Gunst des Publikums rittern würden.

Scheinwerfer und Konzertplakate an den Wänden, Bollwerke voll Flaschen und Gläsern hinter der Bar.

Neben der Bühne führte ein Gang nach hinten, an dessen Wänden nacheinander die Stars vergangener Dekaden in Lebensgröße aufgemalt waren: Ernest Hemingstreet im Safarihemd, Leo Armstrong mit seinem Saxofon, Marlene Deutrich im Nerz, Karl Kaplin samt weißer Melone. Und natürlich Nataly Montroe mit ihren zwei berühmten, feuerroten Haarzöpfen.

Am Ende des Ganges befanden sich Personalräume, die Toiletten sowie die Treppe in den ersten Stock. Außerdem die Extralounge mit Hinterzimmer und eine zweite kleinere Bar. In jener Lounge saß ein junger Mann mit Vollbart, Nickelbrille, langen Haaren, und blätterte in einer Mappe. Hier erfolgte die offizielle Anmeldung der vorgemerkten Bands. Mittlerweile drängten sich etliche Leute zwischen Ernest und Marlene hin und her. Während Phaser die Anmeldeformalitäten erledigte und Alister mit Duncan irgendwohin verschwunden war, bestellten Tom und Rillo Kaffee und sondierten das Terrain. Die Bühne war also eher klein. Nicht unbedingt ein Nachteil, obwohl es abends eng werden würde. Schon jetzt stand allerhand Equipment kreuz und quer im Weg.

Tom und Rillo studierten den Ablaufplan, einen kopierten Zettel, der mehrfach am Tresen auflag. Laut Liste lief bereits der Soundcheck, dabei war noch nicht einmal alles verkabelt. Ständig schwang die Eingangstür auf, es wurde zusehends voller. Dann kam Silvester von der Anmeldung zurück. »Okay, wie es aussieht, spielen wir ziemlich in der Mitte. Besser als am Anfang, vielleicht auch besser als am Schluss. Das Programm ist auf maximal vier Songs pro Band beschränkt. Wird trotzdem eine lange Nacht. Volle Hütte garantiert! Tut sich ja jetzt schon einiges, nicht wahr?«

Rillo nickte. Da trottete Alister heran. »Sollten wir

nicht unser Zeug herunterschaffen?«

»Na klar!«

Zu viert marschierten sie zum Wohnmobil, luden die Instrumente aus, schleppten sie in den Klub. Dort gab es mittlerweile einen Stagemanager, ein langer, hagerer Typ mit strubbeligem Haar und nicht entzündeter Zigarette im Mundwinkel. Er zog die Augenbrauen hoch. Jetzt wollten nicht nur die Bad Knives, sondern rund zwanzig weitere Musiker wissen wohin mit ihrem Kram. Der Stagemanager setzte sich auf eine Monitorbox und winkte alle heran.

»Also, ich sags euch ehrlich, immer der Reihe nach.« Er deutete auf seinen Zettel. »Wir beginnen mit der ersten Band und arbeiten uns anhand der Auftrittsliste durch. Wer nicht da ist, hat einfach Pech gehabt. Die erste Band auf dieser Liste heißt ‚Desert Farm'. Also. Wo sind Desert Farm?«

Desert Farm hoben die Hände. Die drei sahen aus, als kämen sie direkt aus der Baumschule. Buschige Kinnbärte, kurz geschorenes Haar, dicke Flanellhemden, abgewetzte Jeans. Silvester schwitzte schon beim bloßen Hinsehen. Schwerfällig erklommen Desert Farm die Bühne und starrten grimmig in die Runde, während ihr Frontman mit dem Stagemanager verhandelte.

Sie gestikulierten hin und her und brachten dann einen klobigen Bassverstärker sowie einen abgewetzten Moreshall-Turm in Stellung. Der Schlagzeuger hantierte mit der tiefsten Snare, die Tom jemals gesehen hatte. Zwei Roadies vom Klub legten die Kabel. Am anderen Ende des Saales drehte ein Toningenieur an den Knöpfen seines Mischpults.

Die drei Kinnbärte intonierten ein brummbäriges Försterlied, da hob der Mann hinter dem Mischpult die Hand.

»Moment! Zuerst nur Schlagzeug bitte!«
Irgendwann hob er wieder die Hand.
»Okay. Das reicht. Die Nächsten!«

Das waren ‚Cosmic Eruption'. Ihr muskulöser, langhaariger Sänger würde beim Auftritt burlesk aus seinem rosaroten Jumpsuit schlüpfen und in goldglitzernder Badehose mit einer Wasserpistole Schnaps in die Menge spritzen. Der spitzbäuchige Bassist agierte solide, die zerrupfte Gitarristin leidlich. Dafür hatte sie eine spezielle Art ihr Instrument zu halten, mit der Kopfplatte direkt vor dem Gesicht. Während des Soundchecks biss sie mehrmals in den Gitarrenhals und stöhnte lasziv auf.

So ging die Freakshow weiter. Der Reihe nach stiegen hoffnungsübervolle Nachwuchstalente auf die Bühne, besprachen ihr Set und fügten dem wachsenden Instrumentenberg weitere Teile hinzu.

Der Soundcheck zog sich in die Länge. Einstweilen bummelten die Sad Wifes abwechselnd durch die umliegenden Gassen. Nur Silvester blieb am Posten und wartete geduldig ab. Irgendwer rollte den nächsten Verstärker durch die Tür. Der Stagemanager schüttelte den Kopf, besprach sich mit dem Toningenieur und verkündete ganz ehrlich, dass aufgrund der Platzverhältnisse nur über je einen Bass- und Gitarren-Amp sowie ein Schlagzeug gespielt werden könne. Das Equipment von Desert Farm klang gut genug. Alles andere war einfach nicht mehr umsetzbar. Einige Musiker protestierten, doch den meisten leuchtete die neue Maßnahme ein.
Ein nervöser Typ mit zerrauften Haaren kaute an den Fingernägeln, rauchte eine Selbstgedrehte und murmelte immer wieder irgendwelche Songzeilen vor sich hin. Silvester bekam den Namen mit: Burt Coffein. Mit seinem Trio ‚Heaven' brachte er diesen neuartigen, treibenden Sound ins Spiel: Grunche.

In einer der Plüschnischen lümmelte ein gewisser Davie Howie. Begleitete sich selbst auf der akustischen Gitarre. Seine Songs handelten von Astronauten, fremden Planeten, Paralleluniversen und großen außerirdischen Spinnen. Howie war erschreckend dünn, trug rot und blau gefärbte Haare und glotzte irr aus seiner Plüschnische heraus.

Obwohl der Stagemanager auf rasche Abwicklung drängte, waren bereits über zwei Stunden vergangen. Unaufhaltsam rückte der Abend näher. Hey, wow, da tauchte plötzlich ein waschechtes Whippie-Mädchen auf! Amily Winegrouse oder so ähnlich. Mund sexy halb offen, Blick, der sagte: Du willst mit mir das Spiel der Spiele spielen – und gehst nicht ‚all in'? Zieh Leine!

Ihre Truppe gab hundert und einmal gehörten Soul Rock, aber Amily veredelte ihn mit ihrem kompromisslosen Gesang.

Der Unbeugsame rieb sein Kinn. Es war eben die individuelle Stimme, die am Ende den Unterschied ausmachte. Okay. Der Großteil der Konkurrenz war vernachlässigbar, zwei oder drei Bands konnten den Bad Knives jedoch gefährlich werden. Sollte er während deren Set Bier in die Verstärker kippen, damit die Röhren krepierten oder eine Rauferei im Publikum anzetteln? Immerhin ging es um einen Plattenvertrag.

»Red Hives!«, rief der Stagemanager.

»Nette Variation«, antwortete Silvester und kletterte auf die Bühne.

*

Soundcheck! Normalerweise brauchte Tom Shortbread immer am längsten. Penibel justierte der angehende Physiker die Mikros an der Snare, vor der Bassdrum,

über den tiefen Trommeln, an den Beckenständern. Alles wurde fein säuberlich mit Gaffaband verklebt. Den modifizierten Drumcomputer platzierte er gut erreichbar vor dem Crash-Ride. Dann trat sein unbestechliches Ohr in Aktion. Erst wenn Tom zufrieden war, begannen die anderen ihre Verstärker auf die jeweiligen Raumverhältnisse einzustellen. Das Ergebnis war ein klarer, druckvoller Sound, der live bereits die halbe Miete für den erfolgreichen Auftritt war. Normalerweise. Hier und heute liefen die Dinge anders. Sie hatten keine Zeit. Tom saß hinter einem fremden Drumkit und konnte seinen Computer gar nicht einsetzen. Auch Rillo musste mit einem ihm unbekannten Synthesizer vorlieb nehmen. Die alte Orgel war viel zu groß, da blieb die Klub-Crew unerbittlich. Wenn sie das gewusst hätten! Die Amps, die Drums, alles umsonst herangeschleppt. Alister und Silvester hatten es besser erwischt. Die Verstärker von Desert Farm waren erprobte Geräte und klangen gut. Das PA-System für den Gesang klang ebenfalls gut. Duncan nickte. Was blieb ihnen übrig? Den anderen Bands ging es ja genauso. Nachdem sie einen Song halb durchgespielt hatten, hob der Toningenieur bereits die Hand.
»Okay, das reicht! Die Nächsten bitte!«

Tja. Echter Soundcheck ging anders. Was solls! Die Fünf kletterten von der Bühne und beschlossen einen Happen zu essen. Hier heizten zu viele Musiker, die sich zu viel erhofften, die Atmosphäre weiter an. Wo steckte eigentlich Banana von der Supergruppe Zoo? Er war doch Jurymitglied, nicht wahr? Die Star Dome-Crew hielt sich bedeckt. Sie wollten nichts erklären, sondern den Soundcheck möglichst rasch zu Ende bringen. Unerbittlich tickte die Uhr weiter.

Soeben schlug es fünf Uhr nachmittags. Spätestens um acht sollten sie zurück sein. Ihr Auftritt war für neun Uhr angesetzt. Die Sad Wifes zogen los und setzten sich ein paar Straßenecken weiter in eine Pizzeria.

Von dort telefonierte Tom mit Betty und Pat in der WG. Die beiden steckten mitten in den Vorbereitungen zur großen Aftershowparty! Alle lachten, bestellten Star Coke und Pizza Grandiosa. Lord Duncan, der mystische Frontman, Rillo Gorillo, der Gelassene mit der filmreifen Zahnlücke, Alister Powderbook, Bassplayer mit feuerrotem Haar, Tom Shortbread, versponnener Beatfreak im Lammfellmantel – und endlich Silvester Phaser, Head of Creation, sowie Meister der sechs Saiten, die das All bedeuten. Sie waren die Helden des Abends. Und vielleicht schon morgen die aufsteigenden Sterne ihrer Generation.

Jawohl, die Bad Knives gingen das Risiko des Scheiterns ein. Dafür beutelte sie das Leben, aber nichts anderes wollten sie ja, leben, bewusst, wahrhaftig, und nicht zum Schein. Lieber ein schillerndes Relief, als ein blasses Abziehbild, lieber ein Musiker, ein Künstler, als jemals ein markenhöriger Untertan vor dem Altar des Kapitals.

Flammenden Ruhm fühlten die Phab Five, alles durchdringende Urkraft, himmelhoch gepriesene Herrlichkeit, festgeschrieben in den Annalen des Rock, in alle Ewigkeit.

*

Silvester Phaser hatte Bauchweh. Der Soundcheck war vorbei und nun begann das lange Warten. Die letzten Stunden bis zum Auftritt waren immer schlimm. Er wusste nicht, wie sich die andern fühlten, er selbst fühlte sich jedenfalls wie ausgespuckt. Kurz vor dem Konzert war der Unbeugsame der einsamste Mensch der Welt. Er konnte sich nicht konzentrieren, musste dauernd aufs Klo und sah dementsprechend jämmerlich drein. Nicht einmal die vollkommen eckige Sonnenbrille half.

Die anderen gaben sich bemerkenswert locker. Selbst Duncan schien nicht sonderlich nervös zu sein. Hatten sie denn keine Angst vor dem Gang ins gleißende Bühnenlicht? Keine Angst, die Seele zu entblößen und das Innerste nach außen zu stülpen? Vielleicht ahnte ja nur Silvester, was in Wahrheit auf dem Spiel stand: alles! Der Unbeugsame wollte sein wahrhaft Bestes geben und das bedeutete, alles zu geben, rückhaltlos. Schmerzgekrümmt verschwand er zum wiederholten Mal Richtung Toilette.

*

Lord Duncan wirkte in der Tat erstaunlich ruhig. Der Soundcheck hatte ihm so manches klar gemacht:

Erstens, hier ging es um gar nichts. Ehe sich Superstar Banana Phox in dieses Loch begeben würde, fraß seine Lordschaft einen Mikrofonständer. Die Geschichte von der Celebrity-Jury konnte nur dreiste Reklame sein, denn der verlotterte Klub lag mit Sicherheit mehrere Klassen unter Bananas Niveau. Vielleicht waren die Jungs von Zoo tatsächlich in der Stadt, sie gaben ja am nächsten Abend ein Konzert im Fußballstadion, in einer derart dreckigen Kaschemme würden sie trotzdem nie und nimmer aufschlagen, und wenn es zehnmal hieß, Banana hätte im Star Dome seinen allerersten Gig gespielt. Lord Duncan war überzeugt, dass die Story nur erfunden worden war, um möglichst viel Publikum herbeizulocken. Rasch warf er einen Blick auf seinen Gitarristen. »Und wenn doch?!«, hätte Silvester mit unerschütterlichem Optimismus deklamiert. Na gut. Selbst wenn er käme, Banana war auch nur irgend so ein Typ, der es nun mal zufällig geschafft hatte. Kein Grund zur Panik. Noch dazu, wo sie alte Bekannte waren, seit ihrem Treffen vor dem Fernsehturm, nicht wahr?

Zweitens, die Konkurrenz. Alle hier wollten dasselbe: unter allen Umständen berühmt werden. Nun, er wollte das nicht. Deswegen, keine Konkurrenz.

Drittens, das Publikum. Er musste es bei den Eiern packen. Wenn Duncan die Show durchzog, dann richtig. Dafür würde er alles geben müssen. Nicht wegen Banana oder sonst wem in der Jury. Wegen seinem Publikum. Andererseits war das nicht unbedingt schwer. Er würde einfach immer nur an Mary denken. Für Mary gab er – alles.

Mary, Mary, Mary Lin. Fünfmal hatte er sie angerufen. In Tinytown hob niemand ab. Ob sie noch kommen würde? Äußerst unwahrscheinlich. Von Anfang an war Mary gegen diesen Gig gewesen. Seine geliebte Prinzessin, sie hielt nicht viel vom Rock and Roll. Duncans Blick verlor sich im blassblauen Himmel über der Stadt. Nein. Heute Abend würde sie nicht kommen. Unversehens dastehen, einfach so, wie damals im Café, um ihm den Atem zu rauben, ihn zum Höchsten anzuspornen… nein, sie würde nicht mehr kommen.

Oder vielleicht doch? Der Frontman lächelte in sich hinein. Da läutete ein Telefon. Die Kellnerin ging dran. Es war bloß irgendein Gespräch, nicht für ihn, nicht für die Band. Irritiert wandte sich Duncan ab und starrte durch das Lokalfenster auf die belebte

Straße. Knapp zwei Stunden bis zum Auftritt. Wie sah noch mal die Setlist aus? Seine Lordschaft seufzte und klinkte sich wieder ins Gespräch der anderen ein.

*

Mary Lin saß im Zug und kaute an den Fingernägeln.

*

Ruben, der große Druide, wanderte erhaben durch den weitläufigen Park im Zentrum der Stadt der tausend Lustbarkeiten. Bemaß den Schritt nach dem Zwitschern der Vögel, vielleicht auch nach dem sanften Zug der Wolken am blassblauen Himmel. Mild schweifte sein Blick über die geschwungenen Parkwege. Dieser Mann brauchte nicht auf die Uhr zu sehen, um zu wissen, ihm blieben noch zwei Stunden Zeit bis zum Auftritt seines Schützlings.

*

Banana Phox und Cut, sein Gitarrist, standen im Halbschatten der aberwitzig großen Bühne im Fußballstadion von Periphäris. Rundum hantierten Roadies an allen möglichen Geräten. Die Location wurde für den Gig am nächsten Abend präpariert. Stahlgerüste, Kabelstränge. Scheinwerferbatterien, um die Nacht zum Tag zu machen. Lautsprecher von der Größe eines Mittelklassewagens. Hundert Meter vor der Bühne brachten fünf Stagehands soeben das zentrale Mischpult in Stellung.
»Ist es nicht immer wieder erstaunlich?«, fragte Cut.
»Erstaunlicherweise ja«, nickte Banana.

Versonnen betrachteten sie die leeren Ränge, die rund

dreißig Stunden später von abertausenden Fans besetzt sein würden. Dann wandten sie sich ab und verschwanden in einem schmalen Seitengang der Bühne.

*

Langsam wurde es ernst. Die Fünf bestellten eine letzte Runde Star Coke und blickten immer öfter auf die Uhr. Die Anreise, Periphäris, der Soundcheck, all das elektrisierte die Gemüter. Das Hier und das Jetzt. Durchzogen von permanenten Schleiern der knapp zurückliegenden Vergangenheit sowie der fast schon spürbar nahen Zukunft. Ringsum schien die Straße zu flirren. Multiple Zeitstränge, abstrakte Realitäten. Innenwelten attackierten Außenwelten. All ihre Gedanken waren durchtränkt vom lüsternen Fluidum des gelebten Rock and Roll.
»Los! Zurück zum Star Dome!«, kommandierte Silvester.

Sie bezahlten, standen auf, sahen einander mit einer Mischung aus Abenteuerlust und aufkeimender Desorientierung an. Dann lächelten sie tapfer und kämpften dabei mit dem aufbrandenden Lampenfieber. Sie mussten einfach nur ihre magische Soundplattform erreichen, das war alles. Die Frage war, würde es heute Abend gelingen?

Am Weg zum Klub grübelte der Unbeugsame verschlossen vor sich hin. Bad Knives. Schlechte Messer schneiden nicht. Mit ihnen war kein Feldzug zu gewinnen. Nicht einmal ein Guerilla-Angriff. Ihn überfiel die Angst, nein, die drückende Gewissheit, dass seine zarten Melodien vor lauter Aufregung mit zu viel Kraft interpretiert werden würden. Die eigene Band, eine dröhnende Lärmwalze, einzig dazu angetreten sämtliche Nuancen achselzuckend plattzumachen.

In dem Moment wurde Silvester klar, was falsch lief: alles lief falsch! Er hatte die ätherische Ursprünglichkeit der Songs bereitwillig verworfen, wegen nichts. Das war doch gar nicht mehr sein Sound! Da agierte eine Macht, die jedes Feingefühl ins Chaos zerrte. Und jetzt war es zu spät, um den Irrtum wieder gutzumachen. Schon sah Silvester die offene Tür, die unweigerlich hinunter führte ins Dunkel bizarrer Katakomben.

Zu Beginn, als er die ersten selbstkomponierten Lieder im Park oder auf Partys spielte, mit spröder und doch sanfter Stimme, gewürzt mit einem erfrischenden Schuss Ironie, da spürte jeder, der dabei war, dass sich Silvester eine spezielle Sichtweise zu eigen gemacht hatte. Eine Sichtweise auf die Welt, deren musikalischer Ausdruck berührte. Vor allem die Mädchen in der Clique hatten ihn ermuntert weiterzuschreiben. Kichernd meinten sie, er klänge fast so zuckrig violett wie Dog Stevens.

Dabei träumte der Unbeugsame immerzu von einer Band. Drängte zur fleischgewordenen, stets zu Schabernack aufgelegten Kameradenkapelle, statt dem Herzen und der Poesie zu folgen. Und so waren sie tatsächlich zu den Bad Knives geworden. Von den filigranen Zwischentönen, der Innigkeit und Klarheit seiner bestechend simplen Melodien war indes wenig geblieben. In letzter Konsequenz erdrückte die Band das Material mit immer stärkerer Verzerrung, immer mehr Radau. Offenheit? Verletzlichkeit? Nicht im glitzernden Zirkuszelt des echten Rock and Roll.

Rasch warf Silvester einen Blick auf Duncan. In der Tat hatte der Sänger wieder einiges zurechtgerückt. Natürlich wob er nicht die Erstfassung der Songs, sondern seine individuelle Interpretation in den Melodieteppich der Band. Eigentlich unvermeidbar, wenn man miteinander musizierte. Zuletzt schwappten Duncans übertriebene Liebesbezeugungen zu Mary jedoch derart penetrant aus jeder Phrasierung, jeder Intonation, dass Silvester innerlich den Kopf schüttelte. Persönlichstes Material, umgemodelt zum bloßen Klanggefäß für die Gefühle anderer? Nein, das konnte nicht der rechte Weg sein.

Dazu die krankhaft übersteigerten Erwartungen. Phaser wollte wirklich ganz groß rauskommen. Alles darunter machte doch keinen Sinn. Die Massen, die Vielen, die Zahllosen, sie hören und sehen jedoch nur hin, wo es laut und polternd wird. Auf der größten Bühne, an der längsten Rockfront. Genau dort würde er eines Tages die Gitarrenriffs wie Gewehrsalven über die Menge feuern. Rock and Roll! For now and ever! Ein dereinst zartbesaiteter Poet, verkannt und vollständig geschlagen von den Geistern, die er selbst gerufen hatte. Schließlich bestand Silvester ja auf das Klischee. Mit ungeheurer Sturheit bestand er darauf, er, der Unbeugsame, samt abgewetzter Lederhose, vollkommen eckiger Sonnenbrille, die TVCaster im Anschlag. Und das Klischee hielt ihn gefangen, mit einem höhnischen Grinsen im aufgedunsenen Gesicht.

Schon wetzt der Rock and Roll die Messer. Ein unbedarfter blonder Junge sieht sie blitzen, am Ende des dunklen Kellerwegs im Stadion. Einen Moment lang wünscht er sich zurück in sein bescheidenes Zimmer, gegenüber vom Dom, wo er einfach nur Gitarre klimpert und vom unbeschwerten Künstlerleben träumt, aber aufgrund von Kleinigkeiten – es sind ja immer nur die Kleinigkeiten – vorsätzlich tut, was er im Innersten verabscheut: alle Regler nach rechts!

Der blonde Junge kann sich nicht lossagen vom basspochenden Lärm, vom grellen Scheinwerfglitter. Schafft es nicht mehr, frei zu sein, daheim zu sein, in seiner ureigenen, zärtlichen Lebensmelodie.

Wieder umringen sie den Gitarristen: Alister, Rillo, Tom und der Lord. Was leise beginnt, wird unweigerlich laut. Und doch atmen die Lieder in der Summe ihrer Teile Grandezza, Swing, Idee. Duncans Stimme hebt sie dunkel glimmend in lichterlohe Höhen. Alle tanzen, klatschen, lachen. Was soll da noch kommen? Das ist es! Mehr als das!

Nein, Unbeugsamer, mach dir jetzt nichts vor. Die neuen Songs, sie sind nicht echt, sie tun nur so. Hohle, dämonische Akkord-Figuren, mit bösen Messern, Bad Knives, um die Wahrhaftigkeit des Ausdrucks im Lärmnebel zu meucheln. Dreckig kichernd huschen sie mit dem letzten Dreiklang, dem letzten Beckenschlag davon.

Rund um Phaser floss alles im Zeitraffer vorbei. Autos, Stadtlichter, entgegenkommende Passanten. Eingang Star Dome, Periphäris. Der große Talentwettbewerb. Silvesters innere Plattform. Be safe, secure and warm … if you reach that form … gerade live konnte es den Sad Wifes gelingen ihre Energien zu verdichten, gemeinsam gegen was auch immer kämpfend – nur nicht gegeneinander. Live übertrug Love. Dann konnten sie ihr Publikum gefangen nehmen, aus der tonnenschweren Realität zerren … Live … Love … if you reach that form … above. Dem Unbeugsamen schwirrte der Kopf. Irgendwie stand der Gehsteig schief. Er schwitzte, als hätte er Fieber.

»Okay. Zeit für echten Rock and Roll. Was meint ihr, Jungs?«

*

Patrick Smiley packte die Spiegelreflex in seine Tasche und machte sich auf den Weg zum Klub. Im Zwielicht des zur Neige gehenden Tages murmelte er mit seherischem Weitblick zu sich selbst: »Heute Abend geben meine Freunde ihr glorreiches Debüt, allen Rockgöttern zum Trotz. Silvester zelebriert die destillierte E-Gitarre. Frontman Duncan schenkt Liebe kraft seiner außergewöhnlichen Präsenz. Die Mad Lifes zeigen an, was ist, was gilt. Heute Abend. Zum allerersten Mal.«

*

Ruben saß in einem altmodischen Kinosaal mit dicken, roten Plüschsitzen. Entspannt griff er in seinen Popcornbecher. Auf der Leinwand schwenkte das mechanische Auge aus der Vogelperspektive über die Köpfe der Sad Wifes. Die Band hockte im Aufenthaltsraum, im rückseitigen Bereich des Klubs. Ein kurzer, schwarzer Schleier, als ginge die Kamera mitten durch die Wand, dann wieder Licht und weiter, an den Porträts der altvorderen Berühmtheiten entlang, zur Bar, immer knapp über die Gästeschar hinweg und auf die Bühne zu. Überall Gesichter, Hinterköpfe, darunter der strubbelige Haarschopf des Stagemanagers, der hektisch jemanden heranwinkte. Schnitt. Das mechanische Auge hatte sich um hundertachtzig Grad gedreht. Beim Anblick des schwitzenden Toningenieurs am Mischpult inmitten dicht gedrängter Gäste grunzte Ruben und schlug lässig ein Bein übers andere.

ϒ

Die Band lungerte im Hinterzimmer. Inzwischen war der Klub schon ziemlich voll. Am Eingang wurde zuerst gruppenweise eingelassen, dann nur noch im Austauschverfahren: Erst wenn jemand den Star Dome verließ, kam ein anderer dafür herein. Es schien, als wollte niemand hinaus. Die Warteschlange auf der Straße wurde länger, die Luft zusehends stickiger.

Rillo konnte es nicht fassen. So viele Leute! Ringsum bereiteten sich Musiker auf ihren Auftritt vor, quatschten oder hingen einfach ab, auf schmuddeligen Sofas, zwischen Beistelltischen voller Getränke, von Star Coke bis zu Sekt auf Eis. An den Wänden stapelten sich Bässe und Gitarren. Die Beleuchtung war schummrig, die Stimmung erwartungsvoll. Durch die geschlossene Tür drangen gedämpfte Geräusche ins Hinterzimmer. Irgendwo studierte Banana Phox selbstvergessen sein ledergebundenes Notizbuch. Und immer noch mehr Leute! Lachend, plaudernd, herumstreifend, einander suchend, so gut es die überfüllten Räume eben zuließen.

Wie paralysiert starrte Duncan auf eine leere Lampenfassung. Alister unterhielt sich angeregt mit einem anderen Bassisten. Daneben trug ein Mädchen eine knallgelbe Wuschelkopfperücke. Schlürfte ihren Cocktail mit einem neongrünen Strohhalm. Obwohl es immer heißer wurde, schwitzte sie offensichtlich überhaupt nicht. Tom war restlos fasziniert, während er sich laufend die nassglänzenden Schläfen tupfte.

Hätte die Show nicht längst beginnen sollen? Mit der Auftrittsliste über Kopf zwängte sich der Stagemanager nach vorn. Dann gingen ein paar Bühnenlichter an. Noch mehr Gedränge. Es gab eine kurze, ehrliche Ansprache vom Stagemanager. Es gab eine zweite Ansprache von irgendeinem Typen, der angeblich zum Zoo-Management gehörte. Es gab Pfiffe, Gelächter und Applaus. Desert Farm kletterten auf die Bühne. Noch mehr Kichern, Kreischen, Klatschen, vier, drei, zwei –

E-Dur am ersten Bund. Der Bühnenboden schwankte knarrend wie das Deck einer Fregatte, die der rhythmischen Springflut hilflos ausgeliefert war. Irgendwo tief unten zündete ‚er' die erste Emotionsbrennstufe. Zitternd stieg das Star Dome Raumschiff hoch, schlingerte Richtung Rock-Olymp, mitsamt den umkippenden Getränken, den nassgeschwitzten T-Shirts, den von der Hitze verstimmten Gitarren. Das irrlichternde, völlig überfüllte Star Dome Raumschiff, mit Desert Farm vor johlendem Publikum.

Auch im Hinterzimmer horchten die Sad Wifes auf. Ja, ‚er', wahrhaftig, ‚er', der wüste, laute, doppelzüngige Mister Rock and Roll persönlich, Fürst dezibelschleudernder Verführung, sowie Feldherr brüllender Verstärkertürme, ‚er' hatte das Kommando mit wild rückkoppelnden Pauken und Trompeten übernommen.

*

Ein Blick auf die Uhr? Unmöglich. Zeit gibt es nicht. Es gibt nur den gelebten Augenblick, der nicht kommt, nicht geht, einfach nur existiert, einfach nur wahrgenommen wird.

Der Stagemanager schob sich durch den vor Hitze und Schweiß dampfenden Gang. Dicht gedrängt standen die Leute zusammen, tratschten, flirteten, genossen das verrückt entrückte Treiben. Der Star Dome beschleunigte weiter, übertrat die Grenze in eine neue Dimension. Die Folge war Verdichtung von allem. Rubens mechanisches Auge sackte ab, an Turnschuhen, Militärstiefeln, Cowboyboots, Pumps, Sandalen und Tauchflossen entlang, tastete sich weiter vor, ins Zentrum der tonalen Eruption, schaukelte hin, schaukelte her, stieg wieder hoch, streifte zuckende Hüften, klappernde Armreifen, glänzende Amulette an tiefen Dekolletés.

Dann zeigte die Kamera ineinander verschlungene Hände, fliegende Haarsträhnen, sinnliche Lippen mit lüstern hervorblitzenden Zungenspitzen. Spiegelte freundliche, suchende, leere, stechende, wohlwollende, herablassende, mit zu viel Information überforderte Blicke. Dazu Beats, von oben, unten, hinten, vorne, links wie rechts.

Auf einmal Dunkelheit, eine Hand vorm Objektiv, das Mädchen mit der knallgelben Wuschelkopfperücke schiebt sich keck grinsend ins Bild, nimmt die ganze Leinwand ein, kommt näher, noch ein Stück, küsst uns alle, lacht. Zurück bleibt ihr knallroter Kussmund am verschmierten Kameraglas. Schnitt. In dem Moment erschien der Stagemanager im Türrahmen und winkte Silvester heran.

»Noch zehn Minuten, ehrlicherweise, ja? Zehn Minuten und ihr müsst auf die Bühne!«

Die Bad Knives rappelten sich auf. Silvester griff nach der TVCaster. Alister ergriff den Bass. Tom hielt die Drumsticks in der Hand. Rillo knackte mit den Fingern. Duncan überprüfte ein letztes Mal den Sitz seines orangen Rüschenhemds. Im Gänsemarsch drängelten sie Richtung Epizentrum. Silvester voraus, Duncan zum Schluss, bedacht mit anerkennenden Blicken der Kollegen.

»Der Erste und der Letzte, die haben es«, stellte Burt Coffein fest. Dann griff auch er zur Gitarre und versuchte, sie im allgemeinen Trubel durchzustimmen.

*

Mary Lin stieg aus dem Zug. In der Ankunftshalle des Hauptbahnhofs von Periphäris herrschte geschäftiges

Treiben. Sie musste sich erst mal orientieren. War es tatsächlich schon so spät? Die Prinzessin lief zum Ausgang. Da waren Taxis.
»Star Dome!«, rief Mary nur und schlug die Autotür zu. Der Fahrer gab Gas.

*

»Ladies and Gentlemen, get ready for the Phab Five!«

Silvester stand am Rand der Bühne. Wenn je etwas in seinem Leben Sinn gemacht hatte, dann war es das Gefühl über die Saiten der TVCaster zu streichen und dabei jene kosmische Energie zu dirigieren, die hier wie dort alles Lebendige durchströmt …

Alister linste hinter dem Gitarristen in die johlende Menge. Wenn nichts mehr zählte, außer den vier dicken Saiten am Bass, wenn er den Rhythmus weiterpeitschte, wie in Trance Akzente setzte, wenn das akute Dasein, der Thrill, die mächtige Einheit von Bass und Beat durch seinen ganzen Körper fuhr …

Tom kletterte unauffällig hinters Schlagzeug und zwinkerte seinem Keyboarder mit der weltentrückten Gelassenheit des verrückten Wissenschaftlers zu …

Rillo trat von einem Bein aufs andere. Oh, Shit! Ein Hexenkessel! Wie war das Keyboard noch mal belegt? Na, das konnte was werden! Rasch warf er einen Blick auf den Frontman …

Duncan schloss die Augen, versuchte zu vergessen, fühlte die Hitze durch die geschlossenen Lider, konnte nicht vergessen, versuchte sich zu sammeln, seine wahre Stimme im Hier und Jetzt zu finden.

Wenn er sie erhob und dadurch kosmische Energie entfachte, die sich dann ihrerseits erhob und demzufolge seine Stimme in Besitz nahm; wenn die Töne wie von selber flossen und durch Liebe zu schweben begannen; wenn das alles egal war; wenn er spürte, wie er begann, nichts mehr zu spüren außer der zauberhaften Einheit des Ganzen im Ganzen, mit allem verbunden; wenn er aus dem Innersten heraus einfach nur sang und fühlte, dass was er sang, die reine Wahrheit war …

dann …

dann war es wie …

»Es ist wie ein Traum«, murmelte Alister.

»War es nicht schon immer so?«, murmelte Silvester zurück.

Duncan rührte sich nicht.

Ruben rührte sich nicht.

Mary Lin hielt den Atem an.

Die Scheinwerfer flammten auf.

*

Und genau an dieser Stelle endete das Manuskript? Ich konnte es nicht fassen. Das war wohl ein schlechter Scherz! Eben war ich mittendrin im Star Dome Club, jetzt fühlte ich mich, als hätte mir Herb Eiswasser ins Gesicht geschüttet. Genervt durchwühlte ich die losen Blätter. Nein, eindeutig. Da war nichts mehr, der Text riss einfach ab. Missmutig stand ich auf, schlurfte ins Badezimmer, machte mich zum Schlafengehen fertig.

Im Bett drehte sich das Gedankenkarussell ungebremst weiter. Waren Herbie die Ideen ausgegangen? Oder wollte er mich auf den Arm nehmen? Die Frage war, wozu?

Na schön. Wahrscheinlich hatte es ihm irgendwer gesteckt: Vor Jahren durfte ich einen Sommer lang in einem Buchverlag aushelfen. (Nur als Praktikant, Herbie. Weit weg von den Büros der Entscheidungsträger.) Tatsächlich war mir während der Lektüre hin und wieder der Gedanke gekommen, sein Manuskript einem Agenten anzubieten. Natürlich nicht ohne umfassende Korrektur. Weg mit dem Schwulst, dem Kitsch, den grotesken Übertreibungen. Herbies Stil war derart ‚oldschool', ich war beinahe froh, die 1990er nicht selbst als junger Mann erlebt zu haben. Seine pausbäckigen Wortschnörkel gehörten allesamt entsorgt. Abgesehen davon hatte er mich aber irgendwie gepackt.

Ich will nicht sagen, bei den Eiern gepackt.

Na schön. Sein obskures, unfertiges Manuskript, wie ein papiergewordener Appell lag es auf meinem Sofa. Wohin damit? Ich erinnerte mich ans Praktikum: Keine verwertbare Erzählung ohne befriedigenden Schluss. Niemand in der Branche würde auch nur einen Gedanken an eine mögliche Herausgabe verschwenden.

Also, warum war ich plötzlich derart streng mit einer Geschichte, die wahrscheinlich nie die Schublade verlassen würde?

Zuerst wollte ich es mir nicht eingestehen, aber Silvester, Duncan und Mary waren zu Freunden geworden. Vielleicht die einzigen, die ich im Moment so hatte. Ich musste einfach wissen, wie es mit ihnen weiterging! Lag rücklings im Bett und versuchte vergeblich, nicht länger an Herb oder das Manuskript zu denken. Schloss meine strapazierten Augen erst weit nach Mitternacht.

*

Am nächsten Tag rekapitulierte ich unsere letzten Begegnungen, die gleichzeitig unsere ersten Begegnungen gewesen waren. Hatte ja nicht einmal Herbs Telefonnummer. Nur seinen Packen Papier, der mir im Tageslicht beinah ein wenig unheimlich erschien. Wie kam Herb nur auf diese seltsamen Wortspiele mit meinem Namen?

Na schön, von vorn. Herbie und ich. Eine Geschichte, die im Gegensatz zu seinem Manuskript recht schnell erzählt war: Zum ersten Mal traf ich ihn auf der Weihnachtsfeier unserer Agentur. Herbert R. Rheubenthal, bunter Hund, legendärer Kreativdirektor – und dieser Tage am direkten Weg ins Karriere-Harakiri. Er war seit ein paar Wochen ‚freigestellt', wie man das intern nannte. Von der Geschäftsleitung mit blumigen Worten zur ‚kreativen Veränderung' gedrängt.

Ihm selbst hing die lauwarme Marketing-Suppe wahrscheinlich ebenfalls zum Hals hinaus. Und ich? Arbeitete erst seit wenigen Tagen im internen ‚Profit Center Two'. Zunächst als freier Mitarbeiter. Mit der Option, im kommenden Jahr angestellt zu werden. Kannte noch nicht alle Kollegen persönlich. (Die Agentur gehörte zu den größeren der Stadt.) Stand etwas verloren an der Restaurantbar. Einer fiel mir gleich auf. Zweifellos der spannendste Typ im Saal. In merkwürdig fragwürdiger Garderobe, die ihn gleichzeitig sympathisch machte. Herr Kreativdirektor Rheubenthal saß ganz allein am Tisch. Kurzentschlossen trat ich an ihn heran und stellte mich als neuer Texter vor.

»Na, dann nehmen sie doch Platz, junger Mann!«

Freundlich nickend rückte ich mir einen Stuhl zurecht, offen blickten wir einander in die Augen. Mein zweiter Eindruck: Er war die Ruine eines erfolgreichen Mannes. Nach Agenturgerüchten, die sogar schon mein Anfänger-Ohr erreicht hatten, kippte Rheubenthal immer stärker in die Schräglage. Angeblich fing alles mit seinem vorwitzigen Dandyschnurrbart an. So dünn, wie ihn zum Beispiel der britische Schauspieler David Niven bis in die späten 1970er Jahre trug. Das Problem daran waren die seither vergangenen Jahrzehnte. Genau niemand fand dünne Schnurrbärte heute in irgendeiner Weise sexy. Dann kamen Rheubenthals schreckliche Sakkos, in kränklichen Nichtfarben, kombiniert mit ausgebeulten Cordhosen. Na schön. Das waren Äußerlichkeiten.

Interessanterweise begann er zur selben Zeit, die Kunden zu beleidigen. Weil sie seiner Meinung nach nichts von gutem Marketing verstanden. (Ein durchaus berechtigter Vorwurf.) Natürlich hassten es die eitlen, mittelständischen Firmenvorstände, (die sich nicht ungern als CEO bezeichneten, selbst wenn sie höchstens sechs oder acht Mitarbeiter führten), von den eigenen, hoch bezahlten Werbegurus durch den Kakao gezogen zu werden. Herrn Kreativdirektor Rheubenthal war es egal. Ihm gehe es immer nur um die Sache, behauptete er und lachte den Provinz Chief Executive Officers mitten ins Gesicht.

Im Büro nannten ihn alle nur Herbie. Herb oder Herbie, wie den alten VW Käfer aus den Disney-Filmen von früher. Na, und ich heiße Buggy. Natürlich nicht wirklich. Im Reisepass steht Florian Raidherr.

Aber Buggy nannten mich schon meine frühesten Freunde, weil ich in der Schule haarsträubende Englischfehler machte. Bugs. Bik Bugs. And meny Bugs. Also, Flo Buggy, oder, Bug Raidherr, oder, wenn es eher förmlich zuging, Florian Buggy Raidherr. Seit der zweiten Klasse Volksschule. Herb musste lachen, als er meinen Namen hörte. Bug und Herbie. Fast so wie Stan und Ollie. Das gefiel ihm. Mir gefiel es auch.

Rheubenthal wusste natürlich nichts von meinem labilen Zustand. Eine Zeit lang war ich weg gewesen, von der Bildfläche, der Wischfläche. Musste die kleinen, weißen Tabletten einnehmen, die mich langsam wieder runterholten. (Atarax 25 mg. Auch wegen der Akneschübe, am Rücken.) Kein Gedanke an geregelte Arbeit, über Monate. Erst seit kurzem wieder. Erst seit jetzt. Ein paar Stunden in der Woche. Mehr war im Moment nicht drin.

Vor circa einem Jahr, kurz vor Weihnachten, hatte ich mich von allen Social Media-Kanälen verabschiedet. Sayonara. Die Notbremsung, nach der Notaufnahme, im allgemeinen Krankenhaus, früh am Morgen, nach einer katastrophalen Nacht. Die unendliche Wischerei hatte mich nur noch fertig gemacht. Immer am, check, Bildschirm, check, bis zum nervlichen, check, Shutdown. Mit zitternden Händen versenkte ich das fluoreszierende Vampirding in der Schublade im Vorraum. Der vierundzwanzigste Dezember (bei den Eltern, drüben in Simmering) war unterirdisch. Dachte permanent ans Handy. Offensichtlich war es überall, nur nicht in meinen beängstigend beschäftigungslosen Händen. Wie lächerlich, wie traurig. Ein Gefühl, als verpasse man sein eigenes Leben.

Eine Woche oder so machte ich gar nichts. Lag wie ein platter Fahrradschlauch am Sofa. Starrte die Wände von oben nach unten, von unten nach oben, von links nach rechts, von rechts nach links, dann diagonal von oben nach unten und wieder von unten nach oben an, Tag um Tag um Tag.

Irgendwann krachte es die ganze Nacht. Im Fenster spiegelten Feuerfontänen ein neues Jahr in allen Farben. Ich konnte nicht mal aufstehen.

Dann wieder ruhige Tage, so ruhig wie mein eigenes, eiskaltes Grab, in allen Einzelheiten ausgemalt, vor der leeren Zimmerwand. Mit Hilfe der Tabletten ging es mir langsam besser.

Als ich das Vampirding Mitte Jänner wieder hervorholte, löschte ich sofort sämtliche Apps bis auf die Standardfunktionen, Telefon und Uhr. Konnte die Verlustattacken ganz gut kompensieren. (Sie waren deutlich weniger geworden, auch weniger intensiv.) Machte mir Tee, lümmelte rum, wusch die Wäsche, wusch Geschirr, ohne (wie früher) im Zwei-Minuten-Takt auf das Vampirding zu schielen.

Telefonieren an sich klappte ja ganz normal. Auch wenn ich es nicht tat. Keine Idee, mit wem.

*

An einem langweiligen, regnerischen Sonntagnachmittag reaktivierte ich spontan den Browser. Ein Moment, in dem ich, natürlich allein, knapp davor stand, zum zweiten Mal hinein zu kippen.

Wie weggetreten starrte ich auf meine zitternden Hände. Zuviel Information. Eine virtuelle Welle, die über mir zusammenschlug. Ich atmete durch. Nahm zwei Atarax mit Wasser. Sperrte das Vampirding erneut in die Schublade im Vorraum.

*

In den Tagen danach lösten sich meine Gehirnverkleisterungen langsam wieder auf. Vielleicht, weil ich sehr viel spazieren ging. (Meist in den Augarten, manchmal in den Prater.) Zum ersten Mal seit Wochen dachte ich ein, zwei Stunden lang überhaupt nicht an das Handy. Sah einfach nur den dick eingepackten, spielenden Kindern an der Schaukel zu, neben ihren Müttern mit den bunten Strickmützen, den Wollfäustlingen, den Thermosflaschen, der Jause vom Karmelitermarkt. Ein Lächeln huschte über mein Gesicht. Ja. Ich fühlte mich wieder stabil. Konnte ebenso tun, was alle anderen mit unglaublicher Selbstverständlichkeit rund um mich machten. Wog das Handy in der Hand. Sah es von allen Seiten an. Es hatte seinen fluoreszierenden Schrecken verloren. Was waren schon ein paar Minuten? Die Schlagzeilen. Check. Sportmeldungen. Check. Vier, fünf Lesezeichen auf dem Browser, höchstens. Und kein Social Media mehr, nein danke, danke nein.

*

Schon zu Beginn unseres Tischgesprächs schlug Rheubenthal einen überraschend amikalen Ton an. Ich solle ihn Herbie nennen, ganz ohne Umschweife. Bloß nicht Herr Rheubenthal, oder Herr Kreativdirektor, oder sonst wie unangebracht förmlich. Schließlich waren

wir beide in der Ideenbranche. Und seine Erfahrung machte ich doch locker mit meiner erfrischenden Neugier wett. Immerhin war ich der einzige im Saal, der an seinen Tisch getreten war.
»Sagt einiges aus über unsere Kollegen, nicht? Die starren nur den ganzen Tag in ihr Elektrospielzeug. Na, wird schon für etwas gut sein, das Getippse, das Gewische, stimmts?«

Herb besaß kein Handy. Der letzte der Analogsaurier, die in den Augen der Kollegen zum Aussterben verdammt waren. Natürlich hielten sie ihn für verrückt. Vor einem Jahr hätte ich das auch getan. Dachte an die Reserve-Atarax, die zur Sicherheit in meiner rechten Sakkotasche steckte. Schelmisch grinsend hob er sein Glas. Innerhalb weniger Augenblicke war mir Herbert R. Rheubenthal noch einmal sympathischer geworden.

»Weißt du«, meinte er lächelnd, »bei mir zuhause stapeln sich Bücher. Richtige Bücher, die man sogar noch mit der Hand umblättern muss. Hochinteressantes Zeug. Werde es nicht schaffen, all das zu Ende zu lesen, also, jedenfalls nicht hier, Buggy. Deswegen habe ich für den Internetkram ganz einfach keine Zeit, verstehst du? Die Leute behaupten, das Netz sei ein komplettes Universum. Mag sein. Es ist und bleibt aber ein virtuelles Universum. Na, da sind mir die echten Universen doch weitaus lieber, junger Mann!«
»Die echten Universen? Wie meinst du das, Herb? Mir reicht schon das eine hier. Ist es denn nicht groß genug für dich und mich?«
»Nein, ja, vielleicht!«, rief Herbie und lachte wieder auf. Er lachte wirklich viel. Eine Sache, die man sich abschauen konnte.

»Ich liebe die Theorie der parallelen Universen. Ist es denn nicht wunderbar, Bug, dass es uns alle mehrfach gibt? Nur immer ein klein wenig verschoben, ein klein wenig ver-rückt? Vielleicht trinken wir in der nächsten Welt Orangensaft statt Wein, und in der übernächsten reden wir nicht übers Internet, sondern über die Nationalbibliothek, und in der überübernächsten haben wir beide die ganze Woche frei und unternehmen einen netten Ausflug in die Weinberge am Stadtrand.« (Herb schätzte Grinzings pittoreske Heurigenlokale, die er regelmäßig frequentierte.)

Als ich nichts darauf erwiderte, griff er erneut nach seinem Glas, nahm einen ordentlichen Schluck, schnalzte mit der Zunge, lehnte sich zurück und redete einfach weiter. »Ein äußerst interessanter Aspekt liegt in der theoretischen Unendlichkeit des Multiversums. Sollte die Anzahl der Paralleluniversen in der Tat perpetuell sein, dann ist nicht nur die vermeintlich zufällige Existenz unseres Planeten eine notwendige Folge, sondern auch die unbedingte Existenz aller anderen, nachgereihten Welten. Eins weiter, und dann hättest du jetzt einen Schnurrbart, Buggy, und ich wäre der Glattrasierte. Wie würde dir das gefallen?«

Rheubenthal grinste irr. Er wurde lauter. »Herbie und Buggy. Mal mit, mal ohne Bart. Aber immer mittendrin, im guten alten Multiversum, nicht?«

Ich nickte nur.

»Natürlich gab es in der Geschichte der Wissenschaft immer den einen oder anderen Querkopf, der die Existenz paralleler Universen generell in Frage stellte. Oder nur als theoretischen Bestandteil irgendwelcher Quantengleichungen erlaubte. Was denkst du, Bug. Haben diese Typen denn nie ‚Raumschiff Enterprise' oder ‚Men in Black' gesehen?«

Wieder lachte Rheubenthal laut auf. Zu laut. Säuerlich lächelnd sah ich mich um. Hatte mit einem Mal genug von den verrückten Sprüchen. Stand unvermittelt auf. Verabschiedete mich kurz angebunden, fast ein wenig schroff.

An der Bar standen noch drei, vier Kollegen, die ich bisher nur vom Sehen kannte. Ich nickte ihnen zu. Die meisten anderen hatten das Restaurant bereits verlassen. Check. Unauffällig schlüpfte ich in meinen Mantel und verließ das Restaurant.

Draußen war die Luft gut kalt. Das also war Herb gewesen. Der legendäre, schnurrbärtige Kreativdirektor Rheubenthal, von dem die Mär ging, er hätte vor versammelter Mannschaft behauptet, wirklich gute Werbung, die spüre er in seinen Eiern.

Obwohl ich froh war wieder allein zu sein, konnte ich mir ein Grinsen nicht verkneifen. Marschierte flott zur nächsten U-Bahn. Kaum noch Leute auf der Straße. Zwanzig Minuten später trat ich an der Haltestelle Taborstraße aus dem Aufzug. Meine Wohnung lag nur ein paar Schritte um die Ecke, ein Zweizimmerappartement in der schnurgeraden Castellezgasse. Check. Das alte Zinshaus hatte einen neuen Anstrich nötig, innen wie außen, doch darüber beschwerte ich mich nicht. Die Miete war verhältnismäßig billig, für die gute Lage, und sonst brauchte ich nicht viel. Wozu eine andere Wohnung? Check. Wenn ich auf mein Handy sah, wurde rasch klar, im Moment erwartete ich alles andere als massenhaft Besuch.

Keinerlei Nachricht von Miriam. Na schön. War auch gar nicht wichtig. Obwohl ich sehr oft an sie dachte, eigentlich zu oft. Vielleicht würden wir im nächstgelegenen Universum gerade um die Häuser ziehen? Uns eine größere Wohnung suchen, gemeinsam?

Miriam hatte gelacht, damals, in meiner renovierungsbedürftigen Zweizimmerschuhschachtel, in deren Vorraum man sich kaum umdrehen kann. Prinzipiell war die Castellezgasse natürlich absolut okay. Nur würde sie im nächsten Universum Kestallezgasse heißen. Oder Castellstraße. Oder wie auch immer.

Rasch schlüpfte ich aus Mantel und Anzug, verschwand für zwanzig Minuten im Bad, gurgelte zuletzt mit Mundwasser und begab mich umgehend zu Bett.

Meine letzten Gedanken kehrten zurück zu ihm: Herbert R. Rheubenthal, ehemaliger, hochdekorierter Kreativdirektor bei Schnittauer und Partner, der Agentur mit Schnitt und Biss. Genau. Wenn es nur nicht so erbärmlich lächerlich gewesen wäre.

Tief drin konnte ich verstehen, warum Herb die Reißleine gezogen hatte. Am Ende des Tages ging es in unserer Branche nämlich um genau gar nichts. Ich verkniff mir einen letzten Griff zum Handy, löschte das Licht, drehte mich um und sank sogleich in tiefen, traumlosen Schlaf.

*

Drei Tage danach lief mir Herb zufällig auf der Taborstraße in die Arme. Ich schlenderte spontan um die vier Ecken, weil mir daheim die Decke auf den Kopf fiel. Das Handy hatte ich um diese Zeit schon ausgeschaltet, aber im Kopf kam ich einfach nicht runter. Die Taborstraße selbst trug auch nicht gerade zur Entspannung bei. Neben den Autos und der Straßenbahn drängten sich jede Menge Leute am Trottoir, auf dem Weg zu einem Imbiss im Schnellrestaurant, für eine Einzahlung am Kontoautomaten in der Bank, für die letzten Besorgungen des Tages im Supermarkt an der Ecke.

Lächelnd kam mir Rheubenthal entgegen und ich freute mich aufrichtig, ihn zu sehen. Er war nun mal ein Original, mit all den Macken, die ihn gleichzeitig sympathisch machten.
»Oh, Herr Raidherr! Wie gehts, wie stehts? Du siehst ein bisschen müde aus, mein Junge! Hey! Was hältst du von einem schnellen Drink, hier, irgendwo? Oder bist du schon wieder busy, Buggy?«
Ich überlegte nicht lange. »Ja, warum nicht, Herb! Hast du spezielle Präferenzen?«
»In der Gegend kenne ich mich nicht so aus. Aber du, Buggy, aber du! Na, sag schon, gibt es hier überhaupt was Nettes zu trinken? Oder sollen wir rüber in den Neunzehnten? Ein bisschen weit, was, Buggy? Na? Nur nicht zu viel denken, davon kriegst du Kopfweh!«

Trotz seiner fragwürdigen Garderobe legte Herbert R. Rheubenthal gewiss Wert auf Stil. Also, wohin mit uns?
Spontan fiel mir die ‚Hammond' ein, eine kleine, schummrige Bar, obwohl es noch früh am Abend war. Herb nickte. Bald erreichten wir das Lokal und waren überraschenderweise gar nicht die einzigen Gäste.

Ich fragte ihn nach der vergangenen Weihnachtsfeier, davon wollte Herb jedoch nichts wissen. Stattdessen bestellte er einen Brandy Alexander, mit dem Hinweis, John Lennon hätte den Drink favorisiert. Also bestellte ich auch einen. (Meinen allerersten übrigens, ohne die Tatsache groß an die Barglocke zu hängen.) Wir prosteten auf Lennon und es dauerte keine Minute, bis Herb sein Lieblingsthema wie eine prächtige Museumsvitrine vor meinen Ohren aufschloss: Die 1960er Jahre, mit der ‚Britischen Invasion' und all den historischen Umbrüchen in der Musik und in der Gesellschaft. Dabei war er damals höchstens ein kleiner Bub gewesen, konnte also unmöglich von persönlichen Rock and Roll-Erfahrungen berichten. Oder war er doch älter als angenommen? Wie viel älter? Hier und heute wirkte Rheubenthal jedenfalls überraschend jung und agil. Trotzdem klangen seine Schilderungen so selbstverständlich, als sei er überall hautnah dabei gewesen. Sogar bei einem Gig von James Marshall Hendrix? Herbs großem Gitarren-Idol, der angeblich noch dazu am selben Tag wie er Geburtstag hatte?

Genussvoll nippte Rheubenthal am Brandy Alexander und eröffnete den nächsten Monolog:
»Weißt du, Jimi war angstfrei. Er hatte keine Scheu am Griffbrett, keinen Respekt vor der Tradition, vertraute immer auf sich selbst. Und warum, Buggy? Weil er zuvor in der US-Army Fallschirmspringer gewesen war. Wenn du dich erst mal aus dreitausend Metern Höhe ins Nichts stürzt, Bug, dann gehst du anschließend nie wieder vor den sechs Saiten der Gitarre in die Knie. Dann hast du jede musikalische Hemmschwelle überwunden. Genau so war es bei Jimi, Buggy. Das kannst du mir glauben!«

Ich nickte nur, da dozierte Herb schon wieder weiter: »Jimi war hundert Prozent. Nur eine Sache kreide ich ihm an. Meiner Meinung nach spielte er die falsche Gitarre. Du weißt, was ich meine. Natürlich war die Telecaster ein Stück weit konservativ. Aber wenn du die Wahrheit wissen willst, mein Freund, dann gibt es keine kompromisslosere elektrische Gitarre als die Fender Telecaster.«
Herb kratzte sich den Kopf. »Na ja. Vielleicht stehe ich mit meiner Meinung ganz alleine da. Eins unterschreibe ich aber jederzeit, mit meinem Blut, Bug, wenn du willst: Sei angstlos. Spiel dein Spiel ganz frei von Furcht. Dann kannst du in die Nähe von Jimi kom-

men. Nur dann. Und vielleicht kannst du ihn in einer andern Welt sogar noch überholen. Aber in dieser hier, mein Freund, da nicht mehr.«

Den letzten Satz unterstrich Herb mit einem lässigen Nicken. Dann schwieg er abrupt und griff beinahe zärtlich nach dem Cocktailglas.

In der Agentur hieß es, Rheubenthal hätte nicht einen echten Freund. Und keine Familie. Überhaupt keine Verwandtschaft? Jeder hatte doch eine Mutter, einen Vater, vielleicht einen Bruder, eine Schwester, einen Onkel, eine Tante; irgendwen, an den man zumindest denken konnte, an Weihnachten und zum Geburtstag.

Nein, ich würde Rheubenthal nicht nach den genauen Umständen befragen. Ging mich auch gar nichts an. Er war nun mal ein einsamer Boulevardflanierer, ein Kauz, ein exzentrischer Bücherwurm, wie so viele hier in der Stadt. Es juckte mich in den Fingern mein Handy zu checken, obwohl ich es gar nicht dabei hatte. Na schön. Auch ich war einsam, mitten im vielfältigen Betrieb des zweiten Wiener Gemeindebezirks. (Im nahen Augarten sah ich immer unauffällig den Joggerinnen nach. Wo kamen sie her? Wo liefen sie hin? Wer öffnete ihnen nach dem Sport die Tür und reichte freundlich ein Glas Wasser, wenn sie, mit nass geschwitzten Achseln, im Vorraum aus ihren bunten Sneakern schlüpften?)

Hier und jetzt gab ich wieder einmal den Lässigen vom Karmelitermarkt, am bogenförmigen Tresen der Hammond Bar, mit dem beinah beschämenden Gefühl, Herb in allen Disziplinen überlegen zu sein. Warum? Weil er ein ausgewiesener Freak war und ich ein heimlicher? Weil ich viel jünger war als er? Weil ich Familie und Freunde hatte? Und welche Freunde waren das genau?

Der Brandy Alexander vernebelte meine Gedanken. Schmeckte aber wirklich gut. Und süß. »Hey, Herb! Bestellen wir noch eine Runde?« Rheubenthal lachte und nickte.

(Nein, nie, nie, würde ich so enden wie der Herr Kreativdirektor. Gestrandet im Labyrinth der rattengrauen Metropole. Im ganzen Leben nicht.)

Die Barfrau stellte uns zwei neue Gläser hin, da redete er schon wieder weiter.

»Weißt du, Buggy, Millionen Menschen steht ein gewisser Harry Potter näher als der Nachbar in der Wohnung nebenan. Die Leute behaupten den Ringträger Frodo Beutlin besser zu kennen als den Bruder der eigenen Mutter. Sie können sich jederzeit vorstellen, wie es wäre mit James Bond oder Wonder Woman abzuhängen. Weil sie an ihre Idole glauben. Mehr als an alles andere.«

»Meist ist die Illusion eben die perfektere Option, Herb.«

»Dann nimm noch einmal Jimi Hendrix. Er ist heute, Jahrzehnte nach seinem Tod, viel präsenter als damals. Eine mythologische Figur, verehrt, ja, nahezu gottgleich überhöht, von einer globalen Fangemeinde.

Trotzdem war Jimi Hendrix echt. Er war so echt, Buggy, wie du und ich. Er war kein Comic-Held, keine Romanfigur. Dazu hinterließ er uns seine Musik. Jimi hat es selbst gesagt: ‚When I am dead, just keep playing the records.' Und das werde ich tun, mein Freund, das werde ich ganz sicher tun.

An der Gitarre habe ich mich nie versucht. Aber mal was geschrieben. Eine verrückte Geschichte über einen jungen Typen mit einer roten Telecaster. Eigentlich nicht der Rede wert. Nachdem mich meine Frau verlassen hatte und das Leben ein bisschen mehr Katz und Maus als üblich mit mir spielte, verbrachte ich viel Zeit allein, zuhause, am Küchentisch. Besaß eine elektrische Schreibmaschine, damals, eine ‚Brother'. Die konnte sogar einen Schritt rückwärts korrigieren, vorausgesetzt, du hattest noch Korrekturband übrig. Jawohl, Bug, damals wurde alles mit der Schreibmaschine getippt. Korrespondenz, Rechnungen, amtliche Schriftstücke. Sogar die Liebesbriefe. Obwohl, das galt auch schon zu meiner Zeit als ziemlich unromantisch. Einen echten Liebesbrief schreibt man natürlich immer mit der Hand. Hast du jemals einen bekommen, Bug? Wäre so, wie wenn man heute mit dem Pferdegespann zur Arbeit fahren würde, nicht? Ihr seid ja jetzt die Wischer. Wir aber, wir waren die Schreiber. Na ja, ist lange her. Interessiert wahrscheinlich keinen mehr, nicht wahr?«

»Nein, mich interessiert es. Was hast du geschrieben? Ich werfe gern mal einen Blick hinein.«

»Das sagst du nur, weil du ein freundlicher Zeitgenosse bist und gute Manieren von deiner Mutter mitbekommen hast.« Herb leerte sein Glas. »Alles klar. Ich denke, ich werde mich jetzt auf den Weg machen. Wünsche dir das Allerbeste, junger Mann. Nein. Lass die Brieftasche ruhig stecken, die Drinks gehen auf mich. Auf Wiedersehen, Florian Raidherr. Ein Name, den man sich merken sollte!«

Lächelnd legte Herbert R. Rheubenthal einen Geldschein auf die Theke. Dann verließ er das Lokal ebenso unerwartet, wie er mir auf der Taborstraße entgegengekommen war.

Verdattert sah ich hoch. War bereits ganz schön benebelt. Noch was bestellen? Ja, warum nicht? Und wenn Miriam jetzt bei der Tür hereinkäme, einfach so, so wie ein Wunder? Fragend sah mich die Barkeeperin an.

»Einen nehme ich noch«, murmelte ich und schob ihr Herbs Fünfziger entgegen.

*

Die Tage flossen ab wie das Wasser im Waschbecken beim Zähneputzen. In der Straßenbahn hatte jeder, also tatsächlich jeder, das fluoreszierende Vampirding vor Augen. Derart extrem war mir das bisher nicht aufgefallen. Die Wischer. Sie waren die überragende Mehrheit. Sie waren der Status Quo. Wenn ich darüber nachdachte, kannte ich niemanden, der nicht wischte. Niemand, außer Herbert R. Rheubenthal.

Na schön. Sein Manuskript war so gut wie unbrauchbar, das stand mittlerweile fest. Wer würde es lesen wollen, wenn der Höhepunkt, der große Talentwettbewerb, fehlte?

Persönlich fühlte ich mich völlig außerstande, weiter daran zu schreiben, selbst wenn er es gewollt hätte. Im Nachhinein machten seine Andeutungen in diese Richtung Sinn, aber – sorry Herb – es war nun mal nicht meine Story. Darüber hinaus hätte ich mich wie ein Dieb gefühlt. Wie ein Kopist, der sich mit fremden Federn schmückt. Und überhaupt, ich musste nicht! Musste gar nichts. Absolut nichts. Check.

Nur mein Leben und das gottverdammte Handy hier in den Griff bekommen. Das Vampirding. Miriam? Die bekam wohl niemand in den Griff. Miri war mein Rock and Roll. Meine schwarzhaarige Falltür. Ich wäre so gern in sie gefallen. Über sie her, hinab, mit ihr, ins Tiefste, Innerste. Ins Allerheiligste.

*

Damals, als Miri und ich für eine Nacht zusammen kamen; sie dann am nächsten Morgen hektisch und doch kichernd aus meiner Zweizimmerschuhschachtel stürmte, zur Arbeit; als sie von außen die Tür zugeknallt hatte; wenige Sekunden später lautstark darauf einhämmerte, noch vor sieben Uhr morgens; als ich verblüfft öffnete und Miri einen allerletzten Abschiedskuss verlangte, ehe sie – buchstäblich – verschwand, was ich an jenem Morgen noch gar nicht wissen konnte; da setzte ich mich mit einer Tasse Tee ans Fenster, um das erste Liebesgedicht meines Lebens auf ein Blatt Papier zu bringen. (Genau genommen nur ein halber Papierbogen A4, mit dem Probeausdruck eines Werbeprospektes auf der Rückseite, von der Agentur, in der ich damals als Freelancer tätig war.)

Ich spürte Miris Wärme nach, ihren langen Armen, den zartgliedrigen Händen. Miri. Miriam. Miriam. Miri. In dem Moment schien mir, als sei die süße Miriam gar nicht von dieser Welt.

Dann schrieb ich auf, was wie von selbst aus meiner Hand auf das Papier floss. (Mit einer dunkelgrauen, schlanken Lamy-Füllfeder, die ich freundlicherweise als ‚Prämie' von jener Agentur geschenkt bekommen hatte.)

Blauer Himmel
über blondem Haar
Alles was du tust ist wirklich wahr
Du bist immer auf der Suche nach dir

Blaues Fieber
in den Wirren der Nacht
Alles um dich ist nur für dich gemacht
Du wirst mich suchen aber ich finde dich

Blauer Regen
wäscht alles wieder klar
Deine Jahre erzählen dir
wie es einmal war
Was morgen kommt
Wird übermorgen gehen

Und was ganz am Ende steht
werden wir nie verstehen

Wir sind immer auf der Suche nach dem

Hier

Ich schrieb ‚Blauer Himmel über blondem Haar', als diktierte mir eine höhere Macht die schön gestellten Worte, dabei waren Miris Haare rabenschwarz. Strähnig und glänzend und so wunderbar nach Karamell duftend, dass ich … warum hatte sie sich nicht wieder gemeldet?

Keine Telefonnummer, keine Adresse, kein Anhaltspunkt. Mir blieb nur die Erinnerung an ihr verschmitztes, stupsnasiges Gesicht. Ein unausgesprochenes Versprechen auf so viel mehr. Und die immer wiederkehrende Frage: Warum, warum, warum hatte sich Miriam nicht mehr bei mir gemeldet?

*

Ein paar Tage später lag ein dicker Umschlag im Briefkasten. Ich war perplex. Erstens, weil ich so gut wie nie Post bekam. (Außer der elektronischen in der Agentur natürlich.) Und zweitens, weil sich ein gewisser Verdacht aufdrängte. Die Absenderadresse war schon mal nicht schlecht: Domgasse Zweiundfünfzig, Centropolis, Planet Sehnsucht, Universum Nummer Zwo.

Wer spielte hier mit wem ein multiverses Spiel? Ach, Herbie! Nachdenklich nahm ich den Umschlag, öffnete ihn mit dem Küchenmesser, zog einen Packen Papier heraus, überflog die erste, wiederum schreibmaschinengetippte Seite. Sah tatsächlich nach dem Rest des Manuskripts aus. Ich konnte Herb förmlich auflachen hören. Der Typ war verrückt! Worin lag der Sinn der Sache? Und woher meine Privatadresse? Ich zog die Stirne kraus. Rheubenthal verkehrte doch nicht mehr in der Agentur. Nein, nein, so nicht, mein Lieber. Ab hier ging mir der Spaß zu weit. Verärgert schob ich die Postsendung zur Seite. Was als nächstes? Unangekündigte Hausbesuche? Ich schüttelte den Kopf. Würde nicht weiterlesen. Und auch sonst nichts damit machen. Würde den ganzen Papierkram in die Tonne werfen, jetzt gleich, und dann war mit dem Unsinn Schluss. Goodbye Centropolis, Planet Sehnsucht, Universum Nummer Zwo. Keine Spielchen mehr, Herr Kreativdirektor, ich hatte andere Probleme, wirklich. Plötzlich begannen meine Hände zu zittern. Ungläubig starrte ich sie an. Und ausgerechnet jetzt surrte auch noch das Handy, drüben, in der untersten Schublade, im Vorraum.

Mir war klar, es gab nur einen Menschen, einen einzigen Menschen auf der Welt, nein, im gesamten bekannten und unbekannten Universum, von dem ich wünschte, er würde mich jetzt anrufen.

*

Tatsächlich hatte ich ihr meine Telefonnummer (wie in den klischeetriefenden Filmen aus den 1960er Jahren, die spätnachts auf einem deutschen Privatsender liefen und mich in Minimallautstärke begleiteten, wenn ich, wie so oft, nicht einschlafen konnte) auf die Rechnungsquittung geschrieben und in ihre Manteltasche gleiten lassen, nachdem ich bezahlt hatte, während sie kurz zum Nase pudern verschwunden war, wie man augenzwinkernd sagte. Miriam, die ich überhaupt nicht kannte. Die nur zufällig neben mir zu stehen gekommen war, an der Bar, mit einer Freundin, Kollegin.

Zwei Frauen, ungefähr in meinem Alter, die, vielleicht nur unbewusst, offen für eine Wendung waren, eine spontane Gabelung des Schicksals, entlang der schummrigen Wege hin zur Mitte der langsam hochkochenden Nacht. Und ich, direkt daneben, allein, zufällig, ausgerechnet, mit zwei, drei witzigen Sprüchen in der Hinterhand. Der erste bezog sich auf meine großartigen Englischkenntnisse. Buggy and his bik and meny Bugs. Die Mädchen lachten. Schon floss unser Gespräch mit einer Leichtigkeit dahin, die mich im Nachhinein immer noch verblüfft.

Die Kollegin musste am nächsten Tag bald raus. Wir ja auch. Trotzdem ging sie früher und wir lachten ihr zum Abschied nach, ohne sagen zu können, warum.

Dann redeten wir über die modernen Zeiten, in denen potenzielle Lebenslieben im Sekundentakt weggewischt werden. Alles bloß wegen dem World Wide Web, wie Miri mit gespielter Entrüstung erklärte. Das es doch erst seit 1991 gäbe. So wie mich. Nur hätte ich im Gegensatz zum Internet bisher noch nicht für epochale Veränderungen im Weltgeschehen gesorgt. Höchstens für epochale Englischfehler. Grinsend prostete ich ihr zu.

Später torkelten wir gemeinsam aus der Bar. Miriam und Florian. Trotzten der nachtschwarzen Welt, Seite an Seite, während ich darüber nachdachte, warum sie nicht einfach stehenbleiben konnte in diesem außergewöhnlichen, diesem vollendeten Moment der unerschütterlichen Einheit. Warum nur drehte sie sich immer, immer weiter und verpasste meinem Schicksal immer, immer neue, unvorhersehbare Kurven?

Na schön. Seit jenem überstürzten Morgen mit Abschiedskuss hatte sich Miri nicht mehr bei mir gemeldet. Welchen Grund hätte sie, es ausgerechnet jetzt zu tun? Welchen, außer, dass sie mich möglicherweise auch ein klein wenig vermisste?

Ich war doch auch nur ein Träumer. Dafür ein netter (so hoffte ich). Bereitwillig naiv. Ein bisschen todessehnsüchtig. Wie fast jeder hier, in Wien, der Hauptstadt der Neurotiker, der Narren, der Fantasten und der Trinker.

Das Vampirding war verstummt. Ich mochte es gar nicht hervorholen. Konnte keine Enttäuschung mehr verkraften. Nein, nicht jetzt. Beschloss, fürs Erste durchzuatmen und neuen Abstand zu gewinnen. Wollte nicht abstürzen in eine fluoreszierend virtuelle Zweisamkeitsfantasie. Zuerst musste ich doch herausfinden, was mit meinen neuen Freunden, mit Lord Duncan, Silvester Phaser, Mary Lin und den anderen passierte.

Statt in den Vorraum zu gehen, brühte ich mir eine frische Kanne Kräutertee, schüttete ein paar Butterkekse in einen tiefen Teller, schlenderte damit zum Sofa, schob mir die Kissen in den Nacken und begann in Herbies Manuskript zu lesen.

*

Die Scheinwerfer flammten auf.

Und Silvester stand breitbeinig da, strich über die Saiten der TVCaster, verwebte seine Akkorde kunstvoll mit der kraftvollen Basslinie Alister Powderbooks. Rillos funkige Keyboardflächen verdichteten den Sound. Mächtige Beckenschläge von Tom Shortbread. Im Takt der Nummer trat Duncan aus dem Halbschatten des Bühnenaufgangs. Eins und drei und zwei und vier stand er vor dem Publikum, streckte sich, wurde förmlich vom Mikroständer angezogen, schloss erneut die Augen, fühlte seinen Einsatz kommen, holte Luft und …
… das Publikum drängte nach vorn, drängte zu Duncan, ließ sich mitreißen, von einer Welle unbegreiflicher Energie, die über den Bühnenrand schwappte, an den Wänden zurückbrandete, den ganzen Saal umschloss. Der Sänger öffnete die Augen, ein Leuchten. Links schwang sein Gitarrist die rote TVCaster über die Köpfe des Publikums, rechts trat Alister einen Schritt vor und setzte mit dem Bass das Fundament der Melodie. Da standen sie, Ikonen des Rock, von den Scheinwerfern in übernatürliches Licht getaucht. Duncan hob die Arme, beschwor sein Publikum, dirigierte die Kräfte, beherrschte den Moment. Der Song nahm Tempo auf, während sich Silvesters Gitarre in höchste Höhen schraubte. Eruptiv spuckte Rillos Keyboard sirenengleiche Tonfolgen hervor. Schwitzend bearbeitete Tom Shortbread die Donnerkessel bis zum Schlussrefrain. Mit dem letzten Akkord sank Silvester in die Knie, verschloss die Arme um die TVCaster, neigte den Kopf und hielt vollkommen still. Ein stehender Basston wummerte noch durch die Luft. Zwei Beckenschläge begleiteten Rillo und Duncan ins lang gezogene Fade-Out …
… da rissen die Massen, die Vielen, die Zahllosen, ihre

Hände in die Höhe, während die gleißenden Finger der mächtigen Suchscheinwerfer den schwarzblauen Himmel über dem Stadionoval durchstachen.

»Thank you, Periphäris!«, rief Duncan ins Mikro. Neben ihm schlenkerte Silvester eine Reihe von Dur-Akkorden den Gitarrenhals hinab. Bass und Schlagzeug brachen exakt zwei Takte später wie eine Springflut über die Menge. Der Sänger hob die Arme. Ekstatisch hüpfte die Frontrow los. Er riss das Mikrofon an sich, kickte den Ständer in Karatemanier über die Bühne, ging in die Knie und rotzte eine ratternde Punk-Nummer heraus. Dazu zerrte der Unbeugsame derart heiß an seinen Saiten, dass sämtliche Eiswürfel im Klub mit einem Schlag zerschmolzen. Alister nickte ihm lachend zu, während die Ventilatoren mit den Hüften um die Wette kreisten. Jetzt schwirrte gar ein Hubschrauber über dem Stadion. Zeit wurde im Takt gedehnt. Umso schneller spielten die Bad Knives weiter.

So kam der zweite Song zum Ende. Hastig stimmte Ali nach. Duncan fischte den verbeulten Mikroständer aus der Ecke. Behutsam intonierte Phaser eine leuchtend naive Melodie. Die Frontrow schnaufte durch. »You stole my heart!«, krächzte der Lord und stülpte die Lippen übers Mikro. Die Nummer schaukelte gemütlich durch den Saal, setzte sich mit ihrem klebrigen Cowboy-Refrain in allen Ohren fest. Bis zur Bridge. Aufbrausende Trommeln, schneidende Gitarrenriffs. In einem furiosen Mischmasch aus zerrissenen Papiergirlanden, gebrochenen Fingernägeln und brennenden Augen endete die wüste Countrymetal-Nummer in D-Moll.

Geisterhaft flackerndes Bühnenlicht. Spitze Schreie, heißeres Lachen. Shortbread zählte ein. Rillo warf eine Handvoll psychedelischer Majorakkorde in Toms neuen, lasziv schleppenden Beat. Dann begann Duncan für sie, für seine einzigartige Mary Lin zu singen.

I am a dreamer
and you are my dream

I went so long, searching for you
and now that I am with you
I am hiding away again

I have to
because of you
you overruled my heart

Sie stand da, am Rande des Saales, ganz in Weiß, versunken in Duncans Melodie. Und vielleicht lief eine Träne über ihre Wange.

I am one man
and you are every girl

The distance between us
too close
for you and me

Sanft wog die Menge in einem Meer kleiner, gelber Flammen. Mary suchte Duncans Blick, doch sein Blick war entrückt.

And when darkness fills the room
and my eyes get lost in black light

Then you hold me tight and smile
whispering, don't cry, love of my life, tonight

Reglos stand Lord Duncan im violetten Licht. Noch einmal strich Silvester die Saiten an seiner TVCaster hinunter, verharrte schließlich im verwehenden Akkord. Zärtlich legte Alister den Zeigefinger an den Basshals und rührte sich nicht mehr. Rillo nahm die Hände von den Tasten. Ein letztes Mal massierte Tom das große Crash-Ride.

Zeiten gerieten aneinander, durcheinander, purzelten durch Dimensionen. Gemeinsam saßen die Bad Knives da und warteten auf ihren Auftritt. Da standen sie doch schon, ganz vorn an der Klubbühne, um sich mit der Frontrow inmitten flirrender Tonkaskaden zu verbinden. Nein, sie waren allein, taumelten planlos durch die Nacht. Wieder dieses aberwitzig große Stadionoval, dekoriert mit tausenden Armen und Köpfen, direkt vor ihren Füßen. Hockten sie nicht am Boden in Silvesters Dachmansarde und tranken Kaffee? Halt, sie standen ja immer noch im Proberaum. Überblendung folgte auf Überblendung, innerhalb eines Bewusstseinsvakuums, verloren, in schierer multiverser Dehnung …

… ein einzelner Schweißtropfen löste sich von Silvesters Nasenspitze. Fiel dem schmutzigen Bühnenboden in Zeitlupe entgegen. Alle Gedanken, Töne, Lichter verschwammen im Hintergrund. Silvesters Blick folgte nur diesem unscheinbaren Tropfen. Es dauerte einen Wimpernschlag. Es dauerte eine Ewigkeit. Dann traf er das Griffbrett, zerplatzte, verglitzerte, zerstob zu nichts, im grellen Bühnenlicht.

Der Gitarrenhals schwang in die Höhe, Silvesters Finger rutschten darauf hinab, erneut stand alles hyperreal vor ihm; er da, Duncan da, die Band, der Klub, der Song, immer weiter, ohne Anfang, ohne Ende. Wo war der nächste Fokuspunkt im Sturm der Emotionen?

Unvermittelt traf sein Auge Rubens Auge, der unbegreiflicherweise direkt neben ihm stand. In dem Moment erahnte Silvester den doppelten Boden unter seinen Füßen; die funkelnden Lichtschlitze hinter den Klubkulissen; das unablässige Zahnradklackern der großen, furchterregenden Illusionsmaschine. Und er erkannte Dorian ‚Dough' Ryder, am Rande von allem. Da schlug der Unbeugsame zum ersten Mal seinen ureigenen, soeben ausgedachten, ikonischen Sieben-Major-Neun-Akkord.

Die Menge pfiff, johlte, war außer sich. Silvester erschauerte. Es war der Blick über die zahllosen emporgereckten Arme, das warme, wogende Wasserbett des stampfenden Applauses, das völlig verrückte Gefühl, Herr und Meister eines ausverkauften Stadions zu sein. Ein Rockstar stand ganz vorne an der Bühne, tauchte in die Flutwelle des Ruhmes, schmeckte das süße Salz der glorreichen Erhebung auf der Zunge, verlor jedes Maß vor seinem persönlichen Menschenmeer. Minuten im Licht, meilenweit in den Himmel gehoben, bevor er in die Stadionkatakomben zurückgestoßen wurde.

»Thank you! Good night!«

Die Bad Knives schoben sich durch den schmalen Gang zurück, Richtung Aufenthaltsraum, mit den Gitarren in der Hand. Der vollständigen Erschöpfung nahe sanken sie endlich auf die lange Couch, atmeten durch und versuchten, die Anspannung häppchenweise abzuschütteln.

Neben ihnen zappelte Burt Coffein wie aufgezogen hin und her.

»Ich sags ganz ehrlich! Jetzt noch die ‚Omnidemenz', die fünf geschminkten Clowns mit Tuba, und dann du«, rief ihm der Stagemanager zu. Burt nickte. Er war voll drauf. So viel Energie wie heute hatte er noch nie erlebt. Die Sad Wifes hatten den Klub beinah zum explodieren gebracht. Und soeben legte die Omnidemenz mit einer dunkelschweren Liebesballade samt Tuba und Ziehharmonika sämtliche Herzfunkkontaktkanäle lahm. Es war ‚die' Nacht. Alles driftete ins Chaos und Burt fühlte sich pudelwohl dabei. Geschmeidig rutschte er zu Duncan und klopfte ihm überschwänglich auf die Schulter.

»Äußerst kompakt, Jungs, äußerst kompakt! Ihr seid die Favoriten für den Preis, ich sag es, nein, ich sing es, kommt und bleibt so, wie ihr seid, ihr seid, man muss es in den Himmel schreiben, die allerersten Favoriten!«

*

Mary Lin betrat den Klub, nachdem sie den Türsteher mühelos mit zwei, drei Sätzen um den Finger gewickelt hatte, obwohl jeder Quadratmeter bis zurück zu den Toiletten rappelvoll mit Leuten war.

Drinnen musste sie zuerst mit der stickigen Luft und dem Gedränge klarkommen. Ihr weißes Kleid wurde völlig zerknittert. Unbekümmert trippelte Mary weiter bis hin zur langen Bar. Auf der Bühne rockten gerade fünf verkleidete Clowns mit Tuba. Und einer durch den Moreshall gejagten Ziehharmonika? Verrückt! Mary Lin streckte den Kopf. Der Laden entsprach offensichtlich genau Silvesters Präferenzen. Aber wann waren die Mad Lifes an der Reihe? Und vor allem, wo steckte Duncan?

*

Seine Lordschaft lümmelte zwanzig Meter weiter auf der Couch und bekleckerte sein oranges Rüschenhemd soeben mit dem Inhalt einer herumgereichten Sektflasche. Endlich schlug die große Viertelstunde des Burt Coffein. Er hatte diesen hypnotischen Song am Start: ‚Smells like a keen spirit'. Trieb damit sein Publikum in neue Höhen der Ekstase. Die Energie schwappte bis ins Hinterzimmer. Zuerst horchten die Bad Knives auf, dann dachten sie, was solls! Der eben absolvierte Auftritt brannte noch heiß in ihren Herzen. Dennoch trug die Zukunft bereits ein neues Etikett: Feiern!

Ungesteuert wirbelten verschiedenste Zeitsplitter herum – und scheinbar ebenso unkontrolliert verlief der Fortgang des Talentwettbewerbs. Der Stagemanager war untergetaucht. Die Instrumentenkoffer wurden achtlos umgeworfen. Luft und Lautstärke am Limit. Lord Duncan beschloss aufzubrechen. Es sah nicht danach aus, als ob hier und heute noch großartige Plattenverträge abzugreifen waren. Auch im Aufenthaltsraum wusste niemand, wie es weiterging. Duncan befragte seine Jungs, da schlug sich Rillo an die Stirn. Moment! Bettys Aftershowparty in der WG! Extra für die Bad Knives arrangiert! Plötzlich diskutierten alle lautstark durcheinander. Sie mussten auf der Stelle los, um ihre charmanten Gastgeberinnen Betty, Violet und Zoe nicht vor den Kopf zu stoßen. Spontan entschieden sie, ihr Equipment bis morgen im Klub zurückzulassen und drängten Richtung Ausgang.

Mary Lin beobachtete das Spektakel auf der Bühne. Burt Coffein war ihr aufgefallen. Gab es tatsächlich noch verrücktere Rock and Roller als Silvester? Hinterher kam Jackie Howie, oder wie hatten sie ihn angesagt? Der Typ wirkte wie ein magersüchtiger Marsmensch, seine Songs waren allerdings nicht übel. Aber wann spielten endlich die Bad Knives?

Zu ihrer eigenen Überraschung genoss Mary die ungewohnte Atmosphäre. Sie begann zu spüren, was Silvester hier so anzog. Energie lag in der Luft. Und Sex. Mehr Sex als Energie vielleicht. Puh, diese Hitze! Jetzt musste Mary Lin auch noch aufs Klo. Skeptisch schielte sie den vollgestopften Gang entlang. Was half es? Die Prinzessin rutschte vom Barhocker und schob sich im Pulk Richtung Toilette.

*

Während Mary am Damenklosett auf eine freie Zelle wartete und dabei mit einem Mädchen mit knallgelber Wuschelkopfperücke kichernd ihren Lippenstift vorm Spiegel teilte, schoben sich die Sad Wifes im Gänsemarsch an Ernest Hemingstreet, Leo Armstrong, Marlene Deutrich, Karl Kaplin und Nataly Montroe vorbei. Die Drängelei war nur noch nervig. Entlang der Bar erhaschten sie einen Blick auf den wieder aufgetauchten Stagemanager, der am Bühnenrand ins Mikro brabbelte und es dabei ganz ehrlich meinte.

Noch ein paar Meter. Die Tür, die Straße, der nachtschwarze Himmel über Periphäris. Fünf junge Burschen holten Luft, machten sich locker, grinsten, sahen einander unternehmungslustig an. Was für eine Nacht! Und jetzt: Party bei Betty! Mad Life! Aber, hätten sie Betty, Pat und die anderen nicht ohnehin

im Klub treffen sollen? Warum war niemand zum Konzert gekommen?
»Ach, ist doch egal. Beeilung Jungs!«

*

Hin zur U-Bahn, hinabgetaucht ins Untergeschoss von Periphäris, vorgefahren mit dem rasanten Tunnelgleiter, ausgestiegen und emporgetragen auf elektromagnetischen Treppen. Wind, Asphalt, Platz, Bewegung, Freiheit. Ein paar Schritte Richtung Norden. Ja, das war die richtige Haustür. Läuten, warten. Schon öffnet jemand vier Stockwerke höher ein Fenster. Gemeinsam mit einem Schwall Beats landet der Türschlüssel, vorsorglich in eine dicke Wollsocke gestopft, vor Toms Füßen auf dem Gehsteig. All das passiert in Echtzeit. Jemand drückt auf die Stoppuhr. Stopp. Wir sind voll da. Jetzt sind wir wieder da. Wir waren kurz weg, Genaueres kann man nicht sagen, es war laut, heiß und verschwitzt, wahrscheinlich war es ziemlich gut, doch jetzt ist es vorbei. Der kühle Schlüssel wiegt angenehm schwer in deiner Hand. Ein Symbol für den Beginn der nächsten Runde. Hey! Drück noch mal! Die Stoppuhr springt knackend auf null – und läuft wieder los.

Vier Stockwerke hoch, erwartungsvoll. Eine halb offene Tür. Achtung! Zu Boden! Kriechen! Verwundert sanken die Bad Knives reihum auf die Knie, um unter quergespannten Bändern und Papierschlangen, in hellem Lachen und noch hellerem Blitzlicht auf allen Vieren in die Wohnung zu robben. Eine waschechte Party-,Bekriechung' zu Ehren des Mad Life!

Da waren sie, die Mädchen, die Jungs, nebst zahlreichen weiteren Bekriechungsakteuren, von denen man nicht mit Sicherheit sagen konnte, ob männlich, weiblich, hetero, homo, bi, trans, inter, anti, multi oder wie auch immer.

Im Vorraum lief ein leidenschaftliches Tischfußballturnier. Zoes Zimmer war mit Polstern, Kerzen, Räucherstäbchen dekoriert. Aus ihrem Kassettenrekorder flossen klebrige Sitarklänge. Die Badewanne voll mit Eiswürfel, Bier-, Sekt- und Weinflaschen. Und im Wohnzimmer blinkte neuerdings eine Discokugel über zwei Plattenspielern, an denen ein schlanker, langhaariger Typ mit Pelzmütze und Kopfhörer hantierte.

»Hallihallo! Wie, du auch hier?!«
»Ewig nicht gesehen! Alles kompakt?«
»Die Uni macht mich fertig, Alter!«
»Bei mir sind es die Unipartys. Die hier ist garantiert die letzte. Bis morgen.«

»Hey, hallo! Wo steckt denn Greg?«
»Gregor konnte leider nicht kommen. Ist zu kaputt, braucht eine Pause. Hat einen neuen Nebenjob im hiesigen Karateklub. Schlüpft in einen gepolsterten Schutzanzug und lässt sich für dreißig Credits die Stunde von vierzehnjährigen Nachwuchs-Ninjas verprügeln.«

»Haha! Da bin ich besser dran, mit meinem neuen Uni-Praktikum. Arbeite seit September zwanzig Wochenstunden im Wirtschaftsministerium. Dienstbeginn neun Uhr. Mittagspause von elf bis dreizehn Uhr. Dienstschluss sechzehn Uhr. Dazwischen wird Kaffee getrunken. Kuchen gibts auch. Kommt täglich frisch, von der Bäckerinnung.«
»Na sehr! Mit wem hast du geschlafen, um da reinzukommen?«

»Schau mal, Michelle, wer ist denn der süße, schmale Kerl mit den Dreadlocks da drüben?«
»Ich glaube, sie heißt Andrea.«

»Hey, da ist Patrick!«
»Hallo Jungs! Wie war der Gig? Wir waren alle beim Klub, aber du hattest keine Chance, da rein zu kommen. Das Ding ging schon ab acht Uhr völlig über!«

Bekannte Gesichter, neue Gesichter, lachen, fünf abklatschen. Weiter in die Küche. Endlich Essen! Es gab Chili, je ein Topf mit und ein Topf ohne Fleisch. Das perfekte Partymenü, mit billigem Rotwein, Fladenbrot und den zurückgelehnten Breakbeats des Wohnzimmer-DJs. Vollzählig standen die Bad Knives in der Küche und schlabberten Chili. Witzeleien führten vom Essen zum DJ, am periphärischen Lebensgefühl entlang zur ironisch kritischen Beurteilung des verfügbaren Weines, bis zu den alarmierend langen Beinen einer unbekannten Party-Gepardin, die soeben geschmeidig Richtung Wohnzimmer entschwand.

Während Rillo ohne nachzudenken diesen sagenhaften Beinen hinterher stolperte, verteilten sich die restlichen Bad Knives in der weitläufigen Wohnung. Durch die geöffneten Doppeltüren war man Akteur und Zuschauer zugleich. Lässig wogte die Party im entspannten Breakbeat-Takt. Vertrauliche Gespräche, auf den Sofas, den improvisierten Kissentürmen. Schallende Manifeste gegen den Kapitalismus und das Establishment. Sinnliche Blicke aus der Küche Richtung Fußballtisch. Aufreizendes Kichern. Und nach zwei, drei Gläsern Rotwein war die Sache klar: Nun musste geflitzt werden.

*

Im Lichthof des Hauses wurden die Hosen heruntergelassen. Bis auf ihre Schuhe standen die drei führenden Vertreter der flitzenden Zunft – Silvester Phaser, Tom Shortbread, Rillo Gorillo – nackt und rebellisch unter dem periphärischen Himmel. Patricks Spiegelreflex baumelte an Phasers Hals. Ein letzter, verschwörerischer Blick in die Runde. »Also, los!«

Sie öffneten das Haustor. Kontrollblick links, Kontrollblick rechts. Die Luft schien soweit rein zu sein. Und ab! Schon rannten die drei Richtung Westen, vorbei am U-Bahn Eingang, auf die große Kreuzung zu. Nachdem sie die öffentliche Grünanlage gegenüber von Bettys Haus erreicht hatten, erscholl aus der Fensterreihe im vierten Stock der erste, ausgelassene Jubel. Die Fans, die Fans! Tom, Rillo und Silvester winkten und liefen munter weiter. Entgegenkommende Passanten schlugen die Hände vors Gesicht. Autofahrer glotzten. Auf der anderen Straßenseite zeigte jemand wild gestikulierend auf die Nackten. Dazwischen hob Silvester seine Kamera und knipste die auf und ab hüpfenden Pobacken der Kameraden.

»Guter Schnappschuss«, nickte Ruben und legte die Aufnahme zu den anderen in einen Schuhkarton.

Prusten, schnaufen, lachen. Hektisches Schuhgeklapper. Jetzt über die große Kreuzung. Mitten auf der Straße blieben sie stehen, um ein paar Ballettpirouetten hinzulegen, da schnurrte sie heran, die lange, graue Limousine. Erneut drückte Silvester den Auslöser der Mikon.

»Hey! Schau!«

Burt Coffein saß mit Banana Phox und ein paar anderen Leuten in der Limo. Der frischgebackene Wettbewerbsgewinner wurde zu einem kleinen Umtrunk mit dem großen Rockstar eingeladen. Banana fand gleich

Gefallen an dem wilden Burt. Coffein musste nur aufpassen, dass es nicht eines Tages mit ihm durchging. Der Rock und der Roll, mit all seinen absonderlichen Begleiterscheinungen, man durfte ihn nicht wirklich ernst nehmen. Sobald es ernst wurde, verlor man nämlich mitunter die Kontrolle und – wo wir gerade davon sprechen – was war da vorne los? Drei Freaks, nackt und tanzend auf der Fahrbahn! Blitzlicht, wow, was für ein Gehänge, da verschwanden die drei Flitzer schon wieder in den dunklen Winkeln eines Stadtparks.

»Der Bonze in dem fetten Schlitten hat jetzt sicher einen Herzinfarkt«, attestierte Silvester. Wieder heulte die himmelsnahe Fensterfront in lautem Jubel auf. Gorillo schnaubte wie ein Kaltblut, Shortbread lachte, Phaser winkte mit der Kamera. Ihre Ehrenrunde war beinah zu Ende. Nach Luft ringend, und sich gleichzeitig vor Lachen fast verschluckend, erreichten sie Bettys Haus. Mit einem atemlosen »Hey!« stoppte Silvester die furchtlose Nudistentruppe. Oh Schreck, Tür zugefallen! Die drei schauten sich um. Lichter. Autos. Fensterreihen voll missbilligender Blicke hinter spießig gezacktem Gardinenweiß.

»Schlüüüüssel!«, rief der Unbeugsame. Hundertzwanzig lange Sekunden später trudelte die Wollsocke abwärts. Da bog schon wieder jemand um die Ecke! Oben lachten und kreischten die Partybekriecher auf. Zurückschreckende Passanten, verdutzte Gesichter. »Schnell, Silvester, mach!« Endlich schlüpften sie in den rettenden Hauseingang, über und über mit Ruhm und Schweiß bekleckert, zum zweiten Mal, in dieser denkwürdigen Nacht.

Die finale Siegerpose, Arm in Arm, im Lichthof. Wieder reckte Phaser die Spiegelreflex in die Höhe. Grelles Blitzlicht strich über junge, nackte Körper. Es war wie bei diesen komischen Spielen, nicht? Dabei sein ist alles. Dann schlüpften Tom, Rillo und Silvester zügig in ihre Hosen. Oben wurden sie schon sehnsüchtig erwartet, schließlich waren sie die Nächsten beim Tischfußballturnier.

*

Verwundert verfolgte Mary Lin, wie zu später Stunde niemand Geringerer als der weltberühmte Banana Phox, Sänger der Supergruppe Zoo, lässig durch die von Bodyguards aufgehaltene Klubtür schlenderte, keinen Meter neben ihr von zwei weiteren diskreten Sicherheitsmännern durch den Saal geleitet wurde und gemeinsam mit dem Stagemanager auf die Bühne stieg. Ungläubig starrten ihn die Leute in der ersten Reihe an. Dann klatschten und pfiffen sie, eher verwirrt als enthusiasmiert.

Weiter hinten hielt man Banana für seinen eigenen, leicht übergewichtigen, zugegebenermaßen dennoch gut kopierten Doppelgänger, doch die meisten registrierten im Chaos der ramponierten Nacht gar nicht, was da oben überhaupt passierte.

Jedenfalls übernahm Banana routiniert das Mikrofon, sprach von neuen, wichtigen Strömungen der aktuellen Popmusik und verkündete zuletzt, dass Mad Life, sowie Burt Coffeins Heaven, ex aequo den ersten Platz errungen hätten. Banana bat beide Bands auf die Bühne. Es gab ein kurzes Durcheinander. Offensichtlich waren die Sad Wifes nicht länger anwesend. Heaven sonnten sich allein im Rampenlicht. Herzliches Händeschütteln. Burt Coffein hauchte ein paar Dankesworte. Dann trat der große Rockstar ab und kam direkt auf Mary zu. Bedachte sie stumm mit einem mehrdeutigen Blick. Seine Satelliten folgten ihm auf Schritt und Tritt. Einer raunte der Prinzessin zu: »Hey, Lady, deine Jungs hätten den Preis verdient. Warum sind sie bloß abgehauen? Nun, sie werden es auch ohne uns schaffen, sie haben Talent. Goodbye Lady!«

Freundlich spöttisch grinste der Satellit sie an, folgte dann seinem Meister. Banana war schon an der Tür. Verließ die ordinäre Welt ebenso unerwartet, wie er gekommen war. Schritt in eindrucksvoller Selbstverständlichkeit zurück ins Reich der Mythen, an einen höheren, rockstargeweihten Ort. Sein Tross folgte ihm in angemessenem Abstand. Auch die zwei blutjungen Bubis von Heaven. Als letzter kam Burt Coffein. Biss auf seine Unterlippe, zappelte, schielte zu Mary Lin, schob sich dicht an ihr vorbei und strich währenddessen über ihren Arm. Dann hastete er der unwirklichen Banana-Karawana nach, ehe sie sich hinter der offenen Klubtür wie eine Fata Morgana in nichts auflösen würde.

Mary Lin schnaubte. Dieser Phox kam sich wohl besonders toll vor. Nun, ihr persönlich war er eine Spur zu klein geraten. Aber wo steckte Duncan? Mit einem Mal spürte Mary, wie erschöpft sie nach der langen Reise und all der Aufregung im Star Dome war.

*

Zeitsplitter überschlugen sich. Er oder sie, oder jemand, der vielleicht nur so tat, als wäre er ein anderer, schritt zum Ausgang, wanderte im bleichen Mondlicht durch die leer gefegten Straßen, fühlte das nahe Ende der einmaligen Nacht, spürte das Säuseln des Morgenwindes im Gesicht, wie den Atem der allerletzten Wirklichkeit, im Herzen der Stadt der tausend Lustbarkeiten.

*

Silvester erwachte, starrte an die Zimmerdecke, versuchte sich zu sammeln. Das Konzert. Die Party. Die Flitzerei. Er, im Schlafsack, in der WG, am Morgen danach. Und jetzt? In gewisser Weise fühlte er sich wie ein Star. Also wie immer. Silvester Phaser Rock and Roll. Momentaufnahmen eines ganz normalen Lebens. Eines total abnormen Lebens. Ist überhaupt jemand normal? Also genormt, auf ganzer Linie entsprechend? Und gegenüber wem und welchen Institutionen? Er kicherte. Das alles konnte nur ein Witz sein. Andererseits, lieber so ein Witz, als der röchelnde Ernst des sogenannten normalen, des genormten Lebens. Wenn Silvester schon im Rock and Roll keine Ernsthaftigkeit erkennen konnte, dann noch weniger dort.

Lückenlose Anpassung, verlässliche Funktion? Die Bedingungen erfüllen, fortwährend, bis man alt, grau und faltig war? Dann lieber entrückt, abgehoben, ökonomisch unverwertbar sein. Entgegen dem Strom der Norm. Einfach nur immer weiter und weiter Musik machen. Dabei war das gar nicht seine Musik. Auch nicht die Musik von anderen. Was da gleichsam wie Magie wirkte, war der universelle, künstlerische Geist an sich.

Wohlig räkelte sich Silvester im Schlafsack. Faul war er, einfach zu faul für ein normales Leben! Erneut rekapitulierte der Blondschopf die vergangene Nacht. Könnte es tatsächlich immer so weitergehen? Sollte es das überhaupt? Wie öde, wie schal schien so eine federleichte Existenz auf Dauer. Wie gehaltlos erlebte er sie im Prinzip schon jetzt.

Silvester Phaser, der ewig unbeugsame Narr, verloren in der Traumwelt.

Ja. Ein großer Traum war es gewesen, schon immer. Die vergangene Nacht. Da hatten sie es allen gezeigt.

Waren gut wie nie gewesen, wahrscheinlich die Besten. Aber wozu?

Hier und jetzt spürte Silvester, wie er Moment um Moment zu einer leuchtenden Perlenschnur auffädeln könnte und am Schluss dennoch enttäuscht zurückschauen würde, auf die kitschig bunte Chronik seiner gelebten Fantasie. Konzerte, Studioaufnahmen, Eskapaden. Bittersüß am Faden der Vergangenheit im Winde baumelnd. Aber anhalten? Festhalten? Höchstens für die Dauer eines fallenden Tropfens Schweiß.

Die glitzernde Perlenschnur seines Lebens. So viel Oberfläche, so gar keine Tiefe, so viel Spaß, so wenig Ernst, so viel Vergnügen, Zucker, Schokolade, Eiscreme, Pudding, Sirup, Marzipan. Weich und rund und klebrig hell. So lachhaft leicht wie die Druckerschwärze von elf kleinen Buchstaben auf hauchdünn knisterndem Papier: Rock and Roll.

Seine Welt? Keine Welt. Bunte Kulisse nur, Nebenschauplatz, Randprogramm. In einem unendlich weiten Raum. In einem Würfel außerhalb der Zeit.

Andererseits, was sonst? Zu viele Leute zählten beharrlich Sandkörner am Strand. Ihre Ziele, so mickrig, so nichtig, so eitel, so beschämend klein. Nie würden es Silvesters Ziele sein.

Die Gedankenspirale kehrte zum Ursprung seiner eigenen, kleinen Musik zurück. Mit ihm als glänzendes Gefäß. Randvoll mit wunderbaren Songs. So wie gestern Nacht. Oh, süße Kraft, voll des Lebens, voll der Harmonie. Sterne wurden greifbar, wenn Silvester Melodien webte. Leise kicherte er in den Schlafsack. All das Grübeln, es war doch gar nichts wert. Nichts war etwas wert, außer dem Augenblick, der kommt, der geht, und sich doch nie halten lässt. Weder von ihm, noch von irgend jemand, der Ziele verfolgt.

Es gab nur noch eine weitere Alternative: die letzte Alternative. Schluss zu machen, mit allem. Was sollte denn nach dieser Nacht noch kommen? Genau genommen war die Perlenschnur fertig geknüpft. Alles Weitere wäre nur Variation.

Erst der Schlussakkord macht jedes schöne Lied komplett, nicht wahr? Silvester musterte die Zimmerdecke. Rundum schien alles ruhig. Nein, er musste sich nicht sofort für den ultimativen Abgang entscheiden. Er war zwar irgendwie unendlich traurig, doch zumindest für die nächsten zehn Minuten schien das Leben des Unbeugsamen sicher.

*

Lord Duncan erwachte, zwei Meter neben Phaser, und eins spürte der Frontman gleich: verändert hatte sich eigentlich nichts.

Zu viele Leute erliegen dem Irrglauben, nach einem besonderen Ereignis ändere sich – alles. Duncan dachte an die zurückliegende Nacht. Eine bahnbrechende Veränderung? Tief inwärts tauchend spürte er bis an den Grund in sich hinein: keine Veränderung. Eine Erfahrung, ja, das wohl, ein Stück hinausgerückter Horizont, aber Veränderung? Keine Veränderung. Seufzend kuschelte sich der Sänger tiefer in den Schlafsack. Und dann dachte er zum ersten Mal an diesem Morgen an seine geliebte Mary Lin.

*

Die Prinzessin erwachte. Lag in einem großen, hohen Zimmer. Rundum Prunk von geradezu obszöner Dekadenz. Goldener Stuck. Marmor. Ölgemälde. Ihr weißes Kleid, drapiert auf einer purpurroten Chaiselongue.

Banana. Seine spontane Einladung zu diesem sehr späten Abendessen. Er blieb tatsächlich einen Moment lang in der Tür stehen. Drehte sich gravitätisch um. Ging ein zweites Mal auf Mary zu. Fragte wie ein Gentleman, ob sie vielleicht nach diesem langen Abend auch ein wenig hungrig sei. Mary hatte nur genickt. Einfach so. Ohne groß nachzudenken.

Bananas Begleiter nahmen sie in ihre Mitte, sanft, sorgsam, schweigend. Der kurze Gang über die Straße, in der frisch würzigen Nachtluft, die beinah unheimlich intensiv nach Veränderung roch.

Dort parkte das aberwitzig lange, graue Gefährt.

Ein andauernd mit sich selbst plappernder Burt Coffein. Banana, ironisch lächelnd. Die seltsam schallgedämpfte Fahrt durch das nachtschwarze Periphäris. Dazu die tiefe, melodische Stimme des Sängers, der vom Herzen der großen Städte sprach. Wie er auf seinen weltweiten Tourneen in ihr Innerstes drang und wie einförmig, wie austauschbar diese Zentren dann wirkten. Wie sich das individuelle Flair der Stadt während seiner Kurzbesuche zuverlässig verflüchtigte, einer gemauerten Leere mit immer gleichen Straßenbildern, immer gleichen Leuchtreklamen wich.

»All die kalten, steinernen, zerbrochenen Herzen. Ice-cold stony broken hearts. Du kannst sie nicht erreichen. Can't grab them. Und sie können nicht dich erreichen. Leere, abgelegte Herzen, im Herzen der steinernen Stadt. Where is she? Wo? Where is the lo-ho-hove?«

Der eigentümliche, ein bisschen benommen machende Duft seiner dünnen Zigarillos. Plötzlich ein Bremsmanöver. Mary warf einen verschwommenen Blick durch die getönten Scheiben. Drei Freaks auf der Straße. Nackt? Sie verspürte einen Stich, spürte Duncans unmittelbare Nähe, versuchte all die zerrissenen Gedanken, die vermischten Gefühle zu ordnen, da glitten sie bereits vorüber. Die lange, graue Limousine ließ die absurde Szene hinter sich und verschwand im undurchschaubaren Geflecht der fremden Straßen.

Das Restaurant. Einen Moment lang kam sie sich deplatziert vor, einen Augenblick nur, dann nahm sie es hin, das Selbstverständliche, die Prinzessin der Welt.

Es gehörte dazu, ein bisschen abwesend zu sein. Vielleicht sprachen sie über Dubessy. Vielleicht über den Imphressionismus. Marys Lächeln verzauberte alle. Banana nannte sie die verlorene Prinzessin einer denkwürdigen Nacht, the lost princess of a memorable night, und dann sang er leise ein paar Broken. »She's living, like she's the last girl on earth.«

Später dann das Hotel. Alles ganz zwanglos, ganz selbstverständlich. Ein Page führte Mary über lange, mit Kristalllustern beleuchtete Gänge. Die Suite. Gepolsterte Wände. Eine rote Chaiselongue. Endlich war sie allein. So wie eigentlich den ganzen Abend schon. Müdigkeit überfiel die verlorene Prinzessin. Sanft sank sie in weiche Kissen. Fiel in unruhigen Schlaf, in endlosen Raum, in traumhaftes Nichts.

*

Nach Kaffee und Roggenbrot mit Butter und Marmelade, nach Countrymusik und dem letzten Orangensaft aus den Partybeständen, lag der Aufbruch in der Luft. Übermüdet aufgekratzt packten die Mad Lifes ihre Sachen zusammen. Sonntagvormittag in Periphäris. Der Tag nach dem Konzert. Und der Tag der Rückkehr ins normale Leben. Nur, so eine Rückkehr gab es nicht.

Gloriette war verschwunden. Aufgeregt erzählte Alister, wie er vergeblich nach dem Wohnmobil gesucht hatte. Lord Duncan hörte sich seinen Bericht in aller Ruhe an. »Ich werde mich darum kümmern«, antwortete er knapp. Dann schlüpfte der Frontman in sein schwarzweißes Schlangenlederimitat-Sakko, nickte in die Runde und verließ die WG.

*

Ruben schaltete hoch. Im zitternden Rückspiegel beobachtete er die vier blau blinkenden Streifenwagen hinter ihm. Der Druide drückte das Gaspedal voll durch. Rutschte mit quietschenden Reifen in die nächste Kreuzung, ganz so, wie es sich für einen furchtlosen Zauberer gehörte. Die Polizeiautos schlingerten gefährlich knapp entlang der Häuserecken und hinterließen dabei fette, schwarze Striche am hellgrauen Asphalt. Ruben lächelte grimmig, gab Zwischengas und warf Gloriette an der nächsten Kreuzung mit einem kräftigen Lenkerschlenker links in eine Straße, die auf den zweiten Blick so gar nicht ins durcheinandergewürfelte Stadtbild von Periphäris passte.

Die vorderste Bullenschaukel driftete einfach geradeaus weiter. Rubens restliche Verfolger holten jedoch mit heulenden Motoren auf. Nun raste der Druide auf dem glatten, breiten Boulevard einem ungewissen Ziel entgegen. An beiden Seiten türmten sich dunkle, geometrische Gebäude unter dem fahlen Morgenhimmel. Der Druide kniff die Augen zusammen. Denn weiter vorn materialisierte sich etwas im Grunde völlig Unmögliches: der weltenverwirbelnde Geschichtenkubus.

Die Beamten begannen aus den Seitenfenstern auf das Heck des Wohnmobils zu feuern. Funken stoben unter dem Bodenblech hervor. Kalt beobachtete Ruben die hochkletternde Tachonadel: Hundertachtzig. Hundertfünfundneunzig. Zweihundertzehn Meilen in der Stunde. Das malträtierte Wohnmobil sirrte, vibrierte, sonderte beunruhigend knackende Geräusche ab. Flammen schlugen aus den Doppelauspuffrohren. Dann beschleunigte Gloriette noch einmal ruckartig, stieg vorne hoch, hob ab. Nach den ersten fliegenden Metern löste sich die hintere Kennzeichentafel, wirbelte scheppernd über den Asphalt. Schon rumpelten die drei Streifenwagen darüber hinweg. Inzwischen gewann Gloriette an Höhe. Krachte ein paar Sekunden später in schlingerndem Auf und Ab mitten in den unmerklich rotierenden Geschichtenkubus. Alles. Implodierte. Verschwand in einem gellend grellen Lichtblitz.

Quietschend verrissen die Verfolger ihre Autos, kamen mit rauchenden Reifen zum Stillstand, sprangen mit gezückten Waffen auf die Straße. Nichts. Außer dem nachglimmenden Blitz auf ihrer Netzhaut. Ein Polizist lief zurück, um das verlorene Kennzeichen zu bergen. Vor seinen Augen löste es sich in kleinen, blauen Flammen auf. Kopfschüttelnd griff der Mann zwischen verwehender Asche ins Leere. Gloriette war mitsamt dem Geschichtenkubus in eine neue Dimension getaucht. Ruben, letzter der Meister und Hüter geheimnisvoller Mächte, seinen Verfolgern in überlegener Manier entkommen.

*

Silvester Phaser stand am Bahnsteig und sah dem Zug, der seine Freunde nach Hause brachte, nach. Seit er aufgewacht war, hatte nichts mehr funktioniert. Gloriette war weg. Duncan war weg. Der Star Dome geschlossen.

Sie wussten nicht, wie sie zu ihren Instrumenten kommen sollten. Schließlich bot Betty an, sich am Montag darum zu kümmern. Konsterniert machte sich die Band auf den Weg zum Hauptbahnhof. Rillo, Alister, Tom und Patrick mussten ja am nächsten Morgen arbeiten. In der Bahnhofshalle hatten die Mad Lifes aber bereits wieder gelacht und die besten Momente Revue passieren lassen. Was für eine Nacht!

Beunruhigend war nur, dass sich der Frontman noch immer nicht gemeldet hatte. Kurz vor der Abfahrt telefonierte Silvester von einer öffentlichen Zelle ein letztes Mal mit Betty. Keine neuen Nachrichten von Duncan. Betty versicherte Silvester abermals, morgen nach den Instrumenten zu sehen, da dämmerte dem Gitarristen die herannahende Abfahrtszeit. Hastig verabschiedete er sich von der süßen Betty und rannte auf den Bahnsteig. Da stand sein Zug. Silvester griff nach der Waggontür. Oh nein! Die ließ sich nicht mehr öffnen! »Zurücktreten! Zug fährt ab!«, schmetterte eine blecherne Stimme aus dem Lautsprecher.

Silvester trat zurück. Der Zug kam in Bewegung. Seine Freunde, sein fleckiger Rucksack, die Jacke mit der Brieftasche, alles befand sich in genau jenem Waggon, der direkt vor seiner Nase immer schneller vorüber und schließlich auf und davon ratterte. Dann war der Bahnsteig leer. Nur Silvester stand noch da und sah den roten Schlusslichtern hinterher.

»Das ist alles ein Witz«, sagte er zu sich selbst und trottete kopfschüttelnd zurück zur Bahnhofshalle.

*

Gloriette rollte heran. Hielt direkt an seiner Seite. Wie von Zauberhand schwang die Beifahrertür auf. Duncan spähte hinein. Ruben nickte nur. Da sprang der dunkelhaarige Junge auf den Sitz und warf die Beifahrertür zu. Ruben fuhr wieder an.

»Eine lange Zeit«, meinte er, ohne den Blick von der Straße zu nehmen.

»Zu lange vielleicht«, antwortete sein Schüler.

»Und? Hast du gefunden, wonach du so lange gesucht hast?«

»Ich weiß es nicht.«

Hinter ihnen wurden auf einmal Polizeisirenen laut. Ruben schaltete hoch und trat das Gaspedal voll durch.

*

Mary Lin konnte nicht loslassen. Der Glitzer, der Glamour, im Schein strahlender Rosenblütenwerfer. Der pfeffersüße Kaugummigeschmack des Ruhmes im knallrot geschminkten Mund. Die überaus interessante Verzerrung sämtlicher Realitäten. Bananas Welt war eine Welt der Widersprüche, voll mit überraschenden Begegnungen.

Alles war so kunterbunter, so heliumgeschwängert leicht. Die Alltagsschwerkraft zerrte anderswo am meilenweit entfernten Durchschnittsschicksal. Und immer hielt einem irgendein Assistent ein Tablett mit Sektflöten entgegen.

Banana nahm Mary an die Hand, geleitete sie in die Zirkusarena des echten Rock and Roll, sorgte für ihre Sicherheit, brachte ihr die ersten Spielregeln des Business bei. Marys Anwesenheit im engsten Kreis war anscheinend unverzichtbar. Wieder so ein merkwürdiger, nicht nachvollziehbarer Spleen von Superstar Banana Phox. Er nahm sie mit auf Tour. Widmete ihr sogar den berühmten Zoo-Klassiker ‚Lost princess of the night', in dessen Videoclip sie die Hauptrolle spielte.

Danach wurde Mary von aller Welt nur noch Princess genannt. Zeit war wie das nächste Glas auf dem Tablett, schnell, viel zu schnell ausgetrunken, abgestellt, vergessen.

Nach zahllosen durchtanzten Nächten sah Princess eines Tages in den Spiegel und fragte sich, wer sie eigentlich war. Was hatte sie gewonnen? Was hatte sie verloren? Welchen Preis würde sie am Schluss bezahlen müssen, für den Luxus, die Verehrung? Oder war bereits alles abgegolten worden in jener Nacht, als sie allein in die lange, graue Limousine eingestiegen war? Leise summte Princess eine Melodie, die aus der Vergangenheit vorüberwehte. Where is the lo-ho-hove? Wo war die wahre Liebe?

Lord Duncan wurde zum Gespenst ihrer ozeanweiten Einsamkeit. Außerhalb der erdrückend luxuriösen Hotelzimmer füllte sie die Leere mit immer neuen Eskapaden. Zerstritt sich öffentlich mit Banana. Wurde danach mehrmals mit Burt Coffein gesehen, der in der Zwischenzeit sein erstes Album produziert hatte und mit der Debütsingle ‚Smells like a keen spirit' in die Charts eingestiegen war. Von da an inszenierte Princess Burts öffentliche Auftritte. Nutzte dabei geschickt das medienwirksame Dreieck zwischen ihr, Burt und Banana, der ja beide im Star Dome Club entdeckt hatte, wie jedermann in den Schickmick-Spalten der Boulevardblätter nachlesen konnte.

Princess stilisierte Coffein zum Idol, indem sie ihm Duncans Appeal überstülpte, ihn mit den Erinnerungen an dessen einzigartiges Charisma fütterte. Die explosive Mischung aus Burts eigenem Zorn angesichts jeglicher Normierung und der glaubhaft gespielten, himmelhohen Überlegenheit Lord Duncans gegenüber den Gesetzen des Schickmick, ließ den zappeligen Sänger über sich hinauswachsen. Immerzu war Princess an

Burts Seite. Und vielleicht waren sie gerade deshalb ein so tollkühn schillerndes Paar, weil alles an ihnen unecht war.

Coffein zündete sämtliche Brennstufen zugleich. Das Album, die Hitsingle, die Tour. Dann starb er. Nach einem umjubelten Konzert. Im Hotelzimmer. Allein.

Schlagartig ging Burts Ruhm auf Princess, seine öffentlich zutiefst verzweifelte Muse, über. Nicht zuletzt wegen ihrer außergewöhnlichen Stimme. Unerwartet heiser, rau, fast als hätte sie versehentlich eins von Coffeins Zerrpedalen verschluckt. Mit ihrer ersten Single ‚Beloved sea' schoss Princess meilenweit in den Rock-Olymp hinauf. Dabei war es Burt, der den höchsten Preis bezahlt hatte. Von wem erhielt er in jener verhängnisvollen Nacht die Schlaftabletten? Es konnte nur jemand aus dem innersten Kreis gewesen sein.

Eine Woche später lag der einundzwanzigjährige Burt Coffein geschminkt und gekämmt in einem strahlend weißen Anzug in der kühlen, schwarzen Erde. Keine weiteren Ermittlungen. Im polizeilichen Abschlussbericht hieß es, jeder, auch er selbst, hätte die Tabletten überall besorgen können.

Nun war Princess endgültig leer. Das Gefühl war beinah angenehm. Zaghaft machte sie sich auf die Suche nach ihrer verschütteten Vergangenheit. Auf die Suche nach einer gewissen Mary Lin.

Sie wusste nicht, ob sie je finden würde, je gefunden hatte, alles verloren hatte, selbst schon verloren war. Sad Wife? Princess dachte an Tinytown. Das kuschlig kindliche Versteck von früher war zu klein geworden, um noch einmal Unterschlupf bieten zu können. Ihr neues Leben ohne Routine, ohne grau gefärbte Pflichten, es machte die Rückkehr nach Tinytown unmöglich.

»Und? Hast du gefunden, wonach du so lange gesucht hast?«

»Ich weiß es nicht.«

Princess dachte zurück an den ersten Spaziergang mit Lord Duncan. An ihr langes, vertrautes Gespräch in den Hügeln von Centropolis. Daran, wie sie sich spontan ein Leben ohne Alltag gewünscht hatte. Da fühlte sich Mary so verlassen, als stünde sie allein in einem kalten, surrealen Saal, dessen Wände und Decke sich im Dunkel schierer Entfernung verloren.

*

Silvester Phaser schlenderte durch Periphäris auf der Suche nach seinem innerlichen Beat. Vergeblich. Im Kopf blieb alles stumm. War das bereits der unhörbare Auftakt zur letzten Alternative?

Dafür tönte die Außenwelt so vielstimmig wie nie. Lockte, schockierte, frohlockte, mokierte, schlug einen völlig neuen Takt. Immer tiefer tauchte der Unbeugsame ein in die ringsum pulsierende Lebendigkeit des Diesseits. Und zum ersten Mal im Leben fühlte er sich in vollem Umfang frei.

Rockstars? Sie verschwinden, eher früher als später, niemand weiß wohin. Eine Hitsingle lang im Rampenlicht, knappe drei Minuten Ruhm, dann weg, verbraucht und ausgetauscht. Könnte er nicht ebenso von der Bühne verschwinden? Aber anders. Einfach neu beginnen und entspannt auf Duncans mystischen Spuren wandeln? Der junge Blondschopf lächelte verschmitzt, dann bummelte er weiter, Richtung Park, unweit des Fernsehturms. Rundum zwitscherten die Vögel lieblicher denn je.

Zuletzt setzte sich Silvester Phaser schweigend zwischen Lord Duncan und Banana Phox auf eine Parkbank. Still und freundlich nickten ihm die beiden zu.

Die Sonne verschwand hinter einer großen, sternförmigen Wolke. Langsam nahm Silvester die vollkommen eckige Rockstarsonnenbrille ab. Ja. Da war sie, die Welt, die eine, einzigartige, tatsächliche, die immer noch fest und sicher in ihren Angeln schwang. Sie wartete auf ihn. Ganz ohne Vorbehalt.

Und so stand der Unbeugsame wieder auf und ging, dem ewigen Augenblick locker verbunden, mitten in sie hinein.

Outro

ALL you eat is love! Rapadabadap!

Dorian Ryder erwachte. Er lag im Bett und die Stereoanlage lief noch immer, so wie er sie vor seinem Nickerchen eingestellt hatte. *All you eat is love!* tönte es aus den Lautsprecherboxen. *Love, Love, Love!*

Die guten alten Phab Five. Lebensgroß standen sie in der Ecke seines Zimmers. Mad Life? Nein. Nur fünf Pappkameraden, ein aufklappbares Poster, die limitierte Beigabe zur letzten Doppel-LP von den Phab Five. Die Supergruppe ihrer Zeit und Doughys ganz persönliche Idole.

Der Junge rieb sich den Schlaf aus den Augen. Samstagnachmittag in Tinytown. Später würde er die Clique im Café treffen. Mary wäre sicher auch dort. Ja. Heute Abend. Da würde er ihr endlich seine Liebe gestehen.

Kompliziert, kompliziert. Man benötigte Charme, Witz und Esprit. Ein guter Haarschnitt konnte nicht schaden. Aber vor allem brauchte man Zeit. Das heißt, die Holde brauchte Zeit, ganze Schatztruhen davon. Dazu Vertrauen, Geborgenheit, Humor. Es schien fast zu viel für einen jungen Mann zu sein. Nachdenklich betrachtete Dorian die fünf Karton-Rockstars. Und weiter? Nichts weiter. Warum musste er nur immer so viel grübeln? Die Grübelei war es nicht wert. Lass es einfach kommen, Baby. Easy come, easy go, it's showtime now, so keep the flow. Dorians Blick glitt über die Wände des Zimmers. Seine Plattensammlung. Das Bücherregal. Der schmale Tisch. Die Schreibmaschine. Neben dem Bett ein einzelnes Buch mit dem breit gedruckten Titel:

Showtime 1991
oder
Der große Traum vom Rock and Roll

Unten läutete das Telefon. Ryder schlurfte ins Wohnzimmer. Einer seiner Uni-Freunde war am Apparat.
»Hey, Dough! Wir treffen uns in einer Stunde und fahren dann gemeinsam in die Stadt. Du weißt ja, heute steigt der große Gig im Klub!«
»In einer Stunde sagst du? Okay! Dann mach ich mich jetzt besser fertig. Ich sehe dich dann nachher im Café!«
»Alles klar, Doughy, bis dann!«
Träume. Gedanken. Wünsche. Geschichten. Und wenn er einfach zuhause bleiben würde? Nachdenklich rieb Dorian sein Kinn. So ein seltsamer Kauz wie er hatte doch niemals Chancen beim begehrtesten Mädchen der Stadt.
Seine Mutter, Miss Ryder, kam aus der Küche ins Wohnzimmer.
»Hallo Dori. Gehst du heute Abend aus?«
»Ja, Mama.«
»Aber komm nicht zu spät zurück!«
»Nein, Mama.«
Es war wirklich an der Zeit, sich eine eigene Bleibe zu suchen, gerade jetzt, wo es mit der Uni richtig losging. Nur, woher das ganze Geld herzaubern? Außerdem gab es zuhause alles, was er brauchte, inklusive vierundzwanzig Stunden Generalaufsicht der Mutter.
Dorian zog eine komische Grimasse. Miss Ryder lächelte ihn wissend an und wandte sich wieder Richtung Küche.

»Mama?«
»Ja, Dori?«
»Glaubst du an Parallelwelten?«
Miss Ryder stemmte die Arme in die Hüften. »Hm? Was ist denn das für eine Frage?«
Dorian grinste. »Nicht so wichtig. In einer Stunde treffe ich mich mit den anderen. Wir sehen uns ein Konzert an.«
»Aha. Na, passt gut auf einander auf, wenn ihr unten in der Stadt seid. Hast du eigentlich noch Hunger?«
»Nein, danke Mama. Ich muss mich zurechtmachen.«
Dorian nickte ihr zu und ging wieder auf sein Zimmer.

Fünf Pappfiguren beobachteten Dorian Dough Ryder. Jeans, T-Shirt, Haargel. Die neuen Conserve-Turnschuhe. Der Junge aus der Vorstadt stylte sich für einen Abend in der City. Zwanzig Minuten später zwinkerte er seinen Helden zu, trat auf den Gang und schloss die Zimmertür.

Nur einer sah, dass die Phab Five zurückgezwinkert hatten.

Lächelnd zwirbelte Herbert Ruben Rheubenthal seinen dünnen David Niven-Schnurrbart. Und dann legte er den letzten Schnappschuss der Geschichte zu all den anderen Fotografien in einen Schuhkarton.

***

Claus Dieter Schneider
1972 in Vöcklabruck geboren, in Schwanenstadt aufgewachsen. Lebt in Linz Urfahr und spielt in der Freizeit gerne auf seiner Telecaster, lackiert in „Butterwhisky Blonde“.

Ebenfalls im *Verlag* Bibliothek der Provinz erschienen:

Linzer Höhenrausch
Protokoll einer absurden Affäre
Claus Dieter Schneider

ISBN: 978-3-99028-494-0
19 x 12 cm, 292 S., Broschur
€ 20,00

Mitten in der Nacht am Tag
Erzählungen
Claus Dieter Schneider

ISBN: 978-3-99028-654-8
19 x 12 cm, 120 S., Broschur
€ 15,00

Verlag Bibliothek der Provinz

für Literatur, Kunst, Wissenschaft und Musikalien